とある暗部の少女共棲

鎌池和馬

イラスト／ニリツ

キャラクターデザイン／はいむらきよたか、ニリツ

contents

Designed by Hirokazu Watanabe (2725)

とある暗部の少女共棲《アイテム》

2

鎌池和馬

イラスト／ニリツ

キャラクターデザイン／はいむらきよたか、ニリツ

デザイン・渡邊宏一（ニイナナニイゴオ）

これは、学園都市《がくえんとし》で起きた嘘《うそ》のようなガチ《サギ》の事件《はなし》。
だけど騙し合い《インテリジェンス》に暴力《ころし》が絡《から》まないとは限らない。

序章　少女達はパズルのように解決する

「それでさー、あのアホ殺しに使った血まみれのゴム手袋その辺に捨ててやんの。結局分かってないよねー、一つのシチュエーションに対する想像力が足りてない訳よ。手袋の内側はテメエの指紋でべとべとだろーが！　薄いゴムなんだしせめてアルコールに浸して燃やせよ‼」

「ナニ何の映画の超ディスりですかこの話……？」

「きぬはた、これ全部現実の話」

八月三日、午前一〇時三〇分、二三〇万人が暮らす東京西部の学園都市《がくえんとし》だった。
バシュシュ‼　という巨大な噴射音が高層ビルだらけの街に響き渡る。

「あはははッ‼　オラオラちんたら逃げてると狼《おおかみ》が来るぞお‼‼‼」

麦野《むぎの》沈利《しずり》の哄笑《こうしょう》と共に閃光《せんこう》が複数回瞬《またた》いた。

爆発するヘリコプター、真夏の青空を汚す炎と飛び散る残骸。悲鳴らしきものも混じっていたが、この場合、爆発で即死できなかったのはむしろ哀れと言う他ない。何しろ三枚羽の風力発電プロペラもはるか下方にあるのだ。地面に叩《たた》きつけられるまで死ぬに死ねない訳だし。

ギラギラに輝く真夏の太陽と青空の下。

同じ空域、上空五〇メートルをまったり飛びながら滝壺理后がぼそぼそ呟いた。

「バトルフリークのむぎのがハイになってる。誰か割って入って止めた方が良《い》いかも」

「「絶対イヤ」」

フレンダ＝セイヴェルンと絹旗最愛《きぬはたさいあい》が同時に答えた。

「むぎの元気だね。武器商人に化けてのオトリ作戦に失敗して獲物を逃がしたのに」

「……結局、しくじったらしくじったで楽しんでリベンジに勤《いそ》しむ人種って訳よ。うちのリーダーはこういうトコほんとおっかない……」

滝壺《たきつぼ》は首を回し、自分が背負ったまん丸球体の肩紐《かたひも》を意識する。ようは、防弾素材で作ったでっかいアドバルーンで浮力を確保しつつ缶コーヒー大の複数軸ジェットエンジンで速度を確保する、お手製の飛行デバイスだ。

細長い炎を四本噴き出すと、全体のシルエットは見た目だけなら世界初のまん丸人工衛星をリュックみたいに背負う感じになる。まあ本物の衛星とは前後が逆にはなっているが。

広げれば直径一メートル程度、ガスを抜いて畳めば学生カバンに入る携帯性。こんなのでも最高で時速五〇〇キロは出るから民間レベルのヘリコプターでは逃げ切れない。

「……それにしてもフレンダ、爆弾だけじゃなくてこういうのもできたんだね」

「弾道式ならともかく、巡航式の燃焼方法ならそんなに難しくないよ？　結局、爆発物が生み出す炎やガスに指向性を持たせりゃエンジンに化ける訳だし。ついこの間までは生贄野郎《いけにえやろう》にデバイスを背負わせて天高くぶっ飛ばす打ち上げ花火的な処刑装置でしかなかったんだけどねー。大型書店で売ってる近頃の基板工作キットはヤバいわ。ジャンク屋の部品集めと比べるとちょっと値段はお高いけど、その分最新レベルの実用部品の宝庫な訳よ！　無線ＬＡＮで動く格安タブレットくらいならゼロから設計できるんじゃないかな？　おかげで噴射の細かくてややこしい計算関係を簡易ＡＩのプログラム制御に全部丸投げできるようになってさあ」

「たのしい」

「自分で振っておいて一個も聞いてないなこいつ。ま、喜んでもらえて何よりな訳よ」

「ふわふわ、体の重さから解放されるのってふしぎな気分」

「……これまさか超いつの間にか胸格差の話に移ってはいませんよね？」

飛行機とは違う操縦感覚にほのぼのしている間にも命のやり取りは継続中だった。

逃げ回る標的、セレブの象徴みたいな卵形の小型ヘリは全部で三機。その内一機は恐るべき閃光《せんこう》を浴びて今空中でバラバラになった。残り二機だとすると、満載であっても『敵』は一〇人いないか。

頭の中で量子力学的な『認識』を歪《ゆが》めて引き起こすだけの現象。そんな前提が頭の中からすっぽ抜けそうになる圧倒的な光景だ。

滝壺《たきつぼ》は二回瞬《まばた》きすると、無表情のまま小型マイクを意識して、

「むぎの、『光点滅帯《パーティクルベルト》』から外れると一般人に目撃される。そうなる前に決着つけて」

『ハハハはははははハハハハハハはははオ・オ・カ・ミ、だあ!!　……何だっけそれ？』

「結局、そこらじゅうのビルの窓が鏡みたいに太陽光を跳ね返すのと、無人工場からうっすら流れてくる煤煙《ばいえん》の粒子が組み合わさるとイレギュラーな乱反射を起こすの。つまり光が乱れるベルトの中なら地上からケータイで撮影されても細かい目鼻立ちまで分析はできない訳よ」

元々は飛行船の大画面が猛暑日だけ変にブレて見える、という苦情を調べていく内に見つかった、学園都市《がくえんとし》上空の夏の風物詩ではあるのだが。

そして『敵』もただやられているばかりではない。ヘリコプターのサイドドアが開いたかと思ったら一二・七ミリの重機関銃が顔を出した。恐ろしく巨大な鉛弾が帯のように連射されるが、麦野《むぎの》はビルの壁を足で蹴るようにしてそのまま急加速。無数の強化ガラスの窓が銃弾に叩《たた》き割《わ》られるものの、追い着かれる前に壁面から再び飛び立って敵の照準の翻弄にかかる。

「うわ超ひどい。民間のビルが蜂の巣になってますけど！」

「きぬはた。あれは食材偽装で人が死んだのに不起訴で逃げ切った海鮮居酒屋チェーンの本社ビルだよ。『暗部《あんぶ》』的《てき》には巻き込んでも減点されない、むしろ追加ボーナスって感じ？」

ウチの魔王は相手が誰であれ気持ち良く戦って清々《すがすが》しく殺せれば何でも良《い》いのだろう。

目的って何だっけ？

あまりに一方的だからか、絹旗最愛《きぬはたさいあい》は実戦の真っ最中にちょっと遠い目になった。

「敵の名前は『共通の知り合い』でしたっけ？」

「結局そうそう。芸能界専門の便利屋『共通の知り合い』。人気のアナウンサーが酔った勢いでいらない愛人をマンションのベランダから突き飛ばしたり美人女優がうっかりガラスの灰皿でセクハラ社長をどつき倒したりすると、ネットニュースや写真週刊誌に嗅ぎつけられる前に泣きべそかいてヤツらへ連絡する仕組みな訳よ。母体はテレビ局に出入りしてるスタント事務所だったかな。当初は依頼人に似てると言えば似てる身代わりを自首させる専門業者だったけど、スキルが蓄積されて誰も逮捕されず安全に色んな仕事を請け負うよう進化していった」

もちろん安全というのは犯罪者サイドの身勝手な話でしかない。

後ろ暗い芸能人の笑顔を守るために、さてどれくらいの人間が泣いた事やら。何しろ自家用ヘリを何機もご購入されるくらいだ、つまり悪い仕事を山ほどこなしている。わざわざ『アイテム』に依頼が来たのなら都合の悪い被害者や目撃者が行方不明になったり胡散臭《うさんくさ》い事故死をしたりくらいは朝飯前だろう。朝ご飯の前、一番人が動かない夜明け前の時間帯にパパッとアルコール漬けにした犠牲者を剝《む》き出《だ》しの変圧器に頭から突っ込んじゃう専門家である。

「ったく、アイドルや俳優は超ガードが堅くて『暗部《あんぶ》』の人間でもなかなか接触できないって話なのに。スタント事務所？　業界の中から超腐っていくんじゃ防ぎようがありませんね」

「きぬはた、映画マニア的にはサインがほしいの？」

一体何を読み取っているんだか知らないが、人がぶつくさ言ってる時に本音をズッパリ斬らないでほしい。

頭上の太陽を何かが覆った。

麦野《むぎの》沈利《しずり》だった。いったん後ろに下がったリーダーから、全員の耳にあるイヤホンへノイズ混じりの声が飛んでくる。

『おーい、報酬の取り分は同じなのに私だけに働かせんな。お前らいい加減に仕事しないとそっちに向けて「原子崩し《メルトダウナー》」飛ばすぞー？』

「超あれだけ一人で勝手に突っ走っていたくせに……」

「結局さびしがりの魔王なんでしょ」

「私達に活躍の場を取っておいてくれるなんてむぎのは優しい」

頭上を押さえられた以上、逃げるヘリの群れは危険なビルの隙間を縫っていくしかない。サイドドアの重機関銃も自前のメインローターが邪魔をするせいで、上方向に急な角度をつけての銃撃はできないのだし。そして移動の自由さえ奪ってしまえば後はこっちのものだ。

「それじゃそろそろ私達も超始めますか」

「さびしがり屋のむぎのがお月様とか落とす前に早く片付けてくれると助かる」

（他人のＡＩＭ拡散力場を精密に読み取って追跡する照準補整担当だが能力者以外のオトナ相

手だと実はあんまりやる事ない）滝壺理后《たきつぼりこう》のエールを受け、絹旗《きぬはた》とフレンダが鋭角に曲がってヘリコプターを追い回す。フレンダの得物は爆弾やロケット砲だが、絹旗《きぬはた》の方は自分の体だけだ。自分の顔すら守らずに最高速度で逃げるヘリの脇腹に思い切り突っ込む。

そのまま側面からアルミの壁を破った。

ヘリの中で焼けた銃身を交換しようと躍起になっていたタキシードの兵隊と同じ空気を吸う。そして一瞬目が合った。ギョロギョロと生にしがみつく視線を確かに捉えた。

直後に爆発。

大能力《レベル4》『窒素装甲《オフエンスアーマー》』。全身を分厚い気体の壁で覆って防護する能力があれば、手榴弾《しゅりゅうだん》や車の爆発程度では致命傷とはならない。

が、

「わっ」

「アホか自分の体だけ守ったたって結局飛行デバイス自体は剥《む》き出《だ》しな訳よ!!」

巨大な風船部分に穴でも空いたのか、ふらつきながら絹旗《きぬはた》が落下していく。フレンダは舌打ちすると、残った最後の敵ヘリコプターの追撃をやめて仲間の回収のために急降下する。

墜落しても『窒素装甲《オフエンスアーマー》』で衝撃を殺せると思っているのか、当の絹旗《きぬはた》は涼しい顔だ。

「……やっぱりお手製って超危ないんじゃないですか？」

「こんなの結局サポート外だわ、用法容量を守って正しく扱えっつーの!!」

何とかキャッチして地上にふわりと着地すると、そこは第一九学区だった。

絹旗《きぬはた》を抱き締め、蒸し焼きみたいな路上に寝転んでフレンダはしばしぼーっとした。こちらを見下ろす格好でゆっくり回る三枚羽の風力発電プロペラを目で追いかけてしまう。

蒸気や真空管の似合う『意図的に時代から切り離された』古臭い街並み。麦野《むぎの》・滝壺《たきつぼ》コンビが動いたのか、最後の一機が黒い煙の尾を描いて少し離れた場所へ落ちていくのが分かる。

二人の耳に、ざらついたノイズ混じりの通信が入った。

『むぎのが仕留め損ねた』

「うげ」

『ちょこまか逃げる兵隊にイラついて地面に押し倒して馬乗りで右手と左手押さえつけて口からむぎの砲を撃ってる間に本命の獲物に逃げられた』

……現場にいなくて良かったとフレンダと絹旗《きぬはた》が同時に思ってしまったのは内緒だ。

『きぬはたとフレンダが勝手に落ちて包囲網を崩さなければフォローはできたはずって、むぎのがカンカンになってる。ここで本命逃がすとお仕置き確定だから注意して』

「うええ!?　結局やだよまる×××で×××縛られて×××にすり下ろした山芋××れて逃げ場のない高層階のベランダで一日中××××られるなんて！　痛いっていうよりとにかく痒《かゆ》くて耐えられないんだよアレーっ!!」

「ひゃー、女同士って超容赦ないですね」

わたわた起き上がり、フレンダと絹旗《きぬはた》は再び行動開始。

地上戦だと背中の飛行デバイスは邪魔だ。小さく畳んで懐《ふところ》にしまっておく。

絹旗《きぬはた》は思い出したように浮かび上がる額の汗を手の甲で拭いながら、

「にしても、うわ、やっぱり地上はすごいですね。超ヒートアイランドってヤツですか」

「八月の昼前よ？　派手に速度出して冷たい風を浴びてた上空とは事情が違う訳よ」

笑って言うフレンダは薄いポンチョの中は白の夏物ワンピースだ。内側から滲《にじ》む汗のせいで、危なっかしいくらい眩《まばゆ》い肌を透かせてしまっている。

今さら役に立つか怪しい制汗スプレーを二人で貸し借りしながら周囲を観察すると、黒煙が立ち上っているのは電気街のようだ。ハイテクの街学園都市《がくえんとし》では電気街と呼ばれるスポットはいくつもあるが、こちらは最先端では、ない、方。くたびれた雑居ビルとビルの間に金属コンテナが山積みされ、その全部がどこかで拾ったコンデンサとか抵抗とかトランジスタとか、とにかく電子部品をざるや小箱に分けて売《う》り捌《さば》く謎の小店舗になっていた。無許可でコンテナ店舗や工事用の足場を積み上げるため、固定の屋外防犯カメラはほぼ使い物になっていない。

「わあー……」

と、迷路のように入り組んだジャンクな景色を見渡し、何故《なぜ》か絹旗最愛《きぬはたさいあい》が目を輝かせている。

視線の先にあるのは大小無数のガラス製品、つまり真空管だ。

フレンダは怪訝《けげん》な顔になって、

「なに？　結局アンタはんだごて片手に電子部品なんていじくり回す方だっけ？」

「必要なら超のちのち爆弾魔《あなた》に教えてもらいますよ。今度アジトを新しくするじゃないですか、いやあーホームシアターのオーディオ設備どうしようかなと悩み中なんですよねえ。やっぱりとことんまで超こだわるなら真空管アンプかなー？」

適当に聞いていると永遠に終わらないヤツだ、とフレンダは直感で理解した。まだホームシアターを作るなんて誰も言っていないのに妄想が捗《はかど》る映画マニアは止まらなくなっている。

「ここコンビニもファミレスもないって伝説は超マジなんですか？」

「マジマジ。古い方の電気街だし結局入り組んだ路地の奥に自販機があるくらい。これが缶のおでんとかヤバいラインナップばっかりでさ、まあサバ缶が売ってりゃ何でも良《い》いけど」

ただ、サバ缶さえあれば三日間くらいじっと伏せて標的を待っていられるヘンタイは強い。

ただ、電気街と言う割に行き交う人々はＶＲも３Ｄも溢《あふ》れ返《かえ》ったこの時代にわざわざドット絵で横スクロールなレトロゲーを追い求めるオタク系ばかりでもない。髪を派手に染めたバンドマン達は古いアンプやシンセサイザーを追い求め、アインシュタイン似の大学教授っぽいおっさんが何かしらの材料探しに明け暮れている。あれは自宅で巨大ロボットでも組み立てているんだろうか。

そしてフレンダはフレンダで、何か発見して開いたコンテナの扉の陰へ慌てて引っ込んだ。

「？　『共通の知り合い』とやらを超見つけたんですか？」

「……なぜかいもうとがいる」

　涙目で震えるフレンダは、爆弾で獲物をいたぶって殺す派のプロとは思えない小動物っぷりを見せていた。

　絹旗《きぬはた》が怪訝《けげん》な目でもう一回がやがやした景色に視線を投げてみると、少し離れた場所でぶかぶかTシャツワンピをベルト使って腰の辺りで絞り、赤いレギンスとベレー帽が特徴的な金髪幼女が唇を尖《とが》らせていた。滅法小柄な絹旗《きぬはた》が年上側に回れるというのも珍しい状況だ。

『えー？　大体もう疲れたし。何でこんな所に用があるの？？？』

『あんたがマリホ兄弟のシリーズ一作目をきちんと昔のハードでやってみたいって言い出したんでしょ、夏休みの自由研究のために！　古いゲーム機は物置にあったけど、あれどうもテレビのアンテナ線から映像入力するみたいで、今の地デジのテレビじゃ映らないんだよ……』

『あっ、大体聞いた事ある。テレビのチャンネル二番でゲームするのがニッポンの文化！』

　一〇歳に届くか届かないか、といった小さな男女が何か難しい顔で話し込んでいた。テレビゲームが学校の宿題になるなんて文化として成熟したんだなー、とフレンダは（ぼんやり逃避気味に）思う。姉妹揃《そろ》って金髪碧眼《きんぱつへきがん》の外国人だから日本の文化を学ぶで例外的に先生達に通じてしまうのかもしれないが。

『大体知ってる？　ふふん、配管工はスラングじゃなくて公式設定なんだよ』

『ぼくがあんたに紹介したゲームなんだから全部知ってる』

絹旗最愛《きぬはたさいあい》は首を傾《かし》げて、

「隣の男の子は？　妹さんがバレンタインデーに弱った男子へチョコレートを超ぶつけて捕まえたボーイフレンドですか？」

「……かのうしんか。私のともだち……」

「どれだけ超顔が広いんですかあなた。でもってあの二人から一五メートル以内に片足引きずってる男達。ヘリが落ちても死ななかった『共通の知り合い』で間違いなさそうですね、いつまでもじっとしているとあの子達を戦闘に超巻き込みますよ!!」

フレンダ＝セイヴェルンは舌打ちした。

それから短いスカートの中から円筒形の塊を取り出すと、口でピンを抜いて地面に転がす。

白が爆発した。

光量にして一〇〇万カンデラ、二〇〇デシベルもの爆音。

いわゆるスタングレネードだ。

当然プロなら対策くらい整えているだろうが、そっちは特に狙っていない。フレンダはまず民間人の目と耳を潰す方を優先したのだ。山積みのコンテナ店舗のせいで元から固定の防犯カメラは使い物にならないし、この辺にはドラム缶型の警備ロボットもない。

つまり今この時に限り、周りに何百人いようが目撃者は発生しない。

身を低くしたフレンダ＝セイヴェルンは一呼吸で走り抜けつつ、小さな男の子とすれ違いざま、その耳元で小さく囁《ささや》いた。

目も耳もやられている少年には絶対届かないだろうが。

「(……結局、ダメなお姉ちゃんの代わりにいつも妹の面倒を見てくれてありがと☆)」

完璧すぎるのも考え物だ。

もし失敗して幼い二人に全部露見していたら、未来は変わっていたかもしれないのに。


そこから強く踏み込み、フレンダは手の中の爆薬でうろたえる男の顔面を思い切り叩《たた》いた。

立ったまま足を払って男を転がすと、口に詰め込んだ小型爆弾を見下ろしながら無線起爆。

弾《はじ》け飛《と》んだお仲間の頭部を見て焦《あせ》りながら懐《ふところ》の拳銃を抜いた別の男は、自分の腕が一八〇度外側に曲がる奇妙な光景にでくわした。『窒素装甲《オフエンスアーマー》』で腕力をブーストした絹旗《きぬはた》に骨や関節ごとぐしゃぐしゃに折り曲げられ、自分の拳銃で頭を撃ち抜いて自殺する羽目になる。

そしてまだ一人残っていた。

三〇センチくらいの細長い金属ボックスがバタフライナイフのようにくるんと回ったと思ったら、セミオートのショットガンに化けていた。元々細かい狙いをつけられる銃器ではない。あんなものを乱射されたらフレンダの妹とやらにも直撃しかねない。

耳元のイヤホンから声があった。

『きぬはたは一歩後ろへ、フレンダはそのまま頭を低くしていて』

一秒もなかった。

カッ!!　と、乾燥パスタよりも細い閃光《せんこう》が右から左へ突き抜ける。それは最後の男の胸板を貫くと、胸部から上を丸ごと蒸発させた。

超能力者《レベル5》、麦野沈利《むぎのしずり》の『原子崩し《メルトダウナー》』。

これだけ人が溢《あふ》れた迷路のような電気街で、隙間も隙間を縫って放たれた必殺の一撃。

おそらくは照準補整担当の滝壺理后《たきつぼりこう》のサポートもあったのだろうが。

「結局ああもうっ!!」

「？　妹さんとやらは無事だったから超良かったじゃないですか」

「どこが!?　まだ七歳、ＶＲゴーグルだって非推奨なんだよ？　体を作っている真っ最中のデリケートな目に一〇〇万カンデラも叩《たた》き込《こ》むなんてまともじゃないでしょ！　ちくしょう結局マジでお姉ちゃん失格だわ。加納《かのう》くんにしたってまだ一〇歳前後なのに!!」

「(……それだと私も同じくらいなんですけど、この扱いの差は超何なのかなー？・)」

「『暗部《あんぶ》』で殺しをやってるクソ野郎は別枠」

ぶつくさ言いながらもフレンダは近くにあったビニールシートを引っ張る。

「新入り、アンタも手伝って。結局その辺に落ちてるレジ袋に手を突っ込めばゴム手袋の代わりにはなるでしょ。死体は三つ。馬鹿デカいスピーカーからシリコン素材に包まれた人には言えない等身大の電動ドールまで何でも売ってるガラクタだらけの電気街ならビニールシートで簀《す》巻《ま》きにして台車で運べば外から見ても異変は分かんない訳だし!!」

「えー?　死体なんか下部組織の連中に超任せれば良いんじゃ……」

「ナニ面倒臭そうな顔してんの能力で全身包めばレジ袋すらいらないよね?　マグネシウム使ったスタングレネードの完全感覚無力化時間は五、六秒。残像と耳鳴りに塗り潰される『余韻』だって個人差あるけど大体一八〇秒くらいしかない訳よ。もう半分切ってる。つまりリミットまでに死体を隠して立ち去らないと七歳の妹が目撃しちゃうんだってば、このドロドロのグッチャグチャをッ!!」

『今ので最後の一人』

耳元から滝壺《たきつぼ》ののんびりした声が聞こえてきた。

『あと、むぎのがヘリの墜落現場で人を拾ったって』

「?」

『初羽《はつはね》さらり、「共通の知り合い」がさらった新人アイドルって話が出てる。事件関係者』

コンビニやファミレスすら見つからない特殊な街にも駐車場はあるものだ。麦野《むぎの》沈利《しずり》が合流場所として指定したのは電気街の中にある立体駐車場。ただし建物の半分以上の高さが後から積み上げられたコンテナ店舗によって埋もれてしまっているが。

そして麦野《むぎの》沈利《しずり》は不思議そうな顔をしていた。

「何で死体持ってきたの？」

「……やむにやまれず、主にお姉ちゃん的レーティングの都合で」

家族想《かぞくおも》いなフレンダ＝セイヴェルンはごにょごにょ。

新たな厄介事の到来を見て、周りにいた下部組織のヤンキー達が慌てて痕跡付着防止のレインコートやゴム手袋を装備し始めている。八月の昼間だと暑くて大変そうだ。

滝壺《たきつぼ》は無表情で首を傾《かし》げてから、

「きぬはたも手伝ってあげたんだね」

「……仕方がないでしょ超一人で涙目のセンパイ置いていく訳にもいきませんし」

「ふふー。『アイテム』の役に立とうとがんばってくれているんだ」

「何でそこ超そんな得意げなんですかっ⁉」

そんな中、だ。

「あ、あのっ、ありがとう、ございました……」

おずおずと切り出したのは、一五歳くらいの少女だった。

例の新人アイドル・初羽《はつはね》さらりだろう。

半袖ブラウスに派手な色のベストやフリルのついたミニスカート。可憐《かれん》ではあるが現実感が薄いというか、舞台照明前提の配色だ。このまま街を歩く格好とは思えない。

「私、あの人達にさらわれちゃって。何か、事件の揉《も》み消《け》し？　っぽい事まで行う悪い便利屋さんだったんですよね。ともあれ、本当にありがとう。えへへ。何に巻き込まれたかは知らないけど、あのままだったらどうなっていたか分からなかったし……」

麦野《むぎの》沈利《しずり》は特に答えなかった。

ギュボ!!　という濁った音と共に、『原子崩し《メルトダウナー》』が何かを焼いた。

「……え？」

かわゆいアイドルの驚いた顔があった。

瞬《まばた》きはなかった。初羽《はつはね》さらりはそのまま視線を下に下ろし、自分のお腹《なか》に空いたメロンより大きな風穴に目をやる。いきなりの肉抜きで五キロ以上軽量化《ダイエット》していた。

「私達に来た殺しの依頼は、『共通の知り合い』とやらが標的じゃない。あっちは頭数があって武器も持ってるし、仕事の邪魔になるからひとまず先に蹴散らしておいただけ。言ってしまえば巻き込んでも構わない追加ボーナスに過ぎないのよ」

退屈、と麦野《むぎの》沈利《しずり》の顔に書いてあった。

天使の笑顔とやらに騙されるほど彼女は甘くない。

「でもって本命はアンタだよ、万引きアイドル。スリルに溺れたのかもしれないけど、難病支援のための手作りカップケーキまで盗んだのは流石《さすが》に目立ちすぎたね。しかも見たくもない現場をたまたま目撃しちゃった別のメンバーを消すよう『暗部《あんぶ》』に依頼を出すとか……」

人に夢を与えるアイドルちゃんはそんな事しちゃダメだろー、と麦野《むぎの》は嘲りながら言う。

「仲介の『電話の声』がファンの代表とやらと話をしたらしいよ。『常習的に罪を犯して喜んでいる上、追い詰められたらプロに揉《も》み消《け》しを依頼するようなクソ女だったなんて。今まで貢《みつ》いで損した』ってさ。握手だのサインだののために外車が買えるくらい楽曲やPV大量購入させてきたんでしょ？　自分の人生捨ててまで応援してくれてる人達を裏切っちゃあいけないな。……とはいえ哀れは哀れか。『共通の知り合い』なんていう『暗部《あんぶ》』の人間に頼まなければ、何も私達みたいなのが出てくる事はなかったんだし」

「う、えあ、うおぼｗｈｋ」

「だから最初っから、何度も、繰り返し言ってるじゃん。狼が、来る、ぞって」

嘘《うそ》つき麦野《むぎの》はにっこり笑って、

「ま、私達は金がもらえてうっかり『暗部《あんぶ》』にまで関わったクソ犯罪者をグッチャグチャにできれば何でも良《い》いんだけど。いやー、用心深い腹黒アイドルちゃんを信用させて人気のない暗がりまで連れてくるのが大変だったー！」

ひらひらと手を振った直後、ぐるんと凶悪犯の目が裏返って白目を剝《む》いた。目尻から血の涙が溢《あふ》れ、そのまま体が真下に崩れ落ちる。

潜入捜査、と呼ぶにはあまりに悪意が強過ぎる。

こんなのは人の命をやり取りする詐欺と騙《だま》しのテクニックだ。『共通の知り合い』と一緒にいたと知られたらまずいと思った新人アイドルがとっさについたアドリブの嘘《うそ》よりも、こちらの方が良く練られた計画的なお芝居だった、というだけの話。

フレンダは自分の細い肩を片手で適当に揉《も》みながら、

「あー結局肩凝ったぁー」

「こういうの苦手です……。殺す相手なんて真正面から超殴り潰せば済むでしょう？」

リーダーの少女は周囲のヤンキー達に声を投げる。

「それじゃ私達はこのまま帰るから。芸能人は扱い面倒だけど、死体の処分はお願いね？」

もはや麦野《むぎの》沈利《しずり》は崩れ落ちた誰かさんなんぞに視線も投げなかった。

新しいアジトの間接照明どうするとかホームシアターはこうしたいとか言い合いながら、他の少女達と一緒に立ち去っていく。

彼女達は『アイテム』。

こう見えて学園都市《がくえんとし》の治安を守るために暗躍する、最強四人組の精鋭部隊である。


「あっ!!」

そして全部終わった後にフレンダが何か思い出したように叫んだ。

「……結局スタングレネードの使い終わった容器、回収すんの忘れた……」

「なにー？　オシオキかくてい？」

ちなみに正体も分からずに落とし物を拾ったのは一人の幼い少年。

ひょっとしたら。

こんな小さな間違いからでも何かを変えられる可能性はあるかもしれない。

行間 一

めめめも。

生まれ持っての目鼻立ちだけじゃ情報足りないわ。獲物の後ろ姿や行動半径を追うためには連中お気に入りのヘビロテも勉強して思考まで把握しておかないとね☆

麦野《むぎの》沈利《しずり》。

栗色《くりいろ》のゆるふわ髪、茶色の瞳、デカ乳凸。ホワイトシーズンのノースリーブにシープ&シープの限定手編みカーディガン、後はロイヤルシークレットの切り替えスカートかな。一見自信満々だけど、ストッキングで足隠したがってる弱さがバレバレw　だっさー。このクソ暑い猛暑日にわざわざ一八〇デニール、しかも黒を選んで少しでも細く見せたがっているとかwww

超能力者《レベル5》、『原子崩し《メルトダウナー》』。

電子を粒子にも波形にもせずそのまま撃ち出す事で莫大《ばくだい》な破壊力を実現する。威力については随一ね、逆に言えばそれしかなくて残念な子だけど。能力者は能力者よ。相手は宮本武蔵《みやもとむさし》じやないんだから、ぶつかる前からあれこれ気を揉《も》まされて調子崩したりはしないように。

滝壺理后《たきつぼりこう》。

肩の辺りで切《き》り揃《そろ》えた黒髪、黒色の瞳、隠れ巨乳かな（怒）？　ローブオブフェザーズのフィットネスジャージ（ピンク）に、どこかの短パン？　年中無休でこんな感じっぽい。……にしてもマジかよ、街歩きにも使うコーデでしょ？　短パンなんか下手すると学校のかも……。なのに足まわりのスニーカーなんかしれっとヴィクトリアのホワイトノイズ世界一〇〇足限定モデルだし。こんなの雑に履き潰してんじゃねえよッ！　ネットの争いを乗り越えてようやく手に入れたのに恐れ多くて結局一度も履けずに博物館へ寄贈したマニアまでいるのに!!

大能力者《レベル4》、『能力追跡《AIMストーカー》』。

『体晶《たいしょう》』って薬品？　を使って自らの能力を暴走させる事で、他人のＡＩＭ拡散力場の記録・追跡を可能とする能力。実質的にこいつが『原子崩し《メルトダウナー》』の照準係ね。要注意。ぶっちゃけ分かりやすいパワー馬鹿よりこういう最前線で存在感消してる地味な女が一番怖いのよ。

フレンダ＝セイヴェルン。

ゆるふわ金髪、青色の瞳、貧乳。天使の輪の五三番ベレー帽、ガールブリーズの夏物セーラーワンピースの上から村木洋裁店《むらきようさいてん》のポンチョＵＶ対策ライトモデル。足回りはシュガーボディのA号黒ニーソックスかな。コーデから考えるとカラダを見せるのに慣れてる感じ？　他人の目からどう映るか仕草や立ち位置まで全部計算してるって言い換えても良い。自信家。あと逆に外国人だからかな、金は持ってるくせにジャパンブランドばっかりなのよねこいつ。

無能力者《レベル0》。

爆弾の専門家で格闘もやるらしい。『原子崩し《メルトダウナー》』で大雑把に敵集団を撹乱《かくらん》させておいて、周到に張った罠《わな》を踏ませる役割みたい。戦う前から勝負は始まっているとか言い出しそう。まあ一つ一つの攻撃には手間暇がかかる訳だから、フリーの時間を与えないのが一番ね。

絹旗最愛《きぬはたさいあい》。

栗色《くりいろ》のボブ、茶色の瞳、激貧乳ｗ　パーカーワンピとベアトップの組み合わせ。いちいちアームスリーブやレギンスをこまめに使っているって事は、ガサツなふりして意外と肌見せに抵抗あり？　あと、上から下まで全部クイーンナイツなのよね。よっぽど好きなのか、まさかあのレベルの高級品を間に合わせで一度に全部揃《そろ》えたのかな……？

大能力者《レベル4》、『窒素装甲《オフエンスアーマー》』。

空気中の窒素を操って全身を防護する能力者ね。滝壺理后《たきつぼりこう》の護衛役として動く事が多い。馬鹿でも分かると思うけど『アイテム』の要《かなめ》は照準補整担当の滝壺《たきつぼ》よ、潰すならここを起点にして。護衛役が単独なら私達でシチュを作って二人を引き離してしまうのが一番ね。

結論から言うと、キホン第一五学区メインでお買い物してきたけど、ここ最近第三学区に行動や経済の基盤が移ったって予測ができるわ。

作戦開始前に全員の顔と名前、それから能力と行動パターンは頭に叩《たた》き込《こ》んでおいて。

つまりこれが、私達の標的よ。

第一章　LEVEL5_VS._LITTLE_HONEY_QUEEN.

1

本日の第三試合、海平女子《かいへいじょし》VS戸波《となみ》は一対二で戸波工業高校《となみこうぎょうこうこう》が逆転勝利。
ただし変化球のプリンセスには疲労の兆候も？

かき氷の売上総額が早くも前年度を突破。
これもマーケターの暗躍による流行創出戦略か、はたまた地球温暖化の影響か。

太平洋上に台風一一号が発生。
大型で強い勢力を保ちながら、いずれ東京西部・学園都市《がくえんとし》に上陸する恐れあり。

「おっと」

八月四日、午後五時。次々変わる電車の液晶ニュースに目をやりながら、ピンクジャージに短パンの滝壺理后《たきつぼりこう》が小さく声を出した。

窓の外は暗い。

黒々とした分厚い雲もまた、八月の風物詩ではあるか。ついさっきまでノスタルジックな夕焼けだったのにもうこれだ。件《くだん》の台風そのものではないだろうが、海の上で前線でも押し上げて天気を崩してくれたのかもしれない。風力発電プロペラもいつもより回転が速いし。

今日の買い出しは済んでいる。新居に必要そうなものは紙袋に詰めて両手で抱えているが、今から降り始めると駅からマンションに歩いて帰るまでが大変そうだ。雨に当たらない地下街はどう広がっていたっけ？　と滝壺《たきつぼ》はちょっと頭の中でシミュレーションしてみたが、ややあって、それよりもっと直近の問題に気がついた。

（……あれ、窓ってどうだったかな？）

高層階だと曖昧になりがちだ。外出時でも普通に開けっ放しの可能性も否定はできない。ていうか覚えていない。滝壺《たきつぼ》は隣に立って指先で吊り革《かわ》を弄ぶ麦野沈利《むぎのしずり》の方をチラッと見て、

「降ってきそうだね」

「んぅー？」

最新のサブスク音源をわざわざカセットテープに録音し直して微細なノイズを楽しむ人は生返事だ。耳のイヤホンを片方外してくれたものの、麦野《むぎの》はあんまり興味がなさそうだった。

せっかく第三学区に新しく（それなり以上にお高い）アジトを見繕ったのに、窓の開閉状況次第ではいきなりリビングの床がびっしょびしょになって変色しかねないのだが。

と、麦野《むぎの》沈利《しずり》はポケットから取り出した携帯電話を軽く振った。

滝壺《たきつぼ》の方に見せた小さな画面では、何かしらのアプリが立ち上がっている。

「窓だろ。大丈夫よ、ここ最近は何でもネットに繋《つな》がるＩｏＴの時代なんだって」

「それが？」

ジャージ少女がパチパチと瞬《まばた》きすると、麦野《むぎの》は説明を続ける。

「マンションの金属シャッターもケータイ一つで操作できるのよ。雨が降りそう？　洗濯物が心配？　のんのん、そんなの心配する事ない。出先でぽつっときたら……」

電車の窓に小さく斜線が入った。

どうやら本当に降り出したらしい。

「ケータイを指先一つで操作して、ほらこの通りっ！　これでベランダ全体を覆う格好で金属シャッターが下りたぞ。いやあ便利な世の中になったね、あっはっはー」

2

「……、」

そして分担しての買い出しを終えて一足早く高級マンションに戻ってきたフレンダ＝セイヴェルンは口を小さな三角にしていた。一番乗りで帰ってきたためエアコンの恩恵を受けられず、自分の家で汗まみれになっている事に文句があるのではない。

誰かと目が合った。

そいつはコンクリでできたベランダの手すりの辺りでギロチン刑直前っぽく体を押さえつけられ、そこからさらに首が一八〇度縦にくるっと回っていた。こう、時計の針みたいに。

上下逆さのまんま目は合うけれど、瞬《まばた》きは一回もしてくれなかった。

「はあ」

ため息を一回。

自分の汗で薄手の衣服の内側からじんわり白い肌を透かせるフレンダはとりあえずエアコンのリモコンを操作し、ポケットから携帯電話を取り出すと、どこかと連絡を取る。

「……ちょっと麦野《むぎの》。ベランダの金属シャッターに首挟んで死んでる不審なおっさんが夏の暑さにやられて変な匂いを漂わせ始めているんだけど、結局これ麦野《むぎの》の知り合い？」

3

「ねえきぬはた。グリップ強めの特殊な手袋に、こっちのは開錠ツールかな？」

「なるほど空き巣ですね、邪魔な死体のご職業。第三学区は大企業のビルが超多いですしクライミングの技術が重宝されるんでしょ」

滝壺《たきつぼ》や絹旗《きぬはた》の言葉に麦野《むぎの》はうんざりした顔で、

「マジかよここ五〇階分はあるぞ……。高層階の窓は比較的ザルって言っても、こんな、ひたすらよじ登るだけの根気と忍耐をきちんと使えばもっと真面目に働けただろうに」

「犯罪者相手に超それは禁句でしょう。変態ノゾキ野郎はどれだけテクを磨いてもインテリなスパイにはなれないのと一緒ですよ、何故《なぜ》なら超そもそもの人種が違うから」

「むぎの。地面からコツコツ上ったんじゃなくて、屋上から下りてきた方が早いかもね」

それにしたってご苦労な話である。

体の重さで首が千切れて謎の死体が地上へ落ちたらご近所迷惑だ、ひとまず全員で手すりからベランダ内側へ引っ張り込む。こちら側は屋根があるので雨が吹き込んでくる事もない。

「結局、これいつまでもそのままにはしておけないでしょ。ただでさえこの熱気で、しかも雨降ってて湿度も高い訳だし。麦野《むぎの》、死体の処分係はいつ頃来るって？　それまでスポットクーラーとか当てておいた方が良《い》い訳？」

「きちんと連絡したし、すぐ来るとは思うけど」

「ふうん」

つまり予定は遅れ気味という訳だ。

ジグソーパズルやクロスワードパズル感覚の暇潰しなのかもしれない。自分で聞いておいてなんか生返事のフレンダは体に悪そうな匂いを漂わせていた。一言で言えば焼けた金属系。スタンドで固定した大型のルーペを通し、はんだごてを持って基板と格闘し始めている。

女子力高めな鉛の匂いを顔一面にもらった絹旗《きぬはた》は微妙に距離を置きながら、

「フレンダさんそれ超何作っているんです？　また物騒な目覚まし時計ですか？」

「反物質爆弾。結局、太陽よりは出力デカいかな」

「……、」

口を小さな三角にする絹旗《きぬはた》にフレンダはふと顔を上げて、

「基板と起爆装置だけだよ？　結局これだけじゃ爆発はしなーい」

インターフォンのピンポンが鳴ったから絹旗《きぬはた》が画面越しに応対すると、やってきたのは下部組織のヤンキーではなかった。足首まである長い黒髪のおっとりお姉さんがドアの前にいる。こう、肉感的なボディを名前も分からんあちこち穴の空いたニットワンピで持て余しながら。

ドスケベニットワンピ（暫定）はお上品に片手を頬に当てて微笑《ほほえ》み、

『どうも。お呼び立てしていただいた「転換者」花露腐草《はなつゆくちくさ》と申しますけれどー』

「絹旗《きぬはた》ー、その人私が自腹で呼んだからドア開けて中に入れてあげて。道端の死体処理と違ってこれからも使うアジトの話でしょ？　匂いがどうのこうの電話で言ってたし、いつものヤンキーよりもうちょいグレードの高い職人技で痕跡消してほしくてさ」

麦野《むぎの》が家具を運んできた運送屋さんを迎えるくらいの気軽さで言ってきた。

「ふんふん♪　さあて大切な家族を養うためにはきちんとお仕事しませんとね。うふふ、ほら見てスマホの待ち受けカワイイ見習いの双子ちゃんでしょー？」

「……結局マジか、歳《とし》なんかウチの妹と同じくらいじゃん。そりゃ私だって犯罪で稼いだ金を払って何も知らない妹の服を買ってやったりはするけどさ……」

「この子達には今無菌のラボで技術を仕込んでいる真っ最中でして。二人ともまだまだ現場は歩かせられない感じなんですよねえ。半人前というか、破壊力が大きすぎてブレーキやコントロールが全く利《き》かないというか」

にこにこ微笑《ほほえ》んで物騒極まりない親バカ自慢大会をしながら、おっとりママはリビングを横断して広いベランダへと歩いていく。それを見ながら絹旗《きぬはた》は何やら神妙な顔で、

「(……あれがむちむちニットワンピですか。安易な外付けで大人の色香を獲得するという意味では超いけるかも？)」

一方、ぼーっとしているジャージ少女の滝壺《たきつぼ》が何かに気づいた。

「頭に引っかけているそのガスマスク」

「はい？」

「前にも見た。コロシアムの会場だった図書館でＤＪやってた……」

「やだっ、ひょっとしてヒミツの趣味まで全部バレちゃっています？　やっぱり学園都市《がくえんとし》って

狭いですねえ。うふふ、お恥ずかしい限りです」

麦野《むぎの》は首の折れた空き巣男を顎で指しながら、

「どうやって処理すんの？」

「そうですねえ。基本的には死物寄生かなーと」

ウチのお味噌汁《みそしる》に使うお出汁《だし》の取り方みたいな調子でおっとりママさんは語る。

『転換者』とは本来、死骸を食べて栄養にする動植物と光合成を使わずに無機物から有機物を作る細菌をひっくるめた分類です。種類を並べたら図鑑ができる量はありますけど、虫にしてもカビにしても植物にしても、死んだ宿主に種を植えて中から食い破らせる方式が最強なんです。うふふ。この方法なら間違いない、何しろ彼らにとっては宿主の死骸こそがホームで、端から全部資源を貪り尽くすので食べ残しがありません。まあ餅は餅屋に任せてのんびりくつろいでいてくださいな。まあまあ、遺伝子を完全に壊して匂いの粒子も残しませんから一☆」

「ったく世も末だな。体張ってガキども養ってる母親に怖いもんはないってか？」

「あれえ、私がママなんて誰が言いましたっけ。女性サイドから見てこんな穴空きニットわざわざ選びます？　ある種の寄生虫や特定の環境ホルモンにはオスの生殖機能を奪って後天的にメス化させる作用があるんですけど」

「……、」

「なんちゃって☆　私があの子達のパパかママか、精子と卵子のどちらを提供したのか、その真相は不明ですっ。だってその方が秘密があって人間としての価値が上がるでしょ？」

別にどっちでも良《い》いが、このレベルで科学をオモチャにできるのが『暗部《あんぶ》』という訳か。

言っている傍《そば》から変化があった。

職人の技は見ていても凄《すご》さが理解できないというのは本当らしい。いくつか香水の瓶のようなものからカラフルな液体をスプレー状に吹きつけたのは分かったのだが、それだけだ。多分虫の卵なり植物の種なりをばら撒《ま》いたのだろうが。首をへし折って異臭を放つ一七〇センチ台の肉や骨がものの五分一〇分で衣服や装備ごと跡形もなく消えていく。氷が融《と》けるよりも速かった。つまりグンタイアリ以上にヤバい何かが目に見えないサイズでびっしり存在する事になる訳だ。装備まで消滅しているのにベランダやリビングの床が溶けたり崩れたりもしない。

人間って何なんだろう？　と思わせてくれる光景だった。

「はい完了っ。生物的にも物理的にも何も残ってはいませんけど、気分の問題があるならベランダは水洗いでもしておいてください。科学的には何にも変わりませんが」

「……これ、放っておいて超大丈夫なんですか？　目には見えないけど人を食べる何かが今も床をうぞうぞしているんですよね？？？」

「んぅー？　何をビビっているか意味不明ですけど、人を食べる幼虫さんは人を食べないカビで死滅させていますから心配ありませんよ。そもそもこの子達は死んだ人間しか食べませんし」

慣れている人はしれっと言った。

解き放った怪物を檻《おり》に戻すまででプロの技なのか。

「あらあら、もしかしてこれから焼肉ですか？　お部屋の匂いが気になるようならまた呼んでくださいな。それではー。……もしもし二人とも、お仕事終わったし今日は何食べよっか？　うふふ駅前のシュラスコ屋さんでお肉いっぱいお腹《なか》いっぱいなんていかがでしょうーー？」

最後までにこにこしていた。

絹旗《きぬはた》はやや呆然《ぼうぜん》とした調子で小さな双子を養う親御さんの背中を見送って、

「もうご飯の話をしてますけど。ああいう人達って気持ちの切り替え超必要ないんですね……」

「まあ結局人間は必要に迫られれば学校のトイレでお弁当食べられる生き物だからね」

ふー、と麦野《むぎの》は両手を上にやって背筋を伸ばしてから、

「面倒なアクシデントは片がついたし、それじゃメシにしますか！　腹減ったー」

「ここにも超全く気にしない人がいますよ」

とはいえ気を遣ってメシ抜きにされても育ち盛りは困る訳だが。ようやくトラブルが解決して来客も帰ったのだ。いつまで経《た》っても外出着だと息苦しいので、ひとまず四人はそれぞれの部屋に入って寝間着に着替える事に。

再びリビングに集まると、滝壺《たきつぼ》はぼーっとしつつも首を傾《かし》げてこう切り出した。

「フレンダ、今日はご飯当番でしょ。トラブルがあったとはいえ、この時間になっても何の下《した》

拵《こしら》えもしていないみたいだけど大丈夫なの？　大ピンチなら私も手伝うけど」

「ちっちっちっ。全ては私の計画通りに進んでいるから何も心配はいらない訳よ」

「？」

「結局、東洋の名物台風が近づいているって話じゃん？　つまりこの後しばらくカンヅメにされちゃうんだからさ、だったらその前にアレやっておかないとって思って。じゃじゃーん！　アウトドアグッズと焼肉セットを組み合わせて夢のベランピング大作戦だァあああああ‼」

急に叫ばれても絹旗《きぬはた》と滝壺《たきつぼ》はちょっとノリに遅れていた。

絹旗《きぬはた》は首をひねって、

「ベランピングって超何でしたっけ？」

「ベランダでキャンプだよきぬはた、多分フレンダはソロキャンプ系のＳＮＳか動画サイト辺りで拾ってきたんだと思う」

ようは自分がやりたいだけだ。

まあ台風に備えて保存食まとめて買ってきたーなんて言われて一汁三菜の一汁も三菜も全部が全部サバ缶地獄なんぞに埋め尽くされるよりはまともなセレクトか。

花露《はなつゆ》ママから微妙にネタバレを喰《く》らっていた気もするが、あの専門家は多分焼肉用の薄切り肉から血の匂いか脂肪の以下略でも精密に嗅ぎ分けていたのだろう。

四人でソファーやテーブル、クッションなどを広いベランダに運び出す。

今も外は雨が降っているが、屋根のあるベランダ側まで吹き込んでくる事はなさそうだ。そしてみんなぶつくさ言っているけど学園都市《がくえんとし》の住人はキホン心霊現象など信じない。

「結局やっぱり明かりはランタンの方が雰囲気出るよねっ。おー、一気にキャンプ気分！」

「超思いっきり白々しいLEDですけどね」

席を確保した滝壺《たきつぼ》はぼーっと虚空《こくう》に視線をさまよわせ、ネグリジェ姿の麦野《むぎの》へ目を向けた。

「ベランダの使用条件ってどうなっていたっけ？」

「一応火の使用はセーフよ。ま、問題あるならコンシェルジュを札束でビンタして規則の方を変えさせりゃ良《い》いし。マンションルールなんて別に法律だの条例だのじゃないんだから」

そんな事より麦野《むぎの》が気にしているのは、着ぐるみパジャマに包まれたにゃんこフレンダが用意したホットプレートのようだ。

「電気だと火力弱くない？　こういう鉄板系はガスの力で一気に熱を通しちまった方が確実だと思うんだけど」

「まあまあ。それじゃ本日の主役、豪華な和牛さんをお披露目しちゃう訳よー？」

「……ちょっと待てフレンダお前どこから何を取り出した？」

「何って、銀色の保冷バッグ。やっぱこれでしょアウトドア感演出するなら！　いちいちキッチンとベランダ何度も往復するのもアレだしね。今日はもうごちそうさま言うまでベランダから出ない!!　結局どこから攻める？　米沢《よねざわ》、飛騨《ひだ》、それともいきなり夢の松阪《まつさか》から行っちゃいます⁉　より取り見取りな訳よー☆」

「超どっちみち全部学園都市《がくえんとし》の農業ビルで創った安物のクローン牛じゃないですか。ま、電子顕微鏡で精査したって違いは超見つからないんでしょうけど」

「遺伝子保存だっけ、きぬはた。工場で作った温泉の入浴剤みたいだよね」

「黙れ何だかんだで誰よりも食べまくる派の人々。ほらほら早速キャンプ動画でやってたアウトドアテクニックを披露しちゃう訳よ、凍らせたお肉が保冷剤の代わりにもなってさー」

　という訳でこうなった。

　薄手のぶかぶかパジャマにショートパンツの絹旗《きぬはた》は口を小さな三角にして、

「一体どれだけ長時間超お肉を焼いているんですか……？　いつになったら食べられるか教えてくださいよこれぇ‼」

「一枚のお肉を焼くのに二〇分はかかってるね。多分、焼くってより解凍作業だと思うけど」

　寝間着も普通にジャージの人はトラブルに強い。

　麦野《むぎの》は鉄板の前でイライラを隠そうともせず、低い声で呟《つぶや》く。

「……これは自宅から車で半日くらい走らせて山奥なり海岸なりに向かうのが前提のテクだろうが。ただでさえ火力の弱い電気のホットプレートにわざわざ凍らせた肉をそのまま置くとか何考えてやがんだこのクソ馬鹿アウトドア初心者は……」

　四方八方から言葉で袋叩《ふくろだた》きされたフレンダがベランダの隅っこでいじけているが、幸い、凍らせてあるのは肉関係ばっかりらしい。そんな訳で焼きそばや野菜炒《やさいいた》めなど本来ならサイドを固めるシブい連中の人気が急上昇していく。

「ていうか麦野《むぎの》の家じゃ細く切って超野菜炒《やさいいた》めにしちゃうんですね」

「ニンジンとかピーマンとか一個一個焼いてもどうせ食べないだろ肉と炭水化物専門。あとホットプレートの近くに放置しておいた肉はそろそろ常温に戻ってるよね？　それこっちに回せ、ダメなヤツが表に裏にと何度もひっくり返して焼いたりすると台なしにされるから」

ぶつくさ言いながらも菜箸を操ってそれぞれの小皿にお肉だの野菜だのを次々乗せていく麦《むぎ》野《の》。網と違って鉄板は汚れても簡単に交換できないので大きなホットプレートを四つのエリアに区分けした上でタレや塩などの下味によってお肉を焼くエリアを割り振ったり、ロースやカルビといったお肉の種類ごとにひっくり返すタイミングを変えたりと色々芸が細かい。本人は自分がイライラしたくないだけだろうが、意外と面倒見の良《い》いお姉さんである。こんなにできるのに何で普段の家事は全く分担してくれないんだろう、と女王様に言ってはならない。

滝壺《たきつぼ》は無言で瞬《まばた》きを二回してから、

「フレンダ、タレってどこにあるの？」

「結局、一応焼肉用のをいくつか買ってきたけど……」

唇を尖《とが》らせながらもフレンダがおずおずとカムバックしてきた。

こんな所でも個性は出るものだ。麦野《むぎの》と滝壺《たきつぼ》は辛口、絹旗《きぬはた》は甘口のボトルを迷わず手に取る。

さらに麦野《むぎの》はレモンも搾りたい派らしいが。

一方のフレンダはと言えば、

「ふんふん♪　お肉にタレなんて浅はかな訳よ。結局、通なオトナはお塩を選ぶのよー☆」

「「「……、」」」

「ねえ！　結局みんな今日は私に対する当たりが強過ぎない？　全部私が用意したんだよ!?」

ついに涙目で叫び始めたフレンダだったが、お塩は大雑把すぎて判定できん、と他の三人の顔にでっかく書いてあった。『Q・好きなスイーツは何ですか？』『A・砂糖使ってるお菓子』と同じレベル。せめて抹茶塩とかトリュフ塩とか枠を狭めてから勝負してほしい、と。

ただ、色々波乱を起こす保冷バッグの中にも喜ばれるものがあった。

「おー、ペットボトルが超いっぱいありますよ。キンキンに冷えた炭酸水、乳酸菌系のソーダ、あとアイスコーヒーなんかも」

「猛暑日に鉄板で料理をするなら冷たい飲み物は欠かせないもんね。下手したらご飯以上。きぬはたサイダーちょうだい、おフランスで星五つもらったってCMやってたヤツ」

絹旗《きぬはた》は夏物の薄いパジャマの内側から肌をうっすら透かせながら、

「うへー、それにしてもやっぱり鉄板系は超汗かきますねえ。結構びちょびちょ。まあガスの鉄板よりはマシなんでしょうけど」

「みんな、後でお風呂《ふろ》入るんでしょ？　なら大丈夫」

滝壺《たきつぼ》が手に取った冷たいペットボトルを額に当てながらそんな風に答えた。

各々《おのおの》勝手にドリンクを手に取る中、麦野《むぎの》の携帯電話が鳴った。

電源なんか切っておけば良かったと後悔した。

「何よ『電話の声』」

『なにー？　さっきからじゅーじゅー音鳴ってるけど何してんの、こいつときたら』

「ベランピングだっけ、知らんけど。でもって今夜は焼肉パーティ」

『数十日単位で自由を満喫してやがる夏休み中の学生はこれだから！　私だって時間を気にせずビール呑《の》みたいっての!!　ちくしょういいかアンタ達子供が蔑んでる社会人が支えてんだかんなこのでっかい世界はァあああああああああああああああああああああああ!!』

……時刻は午後七時前。ベランダから外に大きく広がる景色は薄暗いというよりがっつり夜なのだが、この仕事人間はまだ本日の業務から解放されていないのだろうか？　一般のサラリーマンなんてそんなもの、かもしれないが、人の命をガンガン消費して世界の謎を握る『暗《あん》部《ぶ》』でも比較的上の方にいる重鎮サマがその水準で満足して良いのか。

「フレンダさん、超それ何飲んでいるんですか？」

「結局、擬似ドリンクだって」

フレンダはペットボトルとは違う、自前のゴテゴテした機材を軽く振った。プラスチックの円筒に太いストローをつけたような代物。チェーンの喫茶店で売っている小さな水筒に似ているが、底の方にダイヤルが複数あるせいでもっと機械っぽく、天体望遠鏡のようにも見える。

「味覚って舌以外にも引きずられるから、複数のアロマを組み合わせてバーチャルな味を再現できるキット。これ一個あればスタザの冷たいラテなんて一〇〇種類以上味わえる訳。公式はヤバいって途中で気づいて下りたけど有志がネットに次々調合レシピを上げまくってるしー」

「？　実際には超何も飲まないいんですよね？？？」

「この太いストロー、実はポンプの力で舌を吸われるんだけど、この抵抗感で飲んでる感覚を誤認させてくれる訳。生クリーム激盛りの季節限定アイスカフェモカなんて通常サイズでも七〇〇キロカロリーはあるんだから。屋台の味噌《みそ》バターコーンラーメンかよッ！　それが全く同じ味を目一杯楽しんでノンカロリーなら、こんなの逆にありがたくない？」

ほい、とフレンダがボトルを掴《つか》んだまま飲み口を差し出すと、絹旗《きぬはた》は怪しげな通販番組を観《み》るような目をしつつ太いストローの先端を口に咥《くわ》えてみる。

「んぐっ？　うわすごい、超ちゃんと口の中ひんやりするじゃないですかこれ‼」

「結局小さなエアコン入ってて空気を冷やしているみたいなんだよねー。匂い、感触、温度。複数を組み合わせると味は誘導できる。アイスはともかくとして、ホットをストローで味わうっていうのは違和感の塊ではあるんだけど」

きゃっきゃ言い合いながら回し飲み（？）をしている三人の少女達を横目で見つつ、ネグリジェ姿の麦野《むぎの》は携帯電話に意識を向ける。

一応は全員で聞けるようにスピーカーフォンにしながらも、

「用件は？」

『やベーそのじゅーじゅー音、私ももうビール呑《の》も。新居を構築したって事は現在進行形で札束も逃げてる真っ最中でしょ？　新しい仕事あるんだけど「アイテム」で受ける気ない？』

『電話の声』は仕事の仲介と斡旋《あっせん》を行う顔の見えないエージェントだ。

見た目は平和な街並みでも、暗闇の奥では今もグロテスクな事件が蠢《うごめ》いている訳か。

『ぷはー、蒸し暑い空気が吹っ飛ぶ！「ハニークイーン」って知ってる、こいつときたら』

「？」

『フライドポテト、冷凍のフライドポテトー、っと……レンジのタイマーは五分か。つまりネット上で暗躍している話題のネット美人結婚詐欺師よ。色んなサービスから誘導してくるけど、メインの仕事場はスカイパとかの無料通話アプリ。しかも狙うのはアホな男の電子マネーだけじゃない、企業秘密の研究資料とか機密エリアへ出入りするアクセスキーとか、まあネット経由で色々手広く送信させて掠《かす》め取《と》ってる。能力開発絡《のうりょくかいはつがら》みのデータは応用次第だから価値を測りにくいんだけど、単純に学園都市《がくえんとし》公式産業スパイ対策資料の表計算マクロにはめ込んで自動計算させると被害総額はざっと二五〇〇億円以上。高位になると能力開発って儲《もう》かるねえ。ぬおお新発売の黒胡《くろこ》椒味《しょうあじ》やべえ！　深夜のコンビニで見かけた時からアンタは絶対ビールに合うと信じていたんだ友よおおおおおおおおおおおおおおおおおおお!!』

「……『アイテム』向けの仕事じゃないっぽいけど。なに、依頼人はよっぽど残酷な方法でネットの向こうにいる腹黒美人を処刑してほしい中年オヤジとか？」

『ひっく、そんな風に言ってられないわよ？　これ、アンタに気を遣って一番に話を持ってきたんだから。まあダメならよそに回して解決させるしかないけど』

「もったいぶらずに言え」

『企業秘密の研究資料とか機密エリアへ出入りするアクセスキーとかって言ったでしょ』

うんざり、といった声をしているのは麦野《むぎの》だけではなかった。

『電話の声』はこう続けたのだ。

『ぶっちゃけ「原子崩し《メルトダウナー》」関係の能力研究機関のスタッフもやられてる』


ううー、と麦野沈利《むぎのしずり》は呻《うめ》いた。

そうなると、それは確かに対岸の火事ではいられない。

『原子崩し《メルトダウナー》』は麦野沈利《むぎのしずり》の能力ではあるが、その力は麦野《むぎの》個人《こじん》が謎の修業で覚醒させるものではない。彼女の能力を有用だと考え、莫大《ばくだい》な研究費とスタッフを投入して、派生研究を広げていくからこそ大きな拡張性や進化の取っかかりができるのだ。レーシングカーが近いか。

そもそも学園都市《がくえんとし》でも七人しかいない超能力者《レベル5》。

仮に研究資料が洩《も》れたところですぐさま『原子崩し《メルトダウナー》』が大量コピーされるとは思えないが、気持ち《い》の良い話ではないのは事実。

何より、『あそこは警備がザルだからいくらでも奪える』なんて風評が広まってしまえば、誰にどれだけ狙われ続けるか分かったものではない。大人達の研究が滞れば、巡り巡って麦野《むぎの》自身《じしん》の能力開発にも遅れが出てしまう。

何にせよ、ナメられ続けるのはまずい。それは家の前に蜂蜜をぶちまけて放置するのと一緒だ。一匹一匹の敵はアリのようでも無尽蔵に集まるとこちらが疲弊してしまう。何より、コストをかけて駆除しても何の利益も出ないのが最悪だ。そんなのはプロの仕事とは呼べない。

迂闊《うかつ》にも自宅前の地面に落としてしまった蜂蜜はすぐ洗い流すに限る。

こういうトラブルは他人に預けても当事者の緊張感など共有できない。そして気の緩んだ同業者では問題解決までどれだけ引き延ばされるか分かったものではない。

『引き受けるー？』

「了解」

『よしよし、今日は素直じゃんこいつときたら。だとすると「ハニークイーン」側も追っ手の存在に気づけば敵とみなして攻撃してくるわね。正式に「電話の声」から依頼を受けた以上お遊び気分は中断して。私はこのままオトナの隠れ家でのんびりヤニ吸ってまったりビール呑《の》んでるけど、そっちは戦時体制に移ってちょうだい。今すぐに』

メシ食ってる最中に冗談じゃねえ、そんなすぐに敵が襲ってくる訳ないだろ。

という言葉が出てこなかった。

ベランダの上の方。雨水を誘導するための塩ビのパイプを通って何かがボトッと落ちてきた。それは野球ボールくらいの塊だった。左右に車輪が二つ、カメラレンズが一つ、そして中身の八割以上はＴＮＴとＲＤＸであった。

つまり無線のコントローラで操縦してお好きなタイミングで起爆できる、走る爆弾だ。

「ばっ」

4

ドゴアッッッ!!!!!!　と。

外から見ても分かるくらいド派手にベランダごと部屋が吹っ飛ばされた。

5

対人爆弾くらいでいちいち死んでいたら『暗部《あんぶ》』で仕事なんかやっていられない。

爆破の瞬間、四人はむしろ自分からコンクリの手すりの向こうへ大きく飛んでいた。

ぼんっ!!　と車のエアバッグが作動するような音が空中に響き渡る。

フレンダが作った飛行デバイスを展開させたのだ。

寝間着のまんま脱出成功である。

蒸し暑い夏の雨が髪や衣服に絡《から》みつく。滝壺《たきつぼ》はべたべた張りつくジャージを気にしつつ、

「あれ、『体晶《たいしょう》』忘れた」

「ええー？　結局ダメだよ滝壺《たきつぼ》、女の子なら必殺武器はいつもカラダのあちこちに隠しておかなきゃ。学園都市《がくえんとし》の爆弾魔がイロイロ教えてあげようか？」

「二〇〇グラムでデカい部屋が丸々爆発するか？　ありゃフレンダの爆弾が誘爆したんじゃ」

「あ」

「……オシオキかくていか？」

「あうあーっ⁉」

叫びながらも四人は雨の中を正確に飛んでいく。

「フレンダの飛行デバイス大活躍じゃん」

「麦野《むぎの》本気で言ってる？　結局まだ家具も揃《そろ》ってない新しいアジトの位置が速攻でバレてんのよ、入念に下調べしてる連中が襲ってきたなら昨日の『共通の知り合い』とのいざこざも掴《つか》まれてる訳よっ。つまりこんなお手製機材なんて対策済みだってば、ほら来た短距離ＳＡＭ!!」

複数のビルの屋上から噴射煙が同時に噴き出した。おそらくは無人制御の地対空ミサイルユ

ニット。天高く逃げようとすれば遮蔽物のない開けた空間で逆に狙い撃ちにされてしまうため、こうなると麦野《むぎの》達《たち》四人は最高速度でビルの谷間の地上を目指すしかなくなる。

「ヴぁあああああ!?　わたっ、私が一から組み始めた超ホームシアターがあ!!」

映画マニアの絹旗《きぬはた》が割と本気で絶叫していたが、行動自体は的確だ。大きく枝を伸ばした街路樹の下を潜《くぐ》り抜《ぬ》ける事で、追ってくる地対空ミサイルを引っかけて誤爆させている。

着陸の瞬間、ぼひゅっ、という異音が響いた。

後ろから。

「？　むぎの背中が燃えてる」

「なに悠長に言ってんだっ、ああもう脱げないぞこれ!?」

「やばっ、ジェットエンジンの燃料噴射制御弁がイカれてる！　えーっと航空燃料のカタマリだからこのままハーネス外さないでいると結局大爆発して火だるまになるようなー」

「うっっっぜえ!!!!!!」

ぼひゅッッッ!!　と、後ろに回した手を使って『原子崩し《メルトダウナー》』で強制的に背中の飛行デバイスを（燃料系の爆風ごと）吹き飛ばす麦野沈利《むぎのしずり》。

「じゃあ今まで特大の爆弾背負ったまま戦場を走り回っていたっていうのかよ。危ねえな二度と使うかこんなもんッ!!」

「ええー？　結局、家庭用の一〇〇ボルト電源だって爆発する世の中だっていうのに」

顔の見えない敵に誘導されている。

普段から近場で待機させている下部組織のデカい四駆が騒ぎを聞きつけて急行してきた。全員で乗り込みながらも、麦野《むぎの》は胃袋に落ちる重たい感覚から逃れられない。

雨で濡《ぬ》れたネグリジェから白い肌を浮かび上がらせたまま、麦野《むぎの》沈利《しずり》が運転席に叫ぶ。

「行け、急いで!!」

ギャギャガリ! とタイヤが擦《こす》れる音が大きく響く。

真後ろからヘッドライトに貫かれた。しかも複数台。やはりこれも読まれているようだ、当たり前の行動を取っているだけでは敵の敷いたレールから逃れられない。

じっとりとした、嫌な予感がする。

こいつはただの強敵ではない。

もっとピンポイントでパズルのピースが組み合わさるような、そんな天敵の気配。

「滝壺《たきつぼ》っ」

「今のままじゃ何とも。『向こう』に私と同じ索敵系の能力者がいるのか、あるいは心理学的誘導の専門家でもついているのか」

(理由は分からんが正攻法は即死コースと見るべきね。東西南北どこにでも繋《つな》がる大通りの交差点はむしろ待ち伏せの可能性が高いか。それなら逆振りで……)

「次は左折、工事現場に突っ込め!! 早くッ!!」

雨でぬかるんだ土砂の山をバウン！　と四駆が大きく飛び越えていく。追っ手の車の中で、車高の低い競技モデルのクーペはこれだけで土砂の山に対処できずリタイアしていった。

正攻法は脇にどけろ。

こちらはそもそも『暗部《あんぶ》』で生きる悪党だ。安全そうな道を進むだけではチャンスなんか得られないのは百も承知。それは失敗のリスクを潰して人生の起伏を平《なら》らに均《なら》しているだけで、実は成功への積み立ては何もしていない。本当に一番を獲りたいのなら、やはり誰にも想像できない事を自分でやってチャンスを摑《つか》むしかないのだ。

だが安定した道を外れて飛び跳ねても追っ手は全滅しない。スポーツカーの群れはともかく、タイヤの太いオフロード仕様のピックアップトラックはそのままついてくる。

『アイテム』側としても、無人の工事現場なら遠慮はいらない。

「今日はついてる。何しろ減点を気にせず『原子崩し《メルトダウナー》』をぶっ放せるからなあ!!」

「こんな時でも一般人への流れ弾を心配するむぎのは優しい」

四駆は金網のフェンスを突き破り、鉄骨の林を一気に走り抜ける。雨も気にせず真上のサンルーフから上半身を出した麦野《むぎの》は掌《てのひら》を真後ろにかざすと、凶暴な閃光《せんこう》を解き放つ。

作りかけのビルが壊れ、ジャングルジムのようだった鉄骨が一気に崩れて地上へ降り注ぐ。

追っ手のオフロード車は何度かS字に蛇行してかわしたが、鉄骨の一本がまともにボンネットを貫いて地面に縫い止め、直後に爆発した。

と、びしょ濡《ぬ》れパジャマであちこち透けてる絹旗《きぬはた》に頭からタオルを被《かぶ》せてわしわし拭いていた滝壺《たきつぼ》が珍しく大声で叫んだ。

「むぎの!!」

「っ？」

サンルーフから車内へ首を引っ込めるのと、すぐ頭上を簡易クレーンのアームが突き抜けたのはほぼ同時。背後に目をやって分かりやすい戦果にニヤついていたら頭が飛んでいた。

（今の撃破も予想済みかよっ、だとするとこの逃走ルートもまずい!!）

敵性の術中から抜けられない。

何度回避しても次のトラブルがやってくる。

「ちょっとちょっとちょっと!!　ストップ、結局ブレーキだってば！　うわあ!?」

着ぐるみパジャマのにゃんこフレンダが慌てて運転席のヘッドレストを後ろから掌《てのひら》でバシバシ叩《たた》いたが、間に合わなかった。

いや違う。

ジャージ少女の滝壺《たきつぼ》は感情の読めない瞳をさまよわせ、

「信号が全くない。運転手さん、意識が途絶したみたい。何かしら脳に干渉されている？」

「っっっ!!!?!??」

意識はないのでブレーキも踏めない。山積みされたセメント袋の壁へ四駆が突っ込んだ。土《ど》囊《のう》を積んだ陣地みたいな山がまとめて吹っ飛ばされる。

一瞬後に全員の視界がぐしゃぐしゃに濁った。

ガラスと金属のひしゃげる音が大きく響き渡る。

呻《うめ》いて麦野《むぎの》が瞬《まばた》きすると、潰れた車体は上下逆さにひっくり返っていた。ぱらぱらと、粒状に砕けたフロントガラスが小さな音が鳴らしている。なんかどことなくガソリン臭いのは単なるプラシーボ効果だと信じたい。これ確か軽油で動くディーゼル車だったと思うし。

「……くそ、もう移動のアシに金かけるのやめよう。コレはいつか壊れる前提の消耗品だ」

「み、皆さん、まだ超動けますか……？」

「私の事は気にしないで、ダウン扱いにしておいて。結局私はもう不貞寝《ふてね》するう」

「むぎの、運転手さんの様子がおかしい。呼びかけても頬を叩《たた》いても目を覚まさない。意識が落ちる前に痛みで絶叫もしなかったから、運転中の脳卒中やくも膜下出血じゃないみたい」

ネグリジェ姿の麦野《むぎの》は小さく呻《うめ》き、それから歪《ゆが》んだドアを足で蹴飛ばして強引に開ける。

（ヤツの策の規模は？　一体、どこまでが敵の予想の範囲だ……？）

多分全部。

生ぬるい、夏の雨の不快感すら心の中から押しのけられて消えていく。

そしてのろのろと車外へ転がり出た麦野《むぎの》達《たち》の耳に、小さな足音が聞こえた。

かつん、と。

来た。

6

小さく、そして邪悪な笑みがあった。

歳《とし》はせいぜい一〇歳くらいか。

褐色の肌に盛りまくった金髪。格好は蛍光色のド派手なビキニトップスとサスペンダーのついたミニのプリーツスカートの組み合わせ。チアリーダーがさらに一肌脱いだ感じか。撥水性《はっすいせい》の高いビキニが生温かい雨粒を弾《はじ》き、ぬめった光を照り返している。しかも胸の真ん中は紐《ひも》ではなく、昔の大きな封筒みたいに針金をぐるぐる巻いて強引に留《と》めていた。あれだといつ金属疲労でパチンと千切れるか分かったものではない。

手にしているのはウサギの耳っぽい飾りのケースにはめたスマホ、口の端では国民的な細長いスティック状のチョコ菓子を咥《くわ》えて軽く振っている。腰の横、短いスカートに菓子箱を挟んでいた。図鑑に載っているギャルという生き物をそのまま小さくしたような女だ。

ただ、そもそも滝壺《たきつぼ》と一緒に意識のない運転手を引っ張り出していたフレンダが目を剥《む》いたのはそこではなかった。

「冗談でしょ……。せいぜい一〇歳って、結局、敵はネットで荒稼ぎしている結婚詐欺師って話じゃなかったっけ⁉」

「だっさ、無料通話アプリでカワイイやり取りする音声トークだけなら別に素顔をさらす必要ないのよ。大体設定年齢は二五くらいで演じている事が多いかな。まあ？　間抜けなおっさんを釣るなら素のまんまの方がやりやすかったかもしれませんけどー？　ふははっ☆」

「……、」

雨で肌に張りつく薄いネグリジェも気にせず、麦野《むぎの》沈利《しずり》は無言で目を細めた。

気づいたのだ。

『原子崩し《メルトダウナー》』関連の研究員がピンポイントで騙《だま》されて研究資料を引っこ抜かれた、という話だったが、そもそも違和感はあった。あちこちで被害が出ているようだが麦野《むぎの》関係《かんけい》はよその施設より格段にガードが堅い超能力者《レベル5》の機密研究をしているのだ。研究所に勤める人材だって一般公開されていない。にも拘《かかわ》らず、外部の結婚詐欺師はどうやって標的を定めたのだ、と。

答えは一つ。

元々内部の事情を詳しく知る人間の犯行だった。

「……主任研究者か」

「はろー、失敗作☆　うわだっさ、能力与えた恩人見かけた時くらい頭下げたら？」

麦野沈利《むぎのしずり》は迷わず掌《てのひら》を正面に突きつけた。

小さく笑う小さな褐色ギャルは、身構える素振りなど見せなかった。

「おっけーおっけー。私、こう見えてがっつんがっつん経験積んで成長していくの大歓迎だから☆　あ、これRPGのレベル上げの話ね？　時間を盗むサイクルがあからさま過ぎて目に余るようなら容赦なくチートコードぶち込みますけど。ふはは、とにかくエモい実戦なら受けて立つ。若い時の苦労は買ってでもせよってヤツうー？」

学園都市《がくえんとし》に七人しかいない超能力者《レベル5》。その内の一人を創った主任研究者なら、『原子崩し《メルトダウナー》』の怖さくらい百も承知だろうに。

いや、熟知しているからこそ、なのだろうか？

麦野沈利《むぎのしずり》でも知らない何かまで知り尽くしているから、粒機波形高速砲が怖くない……？

「け、けっきょく、主任研究者って……？」

「鮎魚女《あいなめ》キャロライン。半年前まであの研究所を仕切っていた女だよ。私以外にも何人か能力者をぐちゃぐちゃにカスタムしていく内に、遊びが過ぎてクビにされてたけど」

「そうじゃなくて、だから結局、根本的にまだ一〇歳の女の子じゃん⁉」

鮎魚女《あいなめ》キャロラインから返事はなかった。

ふっ、とその小さな体が消えた。

と思った直後、

「ツッツ!!⁉??」

ぎゃりん!! という激しい切断音と火花。フレンダがとっさに構えた棍棒《こんぼう》みたいな棒形手《ぼうがたしゅ》榴弾《りゅうだん》が斜めに切り捨てられたばかりか、その頬に赤い一筋の傷が走っていた。

生ぬるい雨の中、交差した一〇歳の褐色ギャルは手の中のスマホをくるくると回す。

「検体げーっと☆ うわだっさ、無能力者《レベル0》かよ。こんな測定結果じゃ拾い物にもならんわ」

(……結局あのスマホケースのウサ耳、丸ごとカミソリにでもなってる訳⁉)

ただの一〇歳、で収まる訳がない。

あれは正真正銘、こちらと同じく『暗部《あんぶ》』に生きるケダモノだ。

棍棒《こんぼう》を切り落とすカミソリなんてどんな技術を使っているのだ。そもそもケース自体も軍用の耐爆仕様っぽい。深く鋭い斬撃の他に、角で頭をぶん殴る打撃でも人を殺せそうだ。

そのまま、鮎魚女《あいなめ》キャロラインは小さく笑いながら、

「お姉ちゃん、飛び級制度くらい知らないとか超ウケるんですけど。ひはは、頭の残念な無能《レベ》力者《ル0》には縁がないか。そもそも超能力者《レベル5》なんてイカれたモン創る研究者よ、まともに一年ずつ学年上げていく方が珍しいくらいだっての」

それにしたって。

今の、『暗部《あんぶ》』のプロが揃《そろ》って目で追う事もできない現象はつまり一体何なんだ……?

「……、」

「ついでに言えば、超能力《レベル5》研究ってそれぞれビミョーにリンクしているのよね。同じ電気系の『超電磁砲《レールガン》』と『原子崩し《メルトダウナー》』の例を出すまでもないけど」

笑みのまま。

改めて振り返り、鮎魚女《あいなめ》キャロラインは麦野沈利《むぎのしずり》に軽く視線を振る。

「私が手を入れた事がある超能力者《レベル5》、失敗作のアンタ一人だけだとでも思った？　そんなのつまんないわー。学園都市《がくえんとし》第六位。あのガキの研究にも私は関わっていいるわよ。そして創った本人なら、手品のタネを拝借する事だってできまーす」

ばさりという大きな布が空気を叩《たた》くような音が頭上からあった。

赤が大きく翻《ひるがえ》った。

一瞬、真っ赤なチャイナドレスに見えた。

ただ実際には違う。地肌の上から直接制服のベストだけ着て、腰回りの長いスカートに派手なスリットを入れているのでそういうシルエットに映っただけか。

頭の左右にお団子が二つ、それから長い黒髪の一本三つ編み。

花粉対策などで使う白の大きなマスクで口元を隠している長身の女子高生が、小さな鮎魚女《あいなめ》キャロラインを庇《かば》うように立ち位置を変える。

いや。

しかし、

（……結局、この女。今、どこか、ら、跳、ん、で、き、た、訳、よ、……？）

何しろ麦野沈利《むぎのしずり》は追っ手のオフロード車を叩《たた》くため、『原子崩し《メルトダウナー》』でジャングルジムのような鉄骨の山を崩してしまったのだ。東西南北、飛び降りてこられる高低差はどこにもない。

それともまさか、人間の体が野球の遠投みたいに飛んできたとでも言うつもりか？

どれだけ中身を改造したら人体にそんな事ができるのだ？

あるいはそういう特化した能力？

突然の救援に、むしろ鮎魚女《あいなめ》キャロラインはがっかりした感じで唇を尖《とが》らせてポリポリとチヨコ菓子を食べていきながら、

「太刀魚《たちうお》ちゃん。呼んでもいないのに勝手に出てこないでくれるー？」

「だって、キャロ様が心配で」

マスクの奥から、ぼそぼそと聞き取りにくい声がノイズのように溢《あふ》れる。

それ以前に、雨でずぶ濡《ぬ》れだと窒息しそうなものだが、本人は気にしていないらしい。

「あと第六位とか何とか、イ、ロ、イ、ロ、し、ゃ、べ、り、す、ぎ、……。聞かれてないのに話さなくて良いよ」

よいしょ、という小さな掛け声と共に、長身の女子高生は近くから鉄骨を片手で引っこ抜いた。のみならず、近くに転がるカラス除《よ》けのスパイクを鉄骨の先端で派手に巻き込む。まるで中国の狼牙棒《ランヤーバン》だが、重さの方は二〇〇キロを超えているだろう。もちろん本来の武器はそこまでない。あれでは重量挙げのバーベルを振り回して力任せに叩《たた》きつけるようなものだ。

が、守られている鮎魚女《あいなめ》キャロラインはやっぱりどこか冷めた目をして、雨で濡《ぬ》れた金色の前髪をかき上げながら、

「だっさー、殺人未体験《マーダーヴァージン》がナニ偉そうに語っちゃってんだか。てか情報保全を気にするならそっちこそちゃんとしてよねっ。未発表の研究成果っていうのはある意味で研究者の命より大事に扱わないといけないんですぅー。一番エモい公開のタイミングも含めて研究者の戦略なんだから身内から勝手に洩《も》らしてんじゃないわよ」

「あ、あとキャロ様スカートが危ないっ」

「おっと」

ぱちんっ、と激しい動きに耐えられず金具が弾《はじ》ける一歩手前で、小さな褐色少女は片手でずぶ濡《ぬ》れのミニスカートを押さえた。サスペンダーで留《と》めているという事は、スカート自体は胴まわりに対してぶかぶかなのか。腰の横に菓子箱を挟むくらいでちょうど良くなるのだ。

ぴくりと眉を動かしたのは、雨を吸って重みを増したネグリジェ一枚の麦野《むぎの》沈利《しずり》だった。

一〇歳の主任研究者は小さく笑いながら、

「気になるー？　私のぱんつじゃなくて研究成果のハナシ」

「何が？」

「うわだっさ！　必死のクール顔とか超ウケるんですけどーっ‼　やっぱり気になっちゃうよねえ失敗作としては。太刀魚《たちうお》メアリー、この子が自信を持ってオススメできる成功作よ。とは

いえイロイロ人体実験やりすぎてあの研究所からは追い出されちゃったからさー、この子のカラダを最後まで完成させるためにも私の持ち物を返してもらう必要があったってワ・ケ」

まだ一〇歳の少女がネット上で身分を隠し結婚詐欺をやらかしたのはこれが目的か。

七人しかいない超能力者《レベル5》、麦野《むぎの》沈利《しずり》を失敗作と呼んで憚《はばか》らない主任研究者。

『暗部《あんぶ》』の極秘施設ですら許容できず首を切らざるを得なかった怪物。

そして彼女が新しく組み上げた太刀魚《たちうお》メアリー。

何をもって麦野《むぎの》沈利《しずり》以上《いじょう》と評価しているのかは全くの未知数だけれど、一方で、当の麦野《むぎの》自身《じしん》が担保してしまっている。

ひとまず鮎魚女《あいなめ》キャロラインの出自は本物だと。その主任研究者が麦野《むぎの》以上《いじょう》と言ったのだ。

ただのブラフと捨て置くのはあまりにハイリスク。

「……まずい。結局そんなのまずすぎる‼」

「なら、次の新作が完成する前に超叩《たた》き潰《つぶ》してしまえば済むだけでしょう」

あるいは麦野《むぎの》よりも早く、絹旗《きぬはた》とフレンダの二人が同時に前へ出る。最優先は未完成の太刀《たち》魚《うお》メアリー、一人に対して一斉に複数の角度から袋《ふくろ》叩《だた》きにすれば、今ならまだ何とかなるかもしれない。それはある意味では正攻法だっただろう。

だけど学ばなかったのか。自分達がどういう風にここまで追い詰められたのかを。

褐色の小さなギャルはそっと息を吐いて、

「だっさ」

パチン、と鮎魚女《あいなめ》キャロラインは空いた手で小さく指を鳴らしただけだった。

本当にそれだけだった。


ボバッツッ!!!!!! と。

近くでひっくり返っていた下部組織の四駆がいきなり大爆発した。


生ぬるい夏の雨が、吹き飛ぶ。

とっさに滝壺《たきつぼ》は（爆発物だらけで引火しやすい）フレンダに飛びついて地面へ押し倒し、絹旗《きぬはた》は『窒素装甲《オフエンスアーマー》』で身を固めたまま三メートル以上も真上に突き上げられた。

そして麦野《むぎの》沈利《しずり》は……、

「うそ、でしょ？」

フレンダ＝セイヴェルンが押し倒されたまま呆然《ぼうぜん》と呟《つぶや》いていた。

炎と煙に支配されつつある地面の上で、うつ伏せに倒れたまま動かない影。あのプライドの塊が、ぬかるんだ泥に髪や体がまみれても文句の一つも叫ばない。

気絶しているのだ。

小さく笑って新しく咥《くわ》えたチョコ菓子を緩く揺らし、鮎魚女《あいなめ》キャロラインが嘲る。

「うわだっさー。出力最優先のパワー馬鹿。攻撃だけは文句なしだけど、それしかないからつまんないのよねえ、『原子崩し《メルトダウナー》』って。工業爆薬やプラスチック爆弾じゃない、気化したディーゼル燃料の爆発ですよー？　爆風くらいは力業で押し返せるかもしれないけど炎が急激に酸素を奪うって事までは頭が回らなかった？　だーかーらー失敗作って呼ばれるのよアンタ」

ありえない。

結果を見ても、なおフレンダや絹旗《きぬはた》はそう思った。

『あの』麦野《むぎの》沈利《しずり》がこうも簡単に手玉に取られるなんてそんな現実は絶対ありえない、と。

しかも、ここまでやってもまだ終わらない。

鮎魚女《あいなめ》キャロラインという名の脅威には底がないのか。

「そうそう。さっきから太刀魚《たちうお》ちゃんのコトばっかり気にかけているみたいだけど、ひはは、そっちの運転手の脳をヤッたエモい攻撃は太刀魚《たちうお》ちゃんじゃなくて私の能力よ？」

「……、」

「研究者なら能力は使えないって思ったー？　だっさ。つまり私は、自分の能力を自分で好きなように開発できるエモい研究者ってワ・ケ。お姉ちゃん達、いい加減にちょっとくらいは脅威のほどをご理解してもらえました？　あっはは周回遅れとか超ウケるー☆」

「………

………

……………………………………………………………………」


動けなかった。

ずぶ濡《ぬ》れのまま、フレンダ＝セイヴェルンは起き上がれなかった。

こんな怪物、無能力者《レベル0》の自分に何ができる？

大能力者《レベル4》なんていう高位能力者が束になっても勝てるものか。

そもそも敵はその存在自体だけで学園都市《がくえんとし》のレベル制度を根底から覆《くつがえ》しかねず、この街でも七人しかいない超能力者《レベル5》を瞬殺なんていうありえない現実まで目一杯広げているのだ。

自分の上に覆《おお》い被《かぶ》さっている滝壺《たきつぼ》がぎゅっと強く体を抱いて警告してきたのもある。

こういう時、滝壺《たきつぼ》の形にできない第六感を無視して行動すれば、確定で不利益を被《こうむ》る。これまでの経験で嫌というほど理解させられていたから。

よって、行動は一択だった。

フレンダ＝セイヴェルンは即座に方針を変更し、着ぐるみパジャマの懐《ふところ》からスタングレネードとスモークグレネードを同時に抜き出す。


「結局逃げるわよ‼」

それしかできなかった。

爆発的な閃光《せんこう》と分厚い煙の中、フレンダと滝壺《たきつぼ》は互いに庇《かば》い合《あ》うようにして走り、絹旗《きぬはた》は気絶した麦野《むぎの》を肩で担《かつ》いで。滝壺《たきつぼ》の手は虚空《こくう》を泳いだが、フレンダが強く引っ張る。謎の攻撃で意識をなくした下部組織のヤンキーは拾ってやる余裕がない。唇を嚙《か》みながらも、それでもフレンダはこの場に留《とど》まれない。何の力もない無能力者《レベル0》の少女では頭二個以上背の高い大男を引きずっていたらこちらが潰れてしまうからだ。彼女はヒーローにはなれなかった。

完敗だった。

そんな『アイテム』の背中に呆《あき》れ返《かえ》った声があった。

まだ一〇歳の褐色少女、鮎魚女《あいなめ》キャロラインからはこれしかなかった。

「だっさ、」

7

「おつかれーす」

「えー、なに勝手に始めちゃっているんですか。待ちましょうよみんなを」

「やかましいここは私が見つけたお店だわ、こいつときたら」

「あと何でこの人半袖セーラー服なの!?　オトナ気とか全く考えない派なのか!!」

「お色気胸元開き女教師スーツは飽きちゃったんでしょ。どっちみちコスプレですが」

各々《おのおの》席次は気にせず好きな場所に座る。迂闊《うかつ》にもおしぼりで顔を拭いてしまった一名が他のメンバー達から集中攻撃を受けつつ。

「それにしても、何でこんなタイミングで焼き肉なんですか？」

「……体が油と黒胡椒《くろこしょう》を求めてる時点で気づくべきだったのよ、こいつときたら、何だかんだでビールと冷凍ポテトだけじゃ我慢できなかった。ひっく」

「てか集まる前から何杯呑《の》んでるんだよ、これ⁉　もうべろべろじゃないか！」

「ぶはぶぶぶはぶばー」

「煙草《タバコ》もっ‼」

「元々必要以上に排煙設備がしっかりした焼肉屋さんなんだから別に良《い》いでしょ吸ったってえー……。それよりほら座れ皆の衆、好きなの頼んじゃいなよ。網が寂しいぞー？」

「(……今日は私が奢《おご》ってやるとは一言も言ってないのにオススメしてきましたよこの人)」

「(慎重にな。この酔っ払い、そもそも財布持ってないってオチもありえる)」

焼肉屋さんまでやってきたのに揃《そろ》いも揃《そろ》ってソフトドリンクばっかり頼むのは、彼らが品行方正だからではない。オススメできない見本が目の前にどでんと置いてあるからだろう。

「そういえばアレ、話題に上っているよ」

「んえー？」

「『暗部《あんぶ》』的《てき》には目立つ事がありがたいかどうかは別として」

アルコールのせいでぼーっとしている半袖セーラー服は網の上に無頓着なので、後から来た面々は自分が頼んでもないホルモン系が焦げないよう取り皿に集めていくしかなくなった。

「『アイテム』だっけ？ 運用が軌道に乗ってきたみたいじゃん。あの成功例を基に、新しい少数精鋭の部隊の立ち上げが進んでいるって」

「四人一組の？」

「そんな感じ」

「こいつときたら。良《い》いのそれ？ 成功も何も『アイテム』だってまだ試運転の段階で、費用対効果の細かい検証や安全評価は済んでいないのに」

「あはっ。上の連中ならこう言いそうですね。心配するのは君の役割じゃないよ、とか」

「ふうん」

ようやく状況が追い着いて各々《おのおの》お肉や野菜の注文を始める中、だ。

一番初めからテーブルに陣取っていた一人は、片目を瞑《つむ》ってこう結論づけた。

(……こいつら、すでに知らないトコでいくつかチーム作って動かし始めてるな?)

行間　二

　スイートルームより上の呼び方はホテルによってまちまちだが、ここではプリンセススイートと言うらしい。

「うーん、でかでかビーズはちょっと明るすぎてつまんないか。じゃあシュシュで髪をまとめてー、インパクト盛るために変わったループで結ってカワイイ一直線にしてーっと……」

「……、」

　一〇歳の褐色ギャルからあちこちいじられるがまま、太刀魚《たちうお》メアリーは仏頂面《ぶっちょうづら》していた。目鼻立ちは整っているのだが、何しろ内面が鬱々全開なのでギャル系の装飾は全く似合わない。プライベート空間のホテル内でもマスクで顔を隠しておきたいくらいのどんよりっぷりだ。

　すっかり年上女子をオモチャにしている鮎魚女《あいなめ》キャロラインはキョトンとして、

「なに？　なんか文句ありそうな顔してるけど」

「だ、だって、何でこんな事するのかなって」

「アンタ地味すぎ」

「制服だってこんなに破いて改造しちゃって……。な、夏休み終わったらどうするのお？」

「そのまま学校行きなさいよー、超ウケて人生が明るくなるから。てか華の女子高生（笑）がすっぴんで表を出歩くとか何考えてんの、だっさ、今は八月で刺激的な夏休みなのよ？」

鮎魚女《あいなめ》キャロラインが特に皮肉や嫌味ではなく素で言っている事に気づいて、長身の陰キャは改造された髪型を元に戻しながら口の中でもごもご言い返す。

「わ、私なんかどうせ……」

「？」

「意味ないよ、こんなの。お友達なんかいないし、クラスじゃ誰も相手してくれないもん。何かで班を作る時だっていっつも私だけ余っちゃって、みんなして目の前でジャンケンとか始めるくらいだし……」

「男子は太刀魚《たちうお》ちゃんの奇跡のデカパイにビビって声かけられないだけ」

「ぐっ⁉」

フォローになっていませんと顔全体に書かれていた。

構わず小さな褐色ギャルは続ける。

「女子は太刀魚《たちうお》ちゃんの奇跡のデカパイが羨ましくて仕方がないだけ。……これって、ざまぁって笑ってやるのが正解なんじゃない？　なのにウジウジ真に受けるなんて陰キャってほんと人生損しすぎ。アンタ私のカワイイ妹分なんだからその猫背を治してもうちょい自信を持って胸を張りなさいよ。本人含めて誰も頼んでないのにこんなに育った奇跡のデカパイをッ！」

ううー……、と太刀魚《たちうお》メアリーの声が詰まっていた。

胸について話題を振られたからか、どことなく頬が赤くなってもいる。

いちいち気にする天才少女ではないが。

「それより太刀魚《たちうお》ちゃん、ちょっと脱いでベッドに横になってくれる？　こう、うつ伏せに。今日のメンテナンス済ませちゃいましょ」

「う、うん」

「……カワイイ下着は脱がんで良い」

「な、ならどこからどこまでってちゃんと先に言ってよキャロ様あ‼」

慌ててずれかけた自分の地味ブラを両腕で押さえつつ、長身の太刀魚《たちうお》メアリーはおずおずとベッドに寝そべっていく。

「うーん。その白いマスク外せない？　そこだけはつまんないわー」

「うう……。マスク、一回つけちゃうとクセづいて外すきっかけがなくなるっていうか、どうせ私なんかこんな顔だし……」

「ふははこんなベッドに寝そべって下着姿で顔だけ隠すとすげーやらしーんですけどー☆」

「キャロ様なんか今日は意地悪になってない⁉」

小さく笑いながら、鮎魚女《あいなめ》キャロラインは部屋の片隅にあったオーディオセットに近づいた。

取り扱うのは最新のサブスク楽曲ではなく、なんとレコード盤だ。

「も、モーツァルト？」

「へえー、良く知っているじゃない。あっはは、教科書に落書きされて音楽室の肖像画は根拠もなく怖い話のマトにされるみんなの人気者超ウケるあのモーツァルトさんね」

手術室で音楽をかけるくらいは珍しくもない話だ。そういうリラックス方法なのかな？ と太刀魚《たちうお》メアリーは考えていたのだが、

「あれえ？ 太刀魚《たちうお》ちゃん、ひょっとしてクラシックってだけで眠たくなっちゃってる？」

「えっ、あ」

「ははは。この曲ってテンポの打ち方をしっかりさせて若い男女が夜会で社交ダンスのステップを踏みやすく設計された、言ってみればダ、ン、ス、ミ、ュ、ー、ジ、ッ、ク、よ？ モーツァルトとかベートーベンとか、エモい曲を作るだけ作って楽団に演奏させた作曲家連中は今のボカロPって感じ？ 曲の成り立ちとか当時の文化風俗を知ってるとまた違った味わいが出るものだけど」

研究者の鮎魚女《あいなめ》キャロラインは自分のミニスカートを押さえるサスペンダーをパチパチ指で弾《はじ》きつつ、カバンの中からバトン状の携行式スキャナを取り出す。

うつ伏せになった女子高生の背中のすぐ上をなぞる格好で、小さな研究者は蛍光灯に似た青い光源をゆっくりと動かしていく。これだけ見ると日焼けサロンで中途半端《ちゅうとはんぱ》に焼き損ねた白い肌を集中的に潰しているように見えなくもない。

彼女は無線で繋《つな》がった薄型モニタに目をやりながら、

「……よしよし。一から一五〇番までは正常、問題になっていた三八〇番も許容の範囲ね。これなら自然治癒に任せて問題なし、薬品やコルセットに頼らないで済むなら全然成功か」

何の話をしているかと言われれば、骨の話である。

人間の骨はおよそ二〇六本。それだと三八〇番というナンバリングは合わないと思うかもしれないが、これで間違っていない。

化生《かせい》、という。

人間の体組織は意外とファジーにできていて、例えば胃と腸の境目は病状によって変化する。細胞単位で別物に置き換えられてしまうのだ。同じく、常に激しい振動にさらされ続けた筋繊維が骨と化す現象も珍しくない。乗馬者の骨などの例を見るまでもなく、骨は新しく創れる。

太刀魚《たちうお》メアリーが並の人間にはできない跳躍や怪力を実現するのはどうして?

答えは単純明快、そもそも総数五〇三本もの骨と独自の筋繊維の流れでもって自在に肉体を駆動させる、並の人間とは全く異なる運動体系を新しく設計《デザイン》しているからだ。その出力を計測するのにトン単位のバーベルが必要になるくらいに。

単純な腕力もそうだが、ボディラインを滑らかに美しく整えるのもまた腕の見せ所である。

「だ、大丈夫、かな？　作戦的に……」

「モチ」

……実際には太刀魚《たちうお》メアリーが勝手に顔を出した時は内心ヒヤヒヤしたが、それを言うと陰キャが目を回して倒れそうなので。ただ発表のタイミングはギリギリ制御できているのは事実だ。

つまり主導権は研究者たる鮎魚女《あいなめ》キャロライン側でキープしている。

「詐欺の基本は孤立と情報遮断でぇーす。マンションや非公開株のあなたにだけこっそり教える重大な情報ですも、振り込め詐欺や架空請求の周りに洩《も》れたら恥ずかしい脅迫もね」

「つ、つまり？」

「太刀魚《たちうお》ちゃんのおだて上手う☆　別に一度に仕留める必要はないってコ・ト。テキトーに蜂の巣つついて追い回せば獲物は余裕をなくす。ははは、自分から視野を狭めてくれればコントロールは容易だよ。超ウケる☆」

たかが怪力？

この、自分に全く自信のない陰キャの価値はそんな程度では済まされない。

創った本人が言うのだからここだけは絶対に間違いない。

彼女の価値は麦野沈利を軽く超えている。

「はいおしまい。もう着替えても大丈夫だよー」

「キャロ様、晩ご飯はどうしようか？」

「？　もうカワイイの頼んでるけど？」

キョトンとする鮎魚女《あいなめ》キャロラインに、ベッドから起き上がった（下着にマスクの）太刀魚《たちうお》メアリーがジト目になった。

これもハイランクの部屋限定の設備なのか、一〇歳の褐色ギャルは扉の横にあるボックス状の受け取り口から顔も合わせずにルームサービスで何か手に取っていた。テーブルに広げているのはリンゴ飴《あめ》、綿菓子、かき氷などなど。あと足りない部分を補う形でざらざら取り出している自前のカラフルなサプリメント群だ。

「あの」

「なに？　エモい必須栄養素なら全部揃《そろ》えているわよ。これだけ食べても過不足ないし、理論上はっきり言ってお寺で修行してる住職よりもヘルシーな食生活のはずですけど」

「でもキャロ様、ドラッグストアのサプリに頼りすぎるのはやめるって約束したよね？　栄養は一度に大量に摂《と》り過《す》ぎても吸収しきれないどころか、腎臓や肝臓に負担をかける心配もあるからって……」

「うるさいわね野菜ならスイカもたらふく食べるよ。カボチャとおんなじウリ科の一年草だしカテゴリ野菜で良《い》いじゃんアレ。ふふっ、メロンよりスイカ派なのよねー私☆」

「……、」

「なにー？　必要なのは栄養のバランスでしょ。化学的に合成したエモいサプリや栄養剤でもきちんと選んで使えば最終的な成分表は全く同じよ、土から育てた野菜じゃなくちゃダメな理由ってつまりナニ？　野菜をいっぱい食べたらそれだけで一〇〇年ずっと健康とかもう理屈を超えた信仰じゃん。てか雑穀と野菜ばっかり食べてた大昔は人間五〇年だったはずですけど？　はい証明おしまーい☆」

「……」

……

ベッドから降りた太刀魚《たちうお》メアリーは下着とマスクのまま広い部屋を横断した。

ここは一応ホテルの客室だが、小洒落《こじゃれ》たバーカウンターの方まで歩けば一応はキッチンも揃《そろ》っている。とはいえ、おどおど陰キャの太刀魚《たちうお》メアリーが備えつけの包丁を手に取ったのはナントカサスペンス劇場ごっこで衝動的にグサリとやりたいからではなく、

「え、ちょ、なにまな板の上に置いてんの？　きゅうりに、ニンジンに、うわ大根まで……」

「温野菜のオリーブオイル煮。サラダ感をなくせば野菜嫌いでいつも甘い物ばっかり食べてるキャロ様でもきちんと食べられるでしょ？」

「待って待って嫌いって分かっててムリヤリ食べさせるのは反則じゃない⁉　黙々とやってないで話を聞けっての、ううーゴロゴロじゃんッ。野菜を食べさせるならせめてもっと徹底的に細かく刻んで炒飯《チャーハン》やハンバーグに混ぜちゃうとか色々と工夫をっ、やだやだそんなの絶対ムリムリムリ私が顔青くしたらほんとやめろって口に入れんな熱ッツもがもがモガーっ⁉」

自分で創った怪力少女に割と力業で口の中に放り込まれ、鮎魚女《あいなめ》キャロラインが小さな手足をジタバタさせる。

「全部食べてすごいっ。はいキャロ様、ごちそうさまは？」

「うっぷ。ご、ごひそうひゃ、せいさんしゃのみなしゃまありがひょうございまひたあ……」

これはわんこ蕎麦《そば》と一緒だ。ちゃんと言って蓋をしないと時間無制限でおかわりが襲いかかってくる事を経験から学んでいる褐色の天才少女はきちんと従った。すっかり脱力して太刀魚《たちうお》メアリーに床の上で膝枕されながら、しばし視線を虚空《こくう》にさまよわせる。

ややあって、

「ぶえー……。それから、定期のメンテも終わったしこの部屋すぐに引き払うわよ」

「えっ。今から？　もう夜だけど、次のホテルにチェックインするの大変じゃない……？」

「だっさ、最初に伝えておいたでしょ。『アイテム』側に私達の存在が認識された時点でフェイズが一つ上がるって。だから隠れ家もよそに移さないとね」

そこは学区全体が遊園地となっている特殊な第六学区、そんな中でも絵本に出てくるお城の形をした高級リゾートホテルだった。

だけどそんな重要情報は、もはや何の役にも立たない。

でもって、

「そっか。ただそれなら早く出かける準備をしないと……。じゃあまだオイルのお鍋に潜《くぐ》らせていないお野菜だけでもスムージーにしよ、無駄にはできないし」

「えっ?」

「豆乳、ヨーグルト、それに蜂蜜かな。うふふ。口当たりのマイルドなスムージーなら私と一緒に飲めるよね、キャロ様☆」

「うっぷムリムリムリちょっと待て押し倒すな乗っかるなもうこれ野菜嫌いとか関係ないでしょこんな仰向けで人工呼吸みたいな角度で頭固定されたまま喉に流し込まれたらほんとムリ気管の方に入っちゃッぶえええええええ⁉」

第二章　嵐の接近

1

八月五日だった。

『ばんばんばん‼　バンバンバンバン！　かっせーかっせー、ほーしーやーまっ‼　この国は女の子が引っ張っていきます、視聴率は今大会で完全に追い抜きました。学園都市《がくえんとし》夏の女子高等学校野球大会。三年前から共学化し今回初出場となる第二学区代表・戸波工業高校《となみこうぎょうこうこう》、ファウルの連発で消耗させられているようですけど大能力者《レベル4》、変化球のプリンセスはまだ交代しないようですね。対するは芸能人を超える動画チューバー化が著しい第一五学区代表・星山女子《ほしやまじょし》。バッター四番、二年生の村木《むらき》。彼女の「行動感知《ムーブセンサー》」は白球の回転を読み切れるのか。さあ注目の第七球、っ、打ったあーアアああああああああああああ‼　走者は二塁から三塁、いやそのまま「地盤刺突《キックスパイク》」で加速して一気に本塁を目指します！　どわあああああ

ああああああああああああああああ‼　ばんばんばんばんバンバンバンバン‼‼‼』

茹《ゆ》でて塩を振ったトウモロコシの両端を摑《つか》んで無表情でもくもく食べながらテレビを観《み》ていた滝壺理后《たきつぼりこう》だったが、そこで画面の上の方に緊急のテロップが表示されるのを見かけた。

『台風一一号、本州東日本への上陸は確定か。学園都市《がくえんとし》にお住まいの皆様は今後の気象情報に注目して外出計画の調整をお願いいたします』

絹旗最愛《きぬはたさいあい》は二回瞬《まばた》きし、不思議そうな目でテレビを観《み》てから、

「滝壺《たきつぼ》さん、学校どこの学区でしたっけ。これ超どっちの応援しているんですか？」

「負けてる方」

何ともこだわりのない回答だった。

リスみたいにほっぺたを膨らませてお食事中な滝壺《たきつぼ》は右に左に次々と応援するチームを変えているようだ。マンション襲撃時に『体晶《たいしょう》』のケースも爆破されてしまったはずだが、テーブルの端にはしれっと新しいケースが置いてあった。一安心といったところか。

絹旗《きぬはた》は改めてテレビ画面に目をやってから、そっと息を吐く。

「……こういうの、日陰から見ていて超辛《つら》くなったりしませんか？　選ばれし者っていうか、光り輝いちゃってる成功者さんを絶対手の届かない場所から眺めるだけって」

「何で？」

純粋に不思議そうな口調だった。

「まあ滝壺《たきつぼ》さんは元々激レアな『能力追跡《AIMストーカー》』持ってるから関係ないのかな。私なんか学園都市《がくえんとし》第一位なんてレアリティは超ありませんからね。それは完成しなかった。どこまでいってもただのパワー馬鹿、超ありふれた窒素を操るだけの量産品ですし」

滝壺《たきつぼ》は無表情なまま首を傾《かし》げた。

そのまま言う。

「きぬはた、四種生物元素循環って知ってる？」

「？　超何ですかそれ？」

「水素、酸素、炭素、そして窒素。地球上にいるほぼ全ての生物は、呼吸や光合成や食事や腐敗なんかでこの四つの成分を移動させながら生きていくって話。食物連鎖の基本だけど」

「……、」

「ダイレクトに窒素を操るっていうのは四種生物元素循環の一角を崩しうる可能性を持つって話なんだよ。それは全体に影響を及ぼす。つまりきぬはたには、直接または間接的に地球全生命の生死を握るクイーンになれるチャンスがある。四成分を必要としない一部の稀少《きしょう》な生命体がきぬはたの邪魔をしてくるなら、支配下の大多数を脅して差し向ければ殲滅《せんめつ》できるしね」

絹旗最愛《きぬはたさいあい》は小さく笑った。

「……超大袈裟《おおげさ》ですって」

「かもしれない」

滝壺《たきつぼ》はまず認めた上で、

「だけどむぎのの『原子崩し《メルトダウナー》』だって、要約したら『ありふれた電子を操る能力』でしょ？能力なんて使い方次第なんじゃないかな。重要なのは出力と応用であって、最初に何を操るかの起点の部分はさほど問題じゃない」

一点を許した事でピッチャーは緊張の糸が切れてしまったのか、テレビの中で続けざまにヒットを打たれていた。日向《ひなた》の世界で認められた高位能力者もそれはそれで大変という訳か。

「きぬはた。あと良かったね、次の隠れ家がきちんと見つかって。これから台風来るって話だし、あのままだったら表で暴風雨と戦い続ける羽目になったかもしれない」

「でも結構ギリギリじゃないですか、超これ？」

ぐわんと足元がうねった。もちろん錯覚だろうけど。

側面にでっかい大画面をつけた飛行船だが、実は単なる広告塔『だけ』ではない。ラグビーボールみたいな気嚢《きのう》の下にぶら下がるゴンドラには広々とした宿泊施設や五つ星のレストランなども併設されているのだ。学園都市《がくえんとし》の夜景を楽しむための空飛ぶ高級ホテルといったところか。滝壺《たきつぼ》が食べているトウモロコシもスーパーの特売品ではなく一流のルームサービス扱いなので、絹旗《きぬはたてき》的には実は値段をあんまり見たくないのだが。

部屋選びは単なる麦野《むぎの》のセレブ趣味というだけではなく、

「何しろ今は夏休みですからね。普通のホテルや旅館はどこも満室気味で、こういう馬鹿高い部屋くらいしか残っていなかった。いや、超マジでタイミングがちょっと遅れていたら台風の中で立ち往生コースだったんじゃないですか？」

「むぎの、こういう隠れた部屋を探すの得意だよね。何故《なぜ》かいつもあっさり見つかる」

「……そうか。どんな混雑時でもリザーブの札かけて超わざと空き部屋にしてあるＶＩＰ枠があるんですね、超やだやだ行列に横入りしてくるセレブって」

「きぬはただだってしっかり恩恵は受けているのに」

とはいえ、延々と追っ手に狙われて隠れ家を爆破され続けたら台なしだ。暴風雨の中で台風レポートごっこをやりたくなければ、こちらから攻めて脅威を取り除くしかない。

鮎魚女《あいなめ》キャロラインに太刀魚《たちうお》メアリー。

そもそもの前提として麦野《むぎの》沈利《しずり》を超えた位置にある研究者とその成功作。

「『ハニークイーン』、ネット専門の結婚詐欺師じゃなかったみたいだね」

「正体一〇歳とか超ほんとにもう……。まあ、どっちかというと研究資料を盗み取る標的型の産業スパイって方が超近いかもですね。怪しいメールの添付ファイルの代わりに、もっとリアクションを誘いやすいネット結婚詐欺を持ち出しているっていうか」

しかも足りない技術を他人から掠《かす》め取《と》る情報貧者ではなく、自分を追い出した『暗部《あんぶ》』研究施設から自分で作った最重要の研究データを奪い返すための。

（……それにしても、人体実験含めて何でもありの『暗部《あんぶ》』グログロ研究所からモラルの話で外に叩《たた》き出《だ》されるって、一体超何やらかしたんですかあの女？）

「詐欺は情報を遮断して標的の心理をコントロールするプロ技術だよ」

「超それが？」

「……でも好んでそんな方法を選んでいるって事は、そうしないと不安なのかもしれないね。あの歳《とし》で『暗部《あんぶ》』の、それも悪い大人達がひしめく研究者サイドで活動していれば分からなくもない話だけど。ただ何で数あるカードの中から『結婚』と絡《から》めたがるのかな？　当たり前の愛情を否定したいのか、あるいは逆に餓《う》えているのか」

絹旗《きぬはた》は密《ひそ》かに感心していた。

相変わらずの洞察力だ。能力に起因するものか表情や言動などの分析によるものかは不明だが、たった一回対峙《たいじ》しただけで敵の中身を早くも暴きにかかっている。直前まで得体の知れない『伝説』の方に縛られそうになっていた自分がお恥ずかしい限りだった。

「もちろん『ハニークイーン』ってチーム全体の話で言えば、手口もその結婚詐欺一つだけじゃない。現金輸送車に相乗りさせたハードディスクとか、銀行の貸金庫とか、いくつか力業で太い錠前を力業で壊されて奪われているケースもある。こっちはマスク女の太刀魚《たちうお》メアリーかな。そもそも、表沙汰になっているのが全部とも限らない。中には重大な研究資料を盗まれた事に気づいてもいない事件だってあるのかも？」

「機密資料窃盗団『ハニークイーン』ねえ」

インテリな言葉の響きと実際の脅威の間にかなり大きな差がありそうだが。

『原子崩し《メルトダウナー》』も含めて学園都市《がくえんとし》のあちこちに分散保存してある研究データを一つずつ強奪し、自分自身にフィードバックしていくアングラな研究者と被験者。

『あの』麦野《むぎの》沈利《しずり》すら手玉に取って難なくダウンを奪った怪物ども。


「……勝てると思います？　超ぶっちゃけ」

「事故った車の爆発自体は大した現象じゃない」


全く意味のない質問であっても、ジャージ少女は冷静かつ即座に答えてくれる。

この辺りが新入りとの違いか。

滝壺《たきつぼ》の意見は先入観《でんせつ》という名の呪いを速やかに解除していく。

「能力使ったかスマホで信号送ったかは知らないけど、ただピンポイントでむぎのの死角を狙われて対応が遅れたってだけ。自陣の超能力者《レベル5》が倒された。ひとまずそこは事実だけど、起きた事象以上のプレミアを勝手に意識して動揺しないで。あの手品はむぎのの細かいクセさえ知っていれば誰でも実行可能な選択肢に過ぎない」

そしてそれは、おそらく経験の差でしかない。

つまり麦野沈利《むぎのしずり》を支える滝壺理后《たきつぼりこう》よりも、麦野沈利《むぎのしずり》を創った鮎魚女《あいなめ》キャロラインの方が身近な超能力者《レベル5》に対する経験の蓄積量が上だった、というだけの話。そこに忸怩《じくじ》たる思いを抱くとしたら、そいつは新入りの絹旗《きぬはた》ではなく最古参の滝壺《たきつぼ》が味わうべき感情だ。よって、ジャージ少女は決して絹旗最愛《きぬはたさいあい》に押しつけたりはしない。

　これは彼女が自分で克服すべき課題だ。

「絶対に負けない相手はいないよ。私達『アイテム』がまんまとやられたように」

「……、はい」

「それは、言い換えればあっちの二人だって同じ。今必要なのは情報と戦略だよ。足りていない装備を集めて特化した作戦を用意すれば強敵は倒せる。きぬはた、ヤツらに教えてもらった事をみんなで返してあげよう。天井知らずでね」

2

『台風一一号が太平洋上を北上。上陸に備えて事前の準備を怠らないようご注意ください。自転車や植木鉢など突風で飛ばされそうな物は屋内に片付ける、浸水予想エリアでは実際に川が氾濫する前に建物の周囲に土嚢《どのう》を積んでおくなど民間にもできる対策はいくつもあり……』

　飛行船の側面についた大画面の警告ニュースがちょっと強めになってきた。

ただ歩道を歩いている麦野《むぎの》が気にしているのはそっちではなく、

「それ美味《うま》いの？」

「結局、味はその辺で売ってるスターザッケスの生クリーム盛りまくったアイスカフェモカと一緒だってば。ただしいくら飲んでもノンカロリーで、季節限定で販売終了してても二度と飲めないはずのドリンクでもきちんと再現してくれるって利点はあるけどね。クリスマス限定ストロベリーミルクアイスラテとか、秋のメイプル四種ミックスクリームコーヒーとか」

怪訝《けげん》そうな麦野《むぎの》からの質問に、擬似ドリンクの太いストローの先端から唇を離してフレンダ＝セイヴェルンはそんな風に答えた。

「結局、仕事のモチべって防衛戦？」

「後は『ハニークイーン』撃破の基本報酬もある」

「キホンー？　それだけなら麦野《むぎの》は自発的に動かない訳よ。結局この蒸し暑い中、台風まで近づいて雲行きが怪しくなってきた状況でも使いっ走りの下部組織に調査丸投げしない理由があるんでしょ、言えってコノ！」

「……まあ私だけなら他にもあるけど」

強めの風に抗《あらが》うドラム缶型の清掃ロボットとすれ違いつつ麦野《むぎの》はちょっと唇を尖《とが》らせて、

「そもそも『原子崩し《メルトダウナー》』が大人達からどういう風に利用されているのか、応用研究の詳細って分かんないのよね。この事件を追いかけていく中で覗《のぞ》き見《み》できるなら、私は楽しい。ただアンタ達にとっては何の意味もない話だけど」

「良《い》いじゃん！　つまり私達も誰にも言えない麦野《むぎの》の秘密に迫れるって訳でしょ？　それってすごいよ、命くらい賭けてみる価値あるって!!」

必要以上にベタベタしてくるフレンダの顔を麦野《むぎの》は片手で掴《つか》んで遠ざけつつ。

どんよりとした分厚い雲が頭上を覆っていた。

台風が近づいている、というのは間違いないらしい。先ほどまで街路樹がざわざわと音を鳴らすくらい横風で揺さぶられていたが、ついにぽつりとやってきた。

「麦野《むぎの》麦野《むぎの》っ、結局ちょっとコンビニ寄ってよ」

「下部組織のチンピラでしょ？　見舞いの品なんかわざわざ用意すんのかよ」

「それもあるけど、傘買っちゃおう」

特に否定はしないのが誰とでも仲良くなれるフレンダらしいか。

彼女はワンコインのビニール傘と、後はベルギー辺りの会社と提携しているちょっと高級そうなチョコレートを手に取る。コンビニ、普段はあんまり意識しないが何気にきちんとしたギフト商品を取り扱っているお店もあるのだ。

「ったく、バレンタインデーじゃあるまいし」

「イマドキ二月一四日を睨《にら》んで真顔でハートのチョコを密造する女子の方が珍しいと思うけど。結局それ以前に下部組織のヤンキーなんてみんな単細胞だし、甘い匂いのする女の子からお菓子もらえりゃ犬みたいに喜ぶでしょ年中無休で。そんな事より麦野《むぎの》と相合傘《あいあいがさ》ー☆」

びゅごぶふわあ!! という突風によって傘はひっくり返って五秒で天に召された。あちこちにある風力発電のプロペラも高速で回り、激しい摩擦で嫌な音を発している。

そんなこんなで塊みたいな暴風でメチャクチャにされながらやってきたのは病院。

ただし第三学区管轄の総合病院とはかなり趣が違う。

「……結局それにしても運転手のヤンキー、まさか『ハニークイーン』からそのまま解放されるとはね。どんな駒でも目を覚ませば再び牙を剝《む》くから捨て置く理由は特にないはずなのに」

「よっぽどナメてんのか、こいつも何かのトラップなのか。ひとまず尾行には要注意よ」

ともあれ、搬送された運転手の『病状』を知る事は反撃の第一歩になる。鮎魚女《あいなめ》キャロラインが遠距離からヤンキーの脳に何をして瞬間的に意識を奪い、四駆を事故らせたのか。これは早い内に知っておきたいというのも嘘《うそ》ではなかった。

麦野《むぎの》とフレンダの二人は安っぽいウィークリーマンションのビルに入ると、エレベーターを使って一気に屋上へ。そちらで待っていたのは特殊な二重反転ローターが前後に一つずつある、ずんぐりした輸送ヘリだった。本体だけで一五メートル以上、ローターの端まで含めれば三〇メートル分くらいずんぐりしている。輸送ヘリの幅は数メートルしかないから最大輸送人員数は五〇名程度、つまり教室一、二個分の空間らしいが。わざわざ仕組みの複雑な二重反転ローターを採用しているのは、あるいは宅配ドローンの技術からの逆輸入かもしれない。

とはいえ様々な医療機器や無塵空気清浄器《むじんくうきせいじょうき》、各種検査装置などに空間の大部分を占有されているため、実際にはベッド一個分のスペースを確保できれば良い方だろうが。

『病院』の正体はベースとなる輸送ヘリを改造したハイエンドなドクターヘリだ。簡単な手足の傷の縫合程度なら飛行しながら、着陸時であれば整形手術で顔や指紋を変えるどころか精密極まりない脳神経外科手術までできる。ただ普通の病院にはいざとなったら大量のチャフやフレアを撒《ま》いて襲撃者のミサイルから逃げ切る機能は必要ないのだが。

「いつも思うけど、闇医者の根城にしちゃ大仰過ぎない？　手足を撃たれた悪党なんて胡散臭《うさんくさ》い動物病院か特殊な救急キットを置いた工場の休憩室に駆け込むくらいが関の山のはずだけど……。結局こんなの無許可で勝手に飛ばして攻撃ヘリの『六枚羽』は急行しない訳？」

「空港管制のデータをいじくるトコまで含めてビジネスモデル一式だとさ。ま、使えそうな人間やその身内を選んでそこだけ迅速に人命を救ってやれば感謝されて、有益な人脈は無秩序に広がっていくしね。ただより高い物はないってコト」

「……ふうん？　結局そんなにお涙頂戴な訳？」

「確かに『暗部《あんぶ》』っぽくない。医療のプロなんだし下手すると空港関係者の事故や病気の時点から自作自演かもしれないけど、ひとまず証拠は出てないよ」

何にせよ、ダークウェブを使った逃亡犯への匿名オンライン診察から命に直接かかわる手術まで色々やる。その分保険金の申請はできないしお値段も超高額だが。

おそらく弾丸そのものの破壊力ではなく一ミリ以下の毒針を大量にばら撒《ま》いて殺すのだろう、フルオートショットガンをぶら下げたミニスカナースちゃん達に案内される格好で麦野《むぎの》とフレンダは後部のカーゴドアからスロープを上がって機内へ入り、二重のドアを潜って消毒する。瞳うるうるな看護師さん達はスケベでかわゆいけど、多分その正体は軍用医薬品で限界ギリギリまで各種肉体強化を施したドーピング兵だ。疲労や限界を感じず正面からの飛び道具を機敏に回避し七五〇ccの大型バイクくらいなら金属バット感覚で摑《つか》んで殴りかかるはず。

（……ふむ）

太刀魚《たちうお》メアリー。まんま戦闘ナースちゃんと同じ技術を使っているかどうかは不明としても、人間離れしているからといって必ずしもあの怪力が能力頼みとは限らない訳か。

まだ何か隠している可能性は否定しない方が良《い》い。

「本来ウチは手術だけで、術後の病室はその辺のウィークリーマンションに任せるんだけど」

ひらひらブラウス、ミニタイトスカート、白衣にメガネの組み合わせ。いっそコスプレみたいなドスケベ女医さんが切り出してきた。ナースちゃん達も含めて全部こいつの趣味だ。

「……ただ、アレは絶対安静でその辺のベッドに放置もできないわ。まったく、ＩＣＵについても何かしら構築しておかないとね。これじゃ空飛ぶ手術室がたった一人に塞がれっ放しよ。犯罪者相手のオンライン診察やＳＮＳカウンセリングくらいしか稼働《かどう》できないわ」

「その割に楽しそうな顔じゃん？　何だかんだで患者は見捨てられないクチかよ」

「黙って。私は拝金主義に走ってあの人の病院から離脱した身の上よ。ここでやっている事は端から端まで全部犯罪、今さら厚かましく人道を語るつもりはないわ」

何やら女医のお姉さんには不穏な過去があるようだがそっちは脇道だ。

フレンダは眉をひそめて、

「結局何が起きてるの？　ウチのヤンキーが運転中にいきなり意識を失ったって話だけど」

爆乳アングラ女医は整った顎で壁を指した。液晶の巨大なディスプレイにずらりと表示されたのは、ＭＲＩやエコーなどで分析されたヤンキーの脳の画像か。

「ここ」

「……、」

「大脳の表面にびっしり何かが焼きつけられているわ。物理的に脳の線が遮断されているのよ、これで意識を保てっていうのは無理な相談だわ」

ありえない光景が広がっていた。

お風呂場《ふろば》のしつこいカビのように脳一面へこびりついた、真っ黒な何か。

いっそ得体の知れない人面とか、オカルトな代物だったら逆に納得できたかもしれない。

だが違う。

「なに、これ……？」

グロやゴアを不謹慎に楽しんで眺めていられるフレンダさえ、息を呑《の》んでいた。

現実がそこにあった。

「『ショップマルカワは今だけ五〇%オフ、生卵一ダースの地域還元フェア実施中』って」

「おそらく文面に意味はないわ。その辺にあるスーパーのチラシでも焼きつけたんでしょう」

そんなものを頭蓋骨の内側、繊細も繊細な人の脳に。

女医さんは肩をすくめて、

「これが能力による攻撃だとしたら、分類としては『念写能力《ソートグラフ》』辺りね。本来知る事のない情報を既存物質に出力・描写する能力。とはいえ、基本的に未来や人の心を探る能力をここまで攻撃的に使う例は流石《さすが》に初めてお目にかかるわ」

「つまり『ハニークイーン』側、鮎魚女《あいなめ》キャロラインか太刀魚《たちうお》メアリーのどっちかがそういう能力を持っているって話になんのか？」

「組織や人名までは知らないわ。……『原子崩し《メルトダウナー》』、今のは聞かない方が良かった情報じゃないわよね？」

遠距離から人体内部へ直接『焼きつけ』を行うだけでも十分脅威。

しかも本質が『念写』だとしたら、未来を眺めて行動してくるリスクすらある。

「……チッ。道理で襲撃時、私達の行動が次々と先読みされて敷かれたレールから抜け出せなかったのか。いつ撮られたかは知らないけど、ありゃ過去の問診を利用した単なるプロファイリングだけじゃないね」

「結局、彼は元に戻る訳？」

「頭蓋骨の内側にあるあの落書きを取り除ければね」

フレンダの見舞い品のチョコレートを見ると、女医さんはそっと息を吐いて、

「ただし、ここにある設備で直径一ミリの脳腫瘍を除去するだけで五時間はかかる大仕事になるわ。あんな表面びっしりこびりついた焼きつけを周辺の脳神経や細胞を傷つけずに安全かつ完璧に剝がすのは、脳神経外科のセオリーと照らし合わせるとまず不可能よ。私達の集中力の問題もあるけど、まず頭蓋骨を開けたままの患者が保《も》たないもの」

「別に『ハニークイーン』の連中は神様じゃない」

麦野《むぎの》ははっきりと言った。

「鮎魚女《あいなめ》キャロラインは『原子崩し《メルトダウナー》』の開発に関わっていた主任研究者よ、つまり根っこの『自分だけの現実《パーソナルリアリティ》』は電気系。念写の理屈だってそっちの属性で揃《そろ》えてあるんだろ」

「そうね、能力者を捜すのよ。……名前も覚えていない下部組織でもあなたを信じて命を張ったのは事実。こんなの善悪なんて関係ない、悪党だって下の面倒くらい見るわ。だからあなたもまだ生きていると知って雑魚《ざこ》の一人をこんな超高級病院に担《かつ》ぎ込《こ》んだのよね。コストは割に合わなくても。解決したいなら元凶を叩《たた》くべきね。多分『塗料』の正体は鉄よ。寒天と鉄のクリップを混ぜて固めると磁石を近づける事でぷるぷる操れるのは知っている？　あれをナノデバイスも真っ青の極小サイズで組んでいるの。つまり真っ黒な粒子状塗料を皮膚の毛穴も内臓

のフィルターも自由自在にすり抜けさせてお好みの模様を人体内部に描いているんだわ」

「結局、それじゃ四駆がいきなり爆発したのもこれ……？」

爆破専門のフレンダがそんな風に呟《つぶや》いた。

念写それ自体には火に類する性質はないが、何しろ元々派手に事故を起こしていた車だ。例えば潰れたエンジン内部で火花を散らす電子部品に通じる車体の亀裂などを念写に使う鉄のインクで遮断しておき、任意のタイミングで解除すれば漏れ出て気化した燃料に着火できる。

お色気女医は頷《うなず》いてから、

「まだ透過型の電子顕微鏡できちんと調べた訳じゃないけど、ナノテク化粧品をやたらと怖がる若奥様が聞いたら大騒ぎしそうな能力ね。磁力で鉄のアートを固定しているの。能力さえ解除できれば脳の落書きも消えるはず、後は血液や体液に乗って勝手に体外へ排出されるわ」

「できなきゃ？」

「せめて完全に殺してみたら？　一応、能力解除で助かるチャンスくらいは出てくるわ」

まったく医者の言葉とは思えないが、まあ『暗部《あんぶ》』らしいリップサービスか。

「結局それ、『ハニークイーン』の能力者は今もずーっと念じ続けているって事？　私は無能力者《レベル0》だからいまいち感覚分かんないけど、そんなの頭の血管切れない訳？」

「人体は微弱だけど常に自分から発電しているわ。念写の使い手がいったん模様を描いてしまえば、死のペイントを持続させるのは患者本人の持つ生体電気がやってくれるわよ。彼が生きようとし続ける限りは永遠に。だから殺しは次点よ、能力者本人に解除させる方が確実」

輸送ヘリを改造した空飛ぶ手術室を出た頃には、完全な暴風雨になっていた。

いつの間にか透明なレインコートを装備していた戦闘ナースちゃん達に笑みを向けられつつ麦野《むぎの》達《たち》はウィークリーマンションのエレベーターに乗り込んでいく。

「ひゃー結局濡《ぬ》れた濡《ぬ》れた。下着がぐちゅぐちゅ鳴ってキモチワルイー」

呟《つぶや》いて、フレンダはミニスカートの端を掴《つか》んで雑巾っぽく両手で絞っていた。元から白いワンピースなので内側から透ける肌の主張が強い。麦野《むぎの》は麦野《むぎの》でハンカチを使って両手で挟むようにして長い髪から水気を拭いながら、

「またガキ臭いのつけてんな」

「シマシマのブラは子供っぽいとは思うんだけどさー、着け心地だけならカジュアルなのが一番楽な訳よ。流石《さすが》にこの歳《とし》でホックもないゴム紐《ひも》仕様のブラはムリだけど。麦野《むぎの》のそれ、そっちの方が大変じゃない？　レースの大人ブラとか。補整用のワイヤーでガッチガチじゃん」

「気にした事ない」

「結局、意外と清楚《せいそ》な白なのねお嬢様ー☆」

ともあれ、だ。

エレベーターで地上へ下りながら、麦野《むぎの》とフレンダは気づいた事を話し合う。

「ひとまず収穫ありか？　能力の概要にスーパーのチラシも。それだと単純に未来を写す他に、

目で見た映像をよそへ焼きつける事もできるのか。一週間後の同じチラシを扱うとかで。まあとにかく特売情報って同一チェーンの中でも店舗ごとに結構ローカルなもんだよな？」

「結局、だと良《い》いけど……」

頭のベレー帽を取って髪の世話をするフレンダは珍しく悲観的だった。

「麦野《むぎの》の言葉は信じるけどさ、結局それだけとは限らないじゃない？『ハニークイーン』のお魚何だっけ。例のチビ研究者が学園都市第六位の研究開発にも関わっているとしたら、電気系だけじゃ説明つかないかもしれない訳よ」

3

台風接近というのはいただけない。

『アイテム』と『ハニークイーン』でそれぞれ追って追われての状況なのに、屋外にある痕跡が暴風雨で洗い流されてはたまらないからだ。

向こうの『念写』がどこまで撮影するかは未知数だが、基本的に情報面では後れを取ると覚悟した方が良《い》い。だから一層、こっちは地道な情報収集でしくじる訳にはいかないのだ。

だというのに携帯電話のグループ通話は大荒れだった。

『うっぷ、ぐえぇ。む、麦野《むぎの》、やっぱりこれ超ダメです飛行船っ。変化球なんかやっていないで地に足つけて超安定したよそのホテルに移りましょう‼』

「？　何でいきなり死にかけてんの？」

『むぎの、横風がすごすぎて飛行船がギシギシ揺れてる……。大切なのは連想だよ。今バケツか洗面器が視界に入ったら私はもう耐えられないかもしれない……』

まだ台風は上陸もしていないのに騒がしい話だ。とはいえモルモットどもが体を張って数値を叩《たた》き出《だ》してくれたのだし、せいぜい有効に活用してあげないと麦野《むぎの》もああなる。

「麦野《むぎの》、結局これからどうする訳よ？」

「いきなりド本命の鮎魚女《あいなめ》キャロラインや太刀魚《たちうお》メアリーの居場所は摑《つか》めないでしょ。『ハニークイーン』の連中は念写とやらで未来を先読みしながら常に逃げまくっているんだから」

ここまで横殴りに降られたら傘なんて使い物にならない、下着だって半分くらい見せる前提で選んでもいるし。暴風雨にさらされながら気にせず麦野《むぎの》はこう答えた。

「ただし『ハニークイーン』が使っている雑魚《ざこ》ども、下部組織は違う。少なくとも昨日の襲撃時は集団でやってきたのよ、私達と同じような下部組織を絶対に飼っている。鮎魚女《あいなめ》キャロラインや太刀魚《たちうお》メアリーと比べればセキュリティも緩いだろうから、そっちから辿《たど》ってド本命の二人まで近づく事は不可能じゃないでしょ」

「結局だからその雑魚《ざこ》どう見つけんの？」

「……、」

（街の中の問題では、できれば頼りたくないんだけど……）

適当なコンビニに入って暴風雨から避難し、ずぶ濡《ぬ》れであちこち透けてるフレンダがサバ缶を求めてふらつくのを確認。麦野《むぎの》は麦野《むぎの》でお弁当コーナーの中でもお高めゾーンに位置する選ばれしシャケ弁を買うとレンジで温めてもらい、それからイートインコーナーに陣取った。

「ふんふん♪　あ？」

分厚い焼きジャケに期待大だったのに、割り箸の先でお上品に摘《つま》んでみると、何だ？　切り身は安物の一五センチ定規みたいにぺらっぺらであった。豪華で分厚く見えたのはプラスチックのお弁当の底が不自然に盛り上がっているせいだったのだ。

かさ上げである。

「あああああ!!　ひどいひどすぎる、こいつはいくら何でも卑怯《ひきょう》だろっ。『暗部《あんぶ》』だって上げて落とすはしないぞオ……ッ！」

涙に沈んだ叫びにパートのおっとりママっぽい女性店員さんがレジカウンターからおどおどこっちを見てくる。いや麦野《むぎの》の透けてる下着が気になるがデカいスポーツタオルを渡す店舗マニュアルがなくて困っている、が正解か。善人め。これでは怒るに怒れないじゃないか。

ぐずぐず鼻を鳴らす不良系お嬢は携帯電話の下部コネクタに消しゴム程度の音声保存不能化装置を取りつける。こちらから壁をまたいで『外』に厄介な連絡をする時のマナーだ。

『おや珍しい。いかがなさいましたかお嬢様？』

「貉山《むじなやま》」

学園都市《がくえんとし》の外、『本家』に勤めている老執事の名を呼んだ。

用件は手早く伝えよう。全世界で一四億人の胃袋（と一〇万人単位のギャング達）を支えている穀物生産企業の主どもの面倒を見るのも大変だろうし。

「ちょっと『山歩きの狙撃手』からアドバイスが欲しいんだけど」

『おやおや。それはありがたいお話ではございますが、ご学友の皆様はよろしいのですか？　わたくしなんぞが出張ってしまって、ヤキモチを焼かれても知りませんよ』

やかましい頼りにされてうずうずしているくせに。

麦野《むぎの》はコンビニ内で買った安物のハンカチで髪を拭きながら、マンション襲撃時の状況を一通り貉山《むじなやま》に説明していく。その上で聞きたいのは、

「爆破でも狙撃でも標的が良く見える位置に陣取って全景を確認しながら実行するのは基本でしょ？　最初の襲撃時、四人でベランピングしてた時にいきなり自爆型のリモートＵＧＶでマンション吹っ飛ばされたところから全部始まったのよね。あの時コントローラを握っていたであろう鮎魚女キャロラインがどこのビルから観察してたかを知りたい。爆弾自体に小さなレンズはあったけど、狭い所をぐるぐる移動してたら方向や位置を見失いそうだし。そこを調べればド本命じゃないにせよ、周囲を固めていた下部組織くらいなら何か痕跡が見つかるかも」

『……この老いぼれに殺せと一言命じていただければ、今すぐ壁の外から学園都市の一点を狙

撃して差し上げますが？』

「はいはい」

麦野《むぎの》は気軽に拒絶した。

それでは貉山《むじなやま》が学園都市《がくえんとし》の全部を敵に回してしまう。いくらなんでも心優しいご老人にそこまで負担をかけるつもりはない。

『それからお嬢様は一つ勘違いをなされているご様子』

「？」

『よもや、狙撃手が逃げ場のない高層ビルの屋上なんぞに張っているなどとは思いますまいな？　狙撃の第一条件は「確実に撃って安全に立ち去る」でございます。そのために標的との間に長い距離を求める。つまり映画にあるような、大都市にある教会のとんがった鐘楼のてっぺんなどといった自殺同然のロケーションは完全ＮＧでございます。発砲後、もたもた螺《ら》旋階《せんかい》段《だん》を降りている間に周りを包囲されるのがオチですからね』

「つまり『高い所』ですらない訳か？」

『困った先入観でございますよ。外に面したベランダでしたら、下から見上げたって捕捉はできるでしょう。こちらからは標的を視界に収めつつ相手からは発見が困難、それでいて複数の脱出ルートを確保してすぐ逃げられる場所。これが狙撃の理想でございます』

「何だそりゃ、都合良すぎるでしょ。『ハニークイーン』の連中は取調室の不思議なミラーでも使っていたって言うのかよ？」

『特殊な構造の鏡があるなら素直に使えば良いではないですか。とはいえ、それ以外にももっと単純な方法がありますよ。襲撃時は夕方から夜にかけて。辺りは薄暗かったのですから、明るいベランダから見て暗い屋外の様子は見えにくかったはずでございます。夜の街は意外と明かりも多いものですが、照明のない場所なら確定で。つまり風景の中から特に闇の深い場所を探せば、後ろめたい連中はそこに隠れている、と』

「ふむ」

濡《ぬ》れた前髪を片手でかき上げ、麦野《むぎの》は携帯電話をしばし弄ぶ。

それからニヤリと笑って、

「なるほど」

4

「そしてこれが現場周辺、大変都合良く街灯の壊れていた路肩の映像。近くのガソリンスタンドの防犯カメラが押さえてた。『ハニークイーン』の二人と下部組織の顔がいくつか映ってる。ド本命はいきなり追っても多分意味ないけど、こっちの雑魚《ざこ》どもに話を聞けば鮎魚女《あいなめ》キャロラインの隠れ家なり連絡先なりがはっきりする。でもって情報を摑《つか》めば後は襲撃するだけよ。場合によっては脅して相手を呼び出す、ビビらせて逃げる獲物を襲撃地点まで誘導するって選択肢も手が届く。ようは、将棋やチェスと同じだな。相手が『念写』で勝つための道筋を作ったとしても、双方向の読み合いになれば結果は分からなくなるってハナシ。こっちは能力ナシでやるしかないけどね」

裸でうつ伏せに寝そべったまま、麦野沈利《むぎのしずり》はそんな風に切り出した。

絹旗《きぬはた》と滝壺《たきつぼ》がぎゃんぎゃんうるさいので飛行船ホテルは引き払って、第二一学区に拠点を移していた。山やダムのある学区だが別荘地としても密《ひそ》かに有名なのだ。ホテル代わりのコテージにも事欠かない。台風接近中だっつってんのにわざわざ山奥でキャンプしたがる人は珍しいので、夏休みシーズンの宿泊施設でも例外的に空きが多くて助かる。

わがままには応えてやったので、今はギブアンドテイクでエステを受けている最中だ。

滝壺《たきつぼ》はボトルから掌《てのひら》にオイルを垂らしながら首を傾《かし》げていた。

「うちの下部組織さんとは雰囲気違うみたいだね？」

「超確かに。ギャンブラーとインテリ層を足して二で割った感じです」

マッサージ用のツブツブがついたゴム手袋をはめて興味深そうに両手の指をわきわきさせながら、絹旗《きぬはた》もそんな風に言う。

「？　きぬはた、これどうやるのか分かる？」

「私は手袋なので滝壺《たきつぼ》さんの方でお手本動画を超調べてくださいよ。垢《あか》すりっていったら肌を擦《こす》るんでしょ？　まあパワーなら負けないつもりなので私に任せておいてください」

　こいつらに自分の体を預けて大丈夫だろうか？　とちょっと麦野《むぎの》は心配になりつつも、

「そのインテリ雑魚《ざこ》。カメラからカメラへ辿《たど》っていくと、行きつく先は第二二学区よ」

「学区全体が超巨大な地下街なんでしたっけ？」

　何故《なぜ》か不自然に人が集まってるの。おい『電話の声』」

『うるさいお肌で水とか弾《はじ》く一〇代にエステなんかいらねーだろ、こいつときたら！　あーオトナな私もじっくり時間かけて全身のケアをしたい、椅子に座りすぎてもう表面的なお肌の調子っていうか内部の血行がおかしいんだよ……。その廃墟《はいきょ》にはスロットマシンやゴツい金庫がこっそり納品されてるし、金の流れを追う限り非合法のカジノかなー？』

『電話の声』が裏を取ったのだから、ここは間違いないだろう。

「？　カジノなんて国内でも大型ＩＲの件が動いているのに、何で超わざわざ危険を犯してまで違法な施設なんか利用するんでしょうかね」

「きぬはた、グアムやハワイなら半日かからず安全にギャンブルできるのに彼らはわざわざ法を犯して『暗部《あんぶ》』に集まるんだよ？　コンビニ感覚で家の近くに賭場《とば》がないと許せないの」

　まあそれ以前に、学園都市《がくえんとし》だと『外壁』の内外を出入りするのが難しいのもあるが。

　給料制で養う麦野達《むぎのたち》とは違って、『ハニークイーン』側では下部組織に自給自足をさせているらしい。下の人間に直接金を払う必要はないものの、管理外の下部組織が増長したり、勝手にヘマして警備員《アンチスキル》に捕まっての地獄の芋づる式コースも起きうるので一長一短ではあるが。

『現場の他にオンラインでもスロットやポーカー運営してるけど設定がアコギでさ。ちょこちょこ勝たせて客を喜ばせるけど最終的な収支を見るとしっかり借金コースにご案内される。最初からそういう風に設計されているんだよう。くそー、つまみの質が落ちて私は寂しい』

「こいつこっそり手を出して派手に負けてんじゃねえのか？」

麦野《むぎの》は呆《あき》れたように一言。

罰ゲーム枠の外にいるフレンダが一歩離れた場所からニヤニヤしながら、

「結局違法なカジノに『潜入』して情報を集めてくるのが次のミッションかにゃ？」

「コンピュータや紙の書類から『ハニークイーン』への奇襲に使えそうな隠れ家や行動範囲に関する情報が出てくれば満足だけど、ダメなら頭の中に情報抱えてそうな雑魚《ざこ》を何人かバルビタール系か塩酸ケタミン系を詰めたガスガンで眠らせてさらってきても良い」

「あのね麦野《むぎの》、複数のお薬を雑にミックスしたまま発射する麻酔銃って言うほど便利な武器じゃない訳よ？　短時間で中和剤使ってあげないと結構あっさり永眠するし。結局麻酔銃なんて乱射するくらいなら爆破の気圧差で室内丸ごとダウン獲《と》った方がまだ安全」

「フレンダは色々くわしい、爆弾だけじゃない。インテリお姉さん」

「へっへー、白衣にメガネの理系クール女教師モードとかも似合いそう？　あと薬品と爆弾は結局おんなじものだわ。爆発は急激な化学反応を指す用語の一つってだけ」

きゃっきゃはしゃいでいる滝壺《たきつぼ》やフレンダだが、絹旗《きぬはた》は遠巻きに見てちょっと引いていた。

「うえー。それじゃ人を超騙《だま》して潜入するんですか」

「嘘《うそ》つきはおイヤ？　結局、警備員《アンチスキル》や風紀委員《ジャッジメント》だって囮や潜入くらいはやっている訳だけど。わお、公権力のマジックって素晴らしい☆」

「人を騙《だま》して喜ばれるのは古代エジプトって超テロップ出してアメリカ南部の砂漠で撮影やってる映画産業くらいです。あと一一〇番で来る方々は悪人さらって拷問なんかしませんよ」

「フォーマット次第だろそんなもん。例えば健康な人を拘束して痛めつけるのは違法でも、暴れる怪我人《けがにん》を押さえて一生懸命遠回りな方法でメチャクチャ痛く応急手当てする涙目ドジっ娘は罪に問われないよ。人道的って何なんだろうな、こんな線引きに意味があるのか？」

すでにフレンダはやる気だし麦野《むぎの》や滝壺《たきつぼ》も特に疑問を挟まなかった。

怪しまれずに敵地へ潜っての情報収集は『誰とでも仲良くなれる』フレンダ＝セイヴェルンの領分だ。地球の争いを止めて人類を笑顔にできる稀有《けう》な長所も『暗部《あんぶ》』の手にかかれば悪用は可能というのだから世も末である。

「私は潜入とかそういうのは苦手だからフレンダに丸投げで。セレブな客に化けるか新入りバイトに化けるかはそっちに任せる」

「いやいや結局スタッフオンリーの部屋の奥まで全部調べるには働く側に回らないとダメでしょ。そうなるとカードマジックを披露してディーラーさんに化けるかな、それともせくすぃーなパーフェクトボディを駆使してバニーガールさんかにゃーん？」

「ちょっとちょっと超ちょっと」

と、何やら絹旗《きぬはた》が口を挟んできた。繊細にお肌の表面を擦《こす》って垢《あか》すりしてる最中に気を散らすんじゃねえ！　という麦野《むぎの》の抗議は脇に置いて、

「いつまでも新入り扱いで超任せっきりにはできませんよ。潜入捜査ってそれなりにハイリスクなんでしょ？　しかも『念写能力《ソートグラフ》』の条件が不明なのでこっちに落ち度はなくてもいきなり超バレるかもしれないんですし」

「潜入調査ね。結局、正式な捜査権を持たない私達みたいな悪党の場合は」

「超どっちでも良《い》い。やる方向で決まったのなら仕方ないから乗っかりますけど、危ない仕事は私の方が適任でしょ。何しろ超いざとなったら『窒素装甲《オフェンスアーマー》』で身を守れるんですから」

確かにバレて逃げ場のない密室で銃弾が飛び交うような場面を想定するなら、丸腰で防弾の条件を整えられる絹旗《きぬはた》の方が圧倒的に有利だ。

ただし。

キョトンとした顔のフレンダは何度か瞬《まばた》きしてから、

「その窒素の壁、結局まさか全属性完全防御のチート防具なんて思ってないわよね。それとも相手が下部組織だからって状況をナメてる？　例えばスタンガンとかコンデンサ弾とか、絶縁破壊を起こす高圧電流を使う武器に対して厚みのない気体の壁は無力な訳よ。違法なカジノな

んて職業的に女の子《バニーガール》を扱う悪党なら肌に傷つけないオモチャを好んで集めてるでしょうし」

そして高圧電流で昏倒した後にどうなるかは想像しない方が良《い》いだろう。臓器は新鮮な方が買い取り額は上がる、くらいの世間の与太話は『暗部《あんぶ》』にとって入口も入口でしかない。

科学的な超能力が当たり前に存在する学園都市《がくえんとし》では、対抗する悪党どもも特化した戦術を構築している。特殊な能力があれば絶対に大丈夫なんて甘い話は通じない。

何かしら行動する以上はリスクも必須。

その辺を歩いている小さな子供にも刃物で刺されるのが『暗部《あんぶ》』なのだ。

「誰にでも得意と不得意はある訳よ。武器や能力突きつけられた状態で、初対面でアホの緊張ほぐして怪しまれずに懐《ふところ》へ潜るのよ？　新入りの仏頂面《ぶっちょうづら》じゃ難しいでしょ。結局、潜入と情報収集ならみんなの愛されフレンダお姉ちゃんに任せておきなさーい☆」

「超うるさいです、あとそれ、この仕事終わったら改めていただきますよ」

「？」

「新入り。『アイテム』に来て一月は経《た》つんですから超いい加減に外してください」

5

「潜入のキホンはスパイ映画と違って全員の信頼を得る事じゃない訳よ。てか絶対ムリ。敵地に潜るなら敵と仲良くなるのではなく、憎たらしくても握手するしかない人間を目指して」

「手っ取り早く敵の懐《ふところ》に潜りたいなら、自作自演のトラブルを用意して標的と一緒に解決するの。結局、共有できる成功の体験ほどインスタントに心の距離を縮める方法はないからね」

「答えの分からない質問はイエスともノーとも答えず、笑って話題を切り替えて。主導権は常にこっち、相手のリアクションをいちいち待ってるんじゃ会話で嬲《なぶ》り殺《ごろ》しにされるだけよ」

子供にお買い物リストを伝えるお母さんみたいな調子でフレンダは言いながら、絹旗《きぬはた》の耳に小さなイヤホンをはめ奥歯の裏にペンチ型万能ナイフのツールで小型マイクを貼りつける。

「会話のやり取りは全部モニタリングしているし、情報面の問題はこっちで検索してイヤホンに随時送っていく訳よ。命を賭けたカンニングね。だけど受験と違って公認の教科書はないから、犯罪組織のローカルルールを完全網羅できるとは限らない。周到な計画と勢いのアドリブ、どっちかが欠けたら一発でアウトだからそこは気をつけて」

「超はいはい」

「聞け新入り。結局、一番ヤバいのは『言葉に詰まる』よ。何があってもこれだけは避ける事。いい？　〇・六秒以上の空白は明確な『違和感』としてカウントされるわよ。逆に言えばそれ以下であれば……」

「分かりましたよっ。ほんとに私って超新入り扱いだったんですね、嘆かわしい」

こっちは反抗的に唇を尖《とが》らせているのに、何故《なぜ》かフレンダからぎゅっと肩を抱かれた。

目を白黒させる絹旗《きぬはた》に、フレンダはそのまま呟《つぶや》く。

「……うぅー。結局やっぱり心配だなあ、こんな事なら私が行きたい」

「だからそれをやめろと超言っているんですセンパイ女子。まったく」

小さな手で先輩の体を抱き返し、絹旗《きぬはた》はちょっとだけ肩の力を抜いた。

のだが、ここでどす黒い『暗部《あんぶ》』が顔を出した。

「結局それからこいつ」

「？」

よっこいしょ、とフレンダが取り出したのは一メートルくらいの金色に輝く金属の筒だった。

二リットルの水筒をながーく伸ばした感じ。結構ずしりとしていて重たそうだ。

「えと、超何ですかこれ？」

「なにって口径一五五ミリ、世界最小の反物質砲弾。まあ直径一〇〇〇メートルは奇麗に消滅するって訳よ。あ、今度は基板や起爆装置だけじゃなくてきちんと中身も詰めてあるから」

リアクションに困った。

「言っておくけど理論だけなら何十年も昔のものだよ？　学園都市《がくえんとし》の技術で組み立てるなんて

カンタンカンタン。結局アンタが失敗したらそれは送り出した私の責任でしょ。だから新入りがしくじって死んだら私の手でこいつ撃ち込んであのカジノを消す。約束する、マジで一人も逃がさないわ。きちんと骨は拾ってあげるから大船に乗ったつもりでいてちょうだい」

「……、」

「(……というか、まあ、これくらい用意しておかないと結局新入りの悲鳴一つで麦野《むぎの》が状況に関係なく建物に向かって『原子崩し《メルトダウナー》』を連射する羽目になるから。こいつは麦野《むぎの》をなだめるための牽制《けんせい》っていうか、実際には使わない方が良《い》い保険とでも思っておいて☆)」

「超あの」

最小サイズとはいえ反物質兵器よりヤベェーのかあの電子線魔王がほんとにキレたら。

横で聞いていた滝壺《たきつぼ》は無表情なまま自分の唇に人差し指を当てると、

「……きぬはた、法律は一切守らないけど仲間《なかま》想《おも》いで心優しい世話焼きむぎのに聞こえる声では言わないでね。絶対ろくな事にはならないから」

「ええと、超そんな物騒な話に発展していく危険があるならそもそも教えないでくだ……」

「相手が麦野《むぎの》だとフツーに照れ隠しで胴体千切られかねんしな。結局そんな訳でサポートはしてやるから心配しないでおつかい行ってきなさい！」

何ともコメントに困る微妙な顔をしながら絹旗《きぬはた》は一人で行動を始める。

昼時、絹旗最愛《きぬはたさいあい》は一人バスに乗って第二二学区を目指す。弱冷房のせいですぐ汗が出る。同じ車内の半袖ブラウスどもと違って簡単に透けるパーカーワンピではないのでマシな方か。

まだ台風は上陸していないはずだが、ごうごうという塊みたいな風と雨がバスの窓をまともに叩《たた》いていた。今は良《い》いけど、帰りの便は運休になってしまうかもしれない。

（……第二二学区。学区全体が多層構造の超巨大な地下街になった特殊な学区、ですか）

実際にバスが長く巨大な螺旋状《らせんじょう》のスロープを下りると、無音の空間が広がっていた。当たり前だがこっちに暴風雨はない。辺り一面には普通に背の高いビルが乱立しており、頭上一面は真っ黒な雲の映像をスクリーンに映していた。違和感と言えば三枚羽の風力発電プロペラがない事くらいか。大型で勢力の強い台風なんか嘘《うそ》のようだ。

第二二学区はこの広大な地下空間一個だけではない。

実際にはお重のように、これが縦にいくつも重なっている訳だ。

（ま、排水ポンプがトラブル起こしたら全部水没するんですから、何もこんな日に超やってきたいと思える場所じゃありませんけど）

適当に考えてから、む、と絹旗《きぬはた》はちょっと動きを止めた。

『窒素装甲《オフェンスアーマー》』は周囲の空気から窒素を集めて全身を防護する能力だ。つまり水没には弱いのか。電気といい水といい、現場に出ると意外とポロポロ弱点が見つかる能力である。

（……ラボの外は良くも悪くも可能性に超満ちているって事ですか）

停留所でバスを降りると、地下空間だって言っているのに外気に合わせてわざわざ人工的に猛暑日の蒸し暑い気温を再現していた。逆にエコじゃない。絹旗最愛《きぬはたさいあい》はうんざりしながら少し歩いて、問題のボウリング場跡地に向かう。

途中、ドラム缶型の清掃ロボットとすれ違った。地下だと暴風がないので動きもスムーズだ。カメラがあると緊張するが顔には出さない。『まだ』潜入前、何もしていないのだし。

『絹旗《きぬはた》、私達も同じ階層にいる。視線振られると違和感になるからどの車かは言えないけど』

「超はいはい」

『結局見えてきたね、ここから先はおしゃべりに注意して。唇を動かしたり、通信で声が聞こえるたびに片耳イヤホンのある方へ思わず視線を向けるのは禁止って訳よ』

学校の校舎くらいのデカい廃棄物が待っていた。

駐車場に面した表の出入口には人も車もなかったが、裏に回ると不良少年が二、三人溜《た》まっている。一見するとコーヒーの空き缶を灰皿代わりにして廃墟《はいきょ》でたむろしている暇なヤンキー達だが、輪の中ではなく遠くに目を配っている。ぶっちゃけ不自然で浮きまくっていた。実際には非合法なカジノのドアボーイだろう、もう絹旗《きぬはた》の存在には気づいているようだ。

『結局最初の関門』

「なんか意味あるんですか超そのアドバイス」

そっと息を吐いて、それから絹旗《きぬはた》はおずおずと男達の方へ近づいていった。表情や態度に正解はない。厳密には笑顔だろうが緊張だろうが脅《おび》えだろうが、どんな顔でも怪しまれる。

「なに？」

「あのう、仕事の面接で超やってきたんですけど……」

不良の一人が絹旗《きぬはた》の小さな体を上から下までジロジロ見る。が、より警戒すべきはその一歩後ろでさり気なく懐《ふところ》へ右手を突っ込んだ男の方だろう。『暗部《あんぶ》』は動画サイトで数字に追い詰められて変顔さらす暇人とは違うのだ。この業界では目立たない地味な顔の方がヤバい。

「誰から聞いたの？　うちの店員？」

「木下さんです☆」

笑顔で嘘《うそ》をついた。実際には推薦状なんかないのだから、日本全国どこにでも木下《きのした》さんはたくさん増殖していると信じるしかない。

が、

「木下《きのした》さんなんか知らないよ」

「常連の木下《きのした》さんですけど、あれ、ご存知ありません？」

チッ、と舌打ちがあった。

急にやってきていまいち信用ならない相手だからか、あるいは口の軽い客がお店の存在を漏《ろう》洩《えい》している事に苛立《いらだ》っているのか。

ともあれ、非合法のカジノに本名を残したがる客なんぞいるはずない。つまり調べようがないのだ。今度はドアボーイの方が答えのない問題にぶつかる形になった。

ややあって。

不良は携帯電話ではなく無線機を取り出した。理由はサーバーを介さないからだ。

「面接希望一、ビジター木下《きのした》さんとかいうのも分かる範囲で一応タグつけて」

どうやら確認もせず下手に追い返して金づるの機嫌を損ねるリスクの方を嫌ったらしい。ガチャン、という太い金属音が響いて通用口の狭いドアの錠前が開く。

『フレンダ、専門家なんだからきぬはたにアドバイスしてあげないと』

『結局うるさい、○・六秒以上のラグは致命的な「違和感」になるっつってんでしょ。いざ会話が始まったら最前線の新入り側には聞きに徹する時間なんかないってば』

『木下《きのした》からの後押しでバイト面接にやってきた。後は、木下《きのした》は常連の客、と……』

麦野《むぎの》がぶつぶつ言っているのは、多分メモを書いて車の天井にでも貼っているのだろう。自分で作ったアドリブ設定を自分で忘れるようになったら疑われて即死なので、全体図を作って把握し、常にアップデートしないとまずい。これは情報が増えるほど死活問題になってくる。

何にしても対岸の火事、少女達の呑気《のんき》な声を聞きながら絹旗《きぬはた》は店内へ踏み込む。

ぴりっ、と空気が変わる。

表情に出してしまったらおしまいだが。

表のおんぼろ廃墟《はいきょ》が嘘《うそ》のようだ。ふかふかの絨毯《じゆうたん》に左右の階段、天井にはクリスタルの巨大なシャンデリア。全体的にクラシックな洋館テイストだが、ここはボディチェックや荷物などを預けるエントランスのクロークに過ぎず、実際のカジノ本体は正面の大扉の向こうっぽい。

ヤンキーではなくパーティ仕様の黒服が六〇センチくらいの棒切れを取り出した。

高圧電流、という事前情報に絹旗《きぬはた》の心臓がわずかに跳ねるが、

「ケータイはこっちの箱に入れて」

「ええと？」

「早く。他に忘れ物防止のキーホルダーとか通信対戦できるゲーム機とか持ってないよね、とにかく電波出すものあったら全部。限られた通信担当以外はそういう決まりなの」

絹旗《きぬはた》が従っている間にも、黒服は棒切れを水平に構えて服の上数センチから絹旗《きぬはた》の体をなぞっていく。どうやら探知機の一種で、電波の放出を計測しているらしい。

絹旗《きぬはた》は片耳のイヤホンがやや気になったが、

「はい完了、問題なし。手順が多くて済まないね」

「超いえいえ」

『？　むぎの、これどういう事？？？』

『ドラマや映画と違って、どんなに小型で体のどこに隠そうが四六時中電波を撒《ま》き散《ち》らす通信装置なんか持ったまま危険なエリアには入れない仕組みなんだよこの世界は。ディスカウントストアで売ってる八〇〇円くらいのオモチャの無線機でも電波の検出程度はできるぞ。ただし逆に言えば、電波以外の方式ならコイル系の探知機は反応しなーい。例えば昆虫系の鳴き声を

参考にした超音波通信とか化学物質を使った合成フェロモン通信とかね』

分かったから耳元で映画をディスるな。顔に出たらどうしてくれる？

「それじゃこっちだ。ビジターの目に入るなよ、スタッフは脇。後は川魚《かわざかな》さんに聞いて」

「川魚《かわざかな》さん？　あれ、聞いても良いんですか、まだ採用って超決まった訳じゃないのに」

「偽名だよ。男は苗字《みようじ》、女は名前でフロアネームを決めておくの。人に知られちゃまずい商売やってんだ、常識だから覚えとけ」

横手にある小さなドアをノックして開けてみると、一転して打ちっ放しの小部屋が待っていた。やっぱり豪華な見た目は客が出入りする場所だけらしい。大きな液晶に似合わない細々したウィンドウがたくさん開いていて、その全てがカジノ各所の映像を表示していた。この廃墟《はいきよ》っぽい部屋は多分警備室だ。コンビニと違うのはテーブルや指先を狙うレンズが多い事か。

二〇代後半くらいの青年が二人待っていた。

失敗したら死ぬ部屋にご案内だ。

「超あなたが川魚《かわざかな》さん？」

「はいよろしく。僕が顧問の川魚《かわざかな》で、そっちで立ってる彼が経営者の久保田《くぼた》クンね」

経営者と顧問の違いはいまいち分からないが、見た目だけなら川魚《かわざかな》？　の方が偉そうだ。パイプ椅子に腰かける川魚《かわざかな》と違って久保田《くぼた》は脇で立っているし。肩書きと実際の関係性に歪《ゆが》みがあって絹旗《きぬはた》はちょっと戸惑う。

「ははっ、こういうトコで働くのは初めて？　そうそう、そこ座って良いよ。飲み物は出さないけど別に良《い》いよね。ここ基本的にアルコールしかないし」

「えへへ……。アルバイトができるような歳《とし》に見えます？」

「それでわざわざ『暗部《あんぶ》』に？　まあうちは労働基準法も風営法も気にしない派だけど」

「夏休みをきっかけに家出しちゃいまして。でも逃げても『壁』の外には出られないし、寮に連れ戻されるのは絶対イヤ。となるとこの街で超生きていくために超お金が必要でしょう？」

「なるほど」

　そこから川魚《かわざかな》は学園都市《がくえんとし》特有《とくゆう》の突っ込んだ質問をしてきた。

　つまり、

「能力はナニ？」

「無能力者《レベル0》ですっ☆　もし御大層な高位能力者ならバイトなんか考えなくても自動的に奨学金が超振り込まれているはずでしょ？　学園都市《がくえんとし》側《がわ》から研究協力名目で」

「そりゃそうだ」

　そういえば大能力者《レベル4》としての奨学金ってどこの口座に流れているんだ？　と自問自答しながら絹旗《きぬはた》は笑顔で答える。

（……あと無能力者《レベル0》って響きは便利ですね、超そこから先どうやっても話を広げようがなくて。どこに雲隠れしたんだか知りませんが、あのコスプレマニアが好んで使っていた訳です）

思い出して危うく表情に出るところだった。

薄く笑って、川魚《かわざかな》はどこからともなくトランプの束を取り出す。

プロ仕様のカードマジックなのだろう。

「それじゃいくつか一発芸するからここで見破ってもらえる？」

「えっ？　でも私、ディーラーじゃなくて超バニーガール志望なんですけど」

「いいから」

ざっ、と川魚《かわざかな》はテーブルの上へ扇状にカードを広げてから、再びそれを一つの束に戻す。それから一枚ずつカードを置いて、ゆっくりと五枚一組を作っていく。

どうやらポーカー想定の動きのようだが、

「そこ。パーム、つまり掌《てのひら》に一枚吸いつけるようにして超カードを隠しています」

「そこ。一見奇麗に揃《そろ》えたカードの束ですけど、目的の一枚を正確に抜くために超わざとズレを作って目印つけているでしょう。本のしおりみたいな感じですかね？」

「超そこです。表も裏も同じ柄のカードが一枚混じっています」

ふむふむ、と川魚《かわざかな》は楽しそうに頷《うなず》いていた。

テーブルの上を見ているというよりは、絹旗《きぬはた》の表情を観察しているようだが。

『次、結局偶数のカードだけで五二枚揃《そろ》えている。次、これは単純ね、あらかじめ有利な順番を作っておいたカードの束を切っているようで切ってないだけ。ロイヤルストレートフラッシュが揃《そろ》う前に手首摑《つか》んで』

『フレンダくわしい、おとなー』

……耳元のアドバイスはありがたいのだが、滝壺《たきつぼ》は単なるチアガールになっていないか？

「バニーガールの仕事っていうのは、お酒や料理を運ぶ給仕《きゅうじ》だけじゃないんだよね」

「へぇ」

「フロア全体を見て回ってイカサマの発見と防止に努める。実はこっちの方が大事なんだ。ビジター、つまりお客さんが警戒するのはディーラーとゴツい黒服の目だけ。バニーガールにはデレデレして下に見たり自分の身内と思い込む傾向が強いから、ここで隙を見せるアホも多い。ドラマじゃなくてほんとにいるんだよ、オレと一緒に駆け落ちしようって騒ぎ出す残念男。実際にはお店で働く人間は全員で一つの利益を山分けする共犯《なかま》なのにね」

そんなものなのか。

論理的かつ機械的にセキュリティを設計すれば全てのリスクを排除できる訳でもない。結局は中心の軸に生々しい欲望を据えた人と人の駆け引き。そうなると、心理学的なアプローチも馬鹿にはできないのかもしれない。

『？　きぬはた、つまりバニー衣装はヘンタイを刺激するって事？』

現場の絹旗《きぬはた》が思わず噴き出して殺される展開を渾身《こんしん》の表情筋でぷるぷる阻止していると、川《かわ》魚《ざかな》は広げたトランプを一つの束にまとめてその上に人差し指を置いた。

「……じゃあ最後に一つ。この束から正確に一枚引き抜くとする、一〇〇回やっても一〇〇回スペードのエースを出す。このカードマジックに使っているタネは何かな？」

「一つのメーカーに使うデッキを絞ってひたすら何度も練習し、カードの手触りを指の腹で超覚える。特にカードの並びの関係でエース系は束の一番上に乗せた状態で工場から出荷される事が多いから、毎回新品のデッキを使っていても他のカードより日光によるわずかな傷みや色《いろ》褪《あ》せが発生しやすい。ゲームによって使うか使わないか変わるジョーカーはさり気なく捨てられるよう一番下にあるのが多いですし。トリックのない努力のイカサマが一番怖い、でしょ？」

全部フレンダの助言だった。

パンパン、と川魚《かわざかな》は白々しく拍手して、

「はいおめでとう。良《い》いね、観察眼は素晴らしい。バカラ、ルーレット、クラップス、スロット……。ゲームによってそれぞれイカサマの方法は違う。アナログな手品はもちろんデジタルな機材やプログラム技術まで絡《から》んでくる事もある。見破るためにも全部勉強してもらうけど、基本の目と場の空気の流れを読む力がしっかりしているなら問題ない。ウチで働けそうだ」

「へえ、超そういうものなんですか？」

「ハハっ、まあ実際には最初のモバイル預かりに躊躇《ためら》わなかった時点でほぼ受かっていたんだけどね。風紀委員《ジャッジメント》やネットニュースの潜入捜査だと、大抵ここで最初の『警告』がつく。タグがついても少し泳がせて所属や背後関係を探るけど、九割方はストレートにおしまいだね。人間なんて孤独と圏外表示には耐えられない生き物だ。特に自分の命のかかった場面ではね」

「ははー☆」

笑い方まで上司さんに揃《そろ》えてみる。

実際には今も耳にイヤホンがあるのだが、まあそれはさておいて。

「志望はバニーガールだったよね。家出少女って事は支払いは口座じゃなくて現金の方がありがたいのかな。あと週に何日やってきても大丈夫？　体力的な問題じゃなくて、大人に怪しまれないで外出できるかって意味でだけど。まあ諸々《もろもろ》の条件は後で確認するとして」

にゅっと川魚《かわざかな》は首を伸ばしてきた。

彼は正面から言った。

「……働、く、っ、て、事、は、も、う、ウ、チ、の、備、品、だ。裏、切、っ、て、よ、そ、の、店、に、引、き、抜、か、れ、ん、じ、ゃ、ね、え、ぞ？」

体感的な温度が確実に下がった。

絹旗《きぬはた》は笑顔のままだった。

それから川魚《かわざかな》は口元に手をやって、

「なんてねっ。ハハ‼　ほんとにこういうお店は初めてなんだねえ、初々《ういうい》しい！　違法なカジノなんて遅かれ早かれ情報が洩《も》れて警備員《アンチスキル》に摘発されるんだ。君がこうして木下《きのした》さんとやらの紹介でやってきちゃったようにね。だから肩の力を抜いて、いつでもよそのお店に移れるフリーランスの気分で頑張ってよ。こっちの界隈《かいわい》だと毎日のサイクルに満足してると引《ひ》き際《ぎわ》を誤るから気をつけて。困るのは最後まで残って尻尾を切られる責任者さん一人だけで良《い》いからね？」

びくっと肩を震わせたのは一言もしゃべらない久保《くぼ》田だった。

顧問の川魚《かわざかな》が実質的な司令塔で、一番偉い経営者の久保田《くぼた》は困った時の防波堤。なるほど、この変な力関係の理由はこれか。『暗部《あんぶ》』の危ないカジノにイカサマや偽造チップを持ち込んだり、酔っ払った勢いで迂闊《うかつ》にもバニーガールへ手を出そうとした哀れな元ビジターなのかも。

「あいうえおーとかあかさたなーとかでパッと頭に浮かぶのはどれ？　はい三秒で！」

「は」

「じゃあフロアネームはハルカちゃんね、こういうのはとっさに出る一文字を先頭に持ってきて全体はポピュラーで印象に残らない字面《じづら》に整えるのが大切なんだ。今日からよろしくー」

場所を教えてもらって一人でロッカールームに向かうと、簡易式のトルソーに着せてビニールパッケージされたバニー衣装がずらりと並べられていた。何でハンガーじゃないんだろう？

と絹旗《きぬはた》は疑問だったが、単純に肩出し衣装なので引っかける事ができないのか。相当小柄な絹《きぬ》旗《はた》のサイズもあるので、ここでは中学生どころか小学生でもそのまま普通に働けるらしい。

自分の体型に合ったものだとピンク色のバニー衣装しかないようだ。軽いトルソーごと手に取るとまだ名札のない縦長ロッカーの扉を開けて、それから絹旗《きぬはた》は天井に目をやる。

「……今もモニタリングしているんですよね、超これ？」

『大丈夫だよきぬはた、位置を見失うようなヘマはしないから』

「そうじゃなくてっ、そこから見えているって事はつまりここにも防犯カメラがあるんですか？　女子が着替えるロッカールームだっていうのにあのヘンタイ犯罪者ども!!」

『結局、性癖じゃなくてビジネス目的だとは思うけど。客が名前を残さないって事はクレカや電子マネーも使わない、となると各種支払いのために大量の現金を金庫に保管して受け渡ししている訳でしょ？　店内に死角のスペース作ると身内の従業員が店の金をくすねたり、ディーラーとビジターが共謀してイカサマの相談に走るケースもあるから、良からぬ内緒話を防止する意味でもカメラやマイクは仕掛け放題がセオリーって訳よ』

合理性の話なんぞ聞いていない。

ちょっと顔を赤くした絹旗《きぬはた》は目を閉じて口の中でごにょごにょ指示出し。

「超トラブルを装《よそお》ってください」

『はいはい。結局、警報レベルは上がるけど？』

「いいから超早くっ‼」

店内全域の映像にノイズが走る数十秒の内に、絹旗《きぬはた》はさっさと脱いでさっさと着替える。慣れない衣装だが、感覚的には水着を固くしたような感じだ。

ドアの向こうがバタバタしているので、絹旗《きぬはた》はちょっと開けて顔だけ外に出す。かわゆく。

「超何があったんです？　川魚《かわざかな》さん」

「何でもないよ設備の不調だ。まったく、サージ電流かな。台風の影響っていうのはこんな地下深くの第二二学区にまで届くのか……」

防犯カメラのノイズか。

それから川魚《かわざかな》は懐《ふところ》に手を突っ込むと、

「ハルカちゃん一人で着替えられた？　それじゃこれ、お店の支給品だから」

「うわ」

本物の拳銃だった。

銃身の下には銃剣みたいな格好でプラスチックの塊が取りつけてある。

『結局、九ミリの拳銃に八〇万ボルトのスタンガン。スライドだけ質感違うから銃の方は連射キットでフルオートにアップグレードしているかな。新入りにいきなり渡すって事は、これは最低基準な訳よ。揉め事専門の黒服とかはもっとデカい銃を持っているはず』

スタンガンで行動不能にされてから銃を連射されれば絹旗《きぬはた》でも助からない。

死の前提情報が絹旗《きぬはた》の頭をよぎる。

（……能力って意外と超使いにくいなあ。強さっていうより相性っぽいですが）

「弱さと甘さでビジターの隙を生むバニーガールはこんなの見られない方が良《い》いんだけど。お店で受け取ってお店で返す、外には出せない決まりだから気をつけてね」

「今日は何から超始めれば？」

「勤勉だね」

川魚《かわざかな》は薄く笑って、

「だけどいきなりビジターが大勢集まっているフロアは任せられないよ。今日はとりあえず施設を見て回って、部屋の間取りと設備、後は料理やお酒の名前なんかを覚えてもらう。実際、バニーガールは学ぶ事多いよ。コンビニの店員さんくらい多い。最も効果的な愛想《あいそ》の振《ふ》り撒《ま》き方はもちろんとして、イカサマ防止の他にチップの持ち出しや偽造チップ持ち込みを食い止めるためゲームを見ながら不自然な枚数増減がないかフロア全体をチェックしてもらうし、後は泥酔者《でいすいしゃ》の救護方法なんかも勉強してもらわないと」

「はあ、救護ですか？」

「いちいち酔っ払いが倒れた程度で救急車を呼んだら久保田《くぼた》クンの首がいくつあっても流石《さすが》にお店は成り立たないよ。それに可愛《かわい》らしいバニーガールに介抱してもらった方が喜ぶビジターもいる。吊《つ》り橋効果《ばしこうか》ってヤツかな、上客を作るために親切の押し売りはしていかないと」

「あれ？　でもそれ、目の前で彼氏を助けたら彼女に憎まれる話も超ありえるんじゃ……」

「ハハッ。そういう場合はこっそり彼氏の胸ポケットに香水付きの名刺を忍ばせれば良いのさ、次回はお一人でどうぞってね」

つくづく人様の人生をぶっ壊す仕事をしている訳だ。

借金も依存症も男女や家庭の崩壊もどんと来い。特に非合法なカジノの真髄は、客に勝たせるのではなく気持ち良く担《かつ》いで目一杯お財布を搾り取る方にあるのか。

「そういう訳で実際に働いてもらうのは次回からだから、そんなに肩に力入れなくても良いよ。でもすぐお金が必要なんだっけ？」

「ええ、超はい」

実は一秒でも早く表も裏もお店を全部調べてしまいたいのだが、ここで盾を突いても得する展開はない。相手は全体の司令塔でこっちは新人一日目のバイトでしかないのだ。

カジノと言ったらスロットマシンやルーレット台というイメージだったが、実際にはそれ以外の設備もたくさんあるようだ。レストランみたいな業務用のキッチン、室内音楽を制御する放送室、それからプラスチックでできたチップをケースに収めて山積みした小部屋もあった。隅の方に重たそうなダイヤル式の金庫が置いてある。

「彼は金庫番の沢木《さわき》クンね」

厳《いか》つい角刈りに似合わないインテリなメガネをかけた青年がぺこりと頭を下げてきた。テストの点数だけでは真っ当な大人になれない、の見本みたいな理系犯罪者だ。

「帳簿関係は彼の担当。もしお店の雰囲気に当てられてどうしてもギャンブルをしてみたくなったら、トランプなんかよりも沢木《さわき》クンに株式か先物でも教えてもらった方が良《い》いよ。お店のオモチャに手を出すとほんとに人生壊れるから気をつけてね」

続けて廊下を歩くとゴツい男達とすれ違った。

普通の（？）黒服とも違う、爆弾処理に使いそうな耐爆スーツを着込んだ連中だ。持っている銃はわざわざ追加のストックをつけて両手持ちじゃないと扱えないほどの馬鹿デカいリボルバーだし、背中には防災用の斧《おの》もある。

川魚《かわざかな》はあっさり言った。

「彼らは虐殺班ね。何を、は言わなくても分かるかな？」

「うえ」

「ハハ！　大丈夫大丈夫。ワルいコトさえしなければお世話になる機会はないから。ま、彼らは怖がられる事でそういうのを未然に防ぐお仕事をしているんだ。休憩時間が重なっちゃったら一緒にご飯食べてあげてね」

当然ながら『暗部《あんぶ》』のカジノ側は居心地の良《い》い時間を提供できなければ大金を落とすお客さんを逃がしてしまう。痛くもない腹を探られる筋合いはないからだ。なので通常の黒服と緊急時に出動する虐殺班を使い分け、フロアに威圧感を与えない仕組みを作っているのだろう。

こうして見ると、常時この違法なカジノにいるのは二、三〇人といったところか。三ローテーション制として、関係者全体で九〇人前後。もちろんカジノに出ない六〇人は全員休暇という訳ではなく、本業（?）である『ハニークイーン』のアシストに回る班もあるはずだ。

（……ふうん、うちの下部組織よりも人数多いですね。自給自足だから維持費を考える必要が超ないからかもしれませんけど）

ひとまず使い捨てじゃない手下だ。一人あたり月給三〇万として、×九〇人で人件費は二七〇〇万円。料理、お酒、消耗品などの補充で五〇〇万から一〇〇〇万。元から廃墟《はいきょ》を勝手にリフォームした違法な建物なので土地や建物の賃貸や税金まわりは考える必要なし。ここが最低ラインだとすると、目標収入はざっと月五〇〇〇万くらいか。一月の話である。

（うわあ、改めて数えてみると超かかりますねーヤンキーどもを食べさせるのって。頭悪いヤンキーのための投資だと考えるとより萎えてきます……）

川魚《かわざかな》は奥の奥にある小さな鉄のドアの前に立った。

「それから最後にここ。ある意味では金庫室より重要な部屋だから覚えておいてね」

「?」

「やらかしたアホを放り込むための牢獄なんだ、ここ」

窓のないコンクリの小部屋だった。

太い結束バンドを使って両手両足を縛られた中学生の少女が転がされていた。

黒髪ウェーブの少女はどれだけ泣き続けてきたのか目元は赤く腫れ上がり、口に噛《か》まされたハンカチは己の唾液でぐちょぐちょに濡《ぬ》れていた。死の緊張で不自然なくらい大粒の汗を流し、似合わないドレスの内側からすっかり下着が透けてしまっている。

「たまにいるんだよね。今回は潜入捜査でビジターに化けた風紀委員《ジャッジメント》らしいよ。書類だけの経営者が一人で捕まる分には構わないんだけど、中の様子を撮影されて全員逮捕って流れはいただけなくてさ。困ったケースにはこうするしかなくなる」

絹旗最愛《きぬはたさいあい》は別に正義のヒーローではない。

それでも大きく、心臓が跳ねた。

最初のモバイル預かりで『警告』がつく、という話は面接時に聞いてはいたが……、

「専門職のディーラーと違って万能感覚《コンビニ》のバニーガールには『始末』についても勉強してもらうから、そうだな、今日は使い捨ての久保田《くぼた》クンの仕事を手伝ってもらえる？　三五〇〇度まで出力出せる実験動物廃棄用の電子炉を使って五五キロの塊が灰になるまで全部焼き尽くすから火傷《やけど》にだけは気をつけてね、バニーガールはカラダが資本なんだからさ」

6

久保田《くぼた》が戻ってきたら人体の始末が始まる。

しかし拒めばできたばかりの信頼を傷つけ、非合法のカジノ全体を敵に回す。

高圧電流と銃弾の組み合わせだと、窒素の壁を貫いて感電のリスクもゼロとは言えない。

絹旗最愛《きぬはたさいあい》も『暗部《あんぶ》』の人間だ。今さら殺人に手を染める事を躊躇《ためら》っているのではない。

理由のない一般人を保身のために殺すのが問題なのだ。

そんな罪は種類が違う、彼女には背負えない。

牢獄《ろうごく》と呼ばれる小部屋の半分を埋める格好で、銀色の巨大で分厚い箱が鎮座していた。いったん壁を一面全部抜いて装置を部屋に押し込んでから新しく壁を作ったのかもしれない。銀行の金庫室みたいな大扉があったが、実際には巨大な電子レンジといった方が近い。電子炉。あれが人間を効率良く焼き尽くして灰の山に変える家電製品か。

おぞましいが、『暗部《あんぶ》』的《てき》には度が過ぎた設備とも思わない。

(……イマドキは銀行だって強盗を恐れてまとまった現金なんか置かない。なのに客達が本名を名乗りたがらないって事は電子マネーやクレカは使わず紙の札束で取引してるって事でしょ。超ちょっと考えれば探りを入れてくる人間にピリピリするのは分かりそうなものなのに)

絹旗《きぬはた》はひとまず壁に寄りかかり、バニーのお尻で壁に埋まった直径二ミリの防犯カメラを潰して破壊すると、

「ああッもう!!」

叫んだ途端、びくっと風紀委員《ジャッジメント》の少女が大きく震えた。

一体何をされる妄想で頭が悶々《もんもん》としているかは知らないが、絹旗《きぬはた》は身を屈《かが》めるとひとまず口を塞いでいるハンカチの塊を取り外す。

「一体何して捕まったんですか超あなたは⁉」

「うぶ、あうえ……？　あ、あなたは……？　カジノの兵隊、じゃないの？」

答えてやる義理はない。

だというのに、一回り以上大きな女子中学生は勝手にホッとして、

「わ、私は山上絵里名《やまがみえりな》。風紀委員《ジャッジメント》やってるけど、あれ、そうだ腕章持ってきてなかった……」

「……、」

『この声どこかで聞いた事あるな？　前の図書館《コロシアム》にいた風紀委員《ジャッジメント》か？』

「こんなカジノがあるなんて、知らなかったの。元々は中告をしていない脱税の調査で、ボウリング場の廃墟《はいきょ》に大きな金庫が運び込まれたっていう話があったから、どうにかして中を調べようってなって。えと、大人の警備員《アンチスキル》がサポートしてくれるって話だったんだけど……」

（ナニ超そそのかしてんですか正義の警備員《アンチスキル》ッ‼　これ多分リスクの説明省いて現場に突っ込ませたでしょう⁉　夏休みの自由研究やってんじゃないんですよ！）

「何か情報は超持っていますか？」

「？」

「この違法なカジノの上。連中をまとめている大ボス二人については⁉」

「ぶげえっ」

いきなり出た。

縛られたまま体をくの字に折り曲げた山上絵里名《やまがみえりな》が前触れもなく嘔吐《おうと》したのだ。

と思ったが、違う。

彼女は透明なラップで何重にもくるんだ、板ガムより小さなＵＳＢメモリを顎で指したのだ。

「私が狙っていたのは不正なお金を隠しているでっかい金庫の方だったから、人の方は正直詳しい話なんて知らないけど」

ドン臭風紀委員《ジャッジメント》は弱々しく首を横に振ってから、

「でも、事務所にある大きなコンピュータからデータは引っこ抜いてる。中身を覗《のぞ》いている暇なかったし、どんな情報が入っているかまではは っきり言えないけど……」

「事務所？」

ビジターが遊んでいるフロア以外の裏方は一通り案内されたはずだが、見た覚えはない。顧問の川魚《かわざかな》が説明を省いたのなら、新入りのバイトに隠しておきたい秘密でも潜んでいるのか。

絹旗《きぬはた》は（胃液まみれでちょっと扱いに困る）ＵＳＢメモリを受け取るとその辺のハンカチで拭いてから薄い胸元にしまい、

（ギブアンドテイクは成立しました。私の知らない情報をもらった以上、超これで『暗部《あんぶ》』の私がこの人を助けても文句はないはず‼）

「……ボウリング場正面の出入口は板と釘《くぎ》で封鎖されていました。ビジター達の出入りに超使っている裏の通用口には見張りがいます。他に出口の心当たりは？」

「ゆっ、床下から。困った時はここから外へ出るように言われていたから覚えてる」

パッと顔を明るくする辺り、まだ正義サイドから騙《だま》されたと気づいていないかもしれない。

ともあれ心当たりがあるなら不幸中の幸いか。

牢獄《ろうごく》から人質が消えれば速攻で疑われるのは絹旗《きぬはた》だ。彼女も彼女で危険なカジノに残って集めないといけない情報がある。機密資料窃盗団『ハニークイーン』の鮎魚女《あいなめ》キャロラインと太《た》刀魚《ちうお》メアリー。麦野《むぎの》すら難なく倒した二人に対し、座して襲撃を待つだけではまずすぎる。

こちらから攻めるための情報が欲しい。何としても。

パニック起こして破れかぶれに叫んで逃げ出す心配がないのを確認し、絹旗《きぬはた》が手足を縛る結束バンドを『窒素装甲《オフエンスアーマー》』で強引に引き千切っていると、片耳のイヤホンから声があった。

『結局、電子炉ねえ』

「この状況をやり過ごす手品のアイデアに超心当たりが？」

こういう時はやっぱりフレンダだ。

本来は爆弾のスペシャリストだが、時限装置やトラップを作る関係で機械系にも強い。

『……電子炉は乱暴な言い方をすれば電子レンジを巨大化させたものって考えればオーケー。

結局、実験動物廃棄用だと人体なんて放り込んだら肉はもちろん骨や髪も見境なく焼き尽くして消滅させていく。後にはサラサラの白い灰しか残らない訳よ』

「そんなスペック自慢は超どうでも良《い》いんです！　摂氏三五〇〇度でしたっけ？　そんなトコに表の人間の背中を突き飛ばす訳にはいかないでしょう⁉」

『だからちゃんと考えてる。今からまた雷サージを装《よそお》ってカジノのカメラを全部ノイズまみれにするから、結局まずはキッチンに向かって。生ゴミ用のゴミ箱があったわよね、そこから牛か豚の肉や骨をかき集めるの。とりあえず五五キロ分』

　大体何をするのか分かってきた。

　お間抜け風紀委員《ジャッジメント》にはここで待ってもらうとして、ピンクバニーの絹旗《きぬはた》は外の様子を確認してから廊下に出て、業務用キッチンへ向かう。

「豚や牛を灰にしただけで超騙《だま》し切《き》れますかね？」

『証拠が残らない形で死体を始末するんでしょ。つまり連中がいくら怪しんだって、これは何、なのか、証明手段は何もない。目の前にある灰の山が全てな訳よ』

「疑わしきは罰せず、が犯罪の現場でも超通じるって？」

『なら結局きちんとした証拠を一つ用意しましょ』

「？」

『結局、人体を焼いて消し去る上で最も危ない箇所は二つ。体の中で一番太い大腿骨《だいたいこつ》の中に収まった骨髄と、もう一つはゴツい奥歯。こういうのを消し損ねて被害者のＤＮＡが出てきて捕まる連中が多い訳よ、死体処分の業界って』

　つまり逆に言えば？

「……超なるほど」

　大きな業務用キッチンには常に人はいるが、ガス台や調理台、巨大な冷蔵庫などでごちゃごちゃしていて迷路みたいなので身を低くしていれば見つからない。焼いたり揚げたりの音もかなりうるさいので物陰に潜むこちらの気配がバレる事もないだろう。

『黒服や虐殺班と比べれば、シェフはまだまだ優しい方とか思ってないだろうな？』

「当然超ノーでしょ麦野《むぎの》」

『分かってりゃ良《い》い、違法なカジノの関係者はみんな揃《そろ》って犯罪者で正解。どんなに無害で非力に見えたって私達と同じ世界の住人だ』

　屈んだまま絹旗《きぬはた》はチラリと調理台の上にあるものを見る。

　食材と一緒に置いてあるのは抗酒剤を詰めた紙の箱だ。石灰窒素から合成できる薬品で、酒の酔いに対する耐性を激減させアルコール一杯で誰でも簡単に泥酔《でいすい》させられる代物。具体的にはどんな人間でも一五分もあれば化学的にダウンさせられる。元々は酒を嫌いにして生活習慣を改善させる薬品だが、若い男女が集まる非合法のカジノで何に使うつもりなのか。

　隅の方にこれまた巨大な金属のゴミ箱があった。

　これだと一メートル大のコンテナみたいだ。

五五キロ分の肉塊となると運ぶだけでも大変だが、幸い絹旗《きぬはた》には『窒素装甲《オフエンスアーマー》』がある。台車も使わずに両手で膨らんだゴミ袋を運び、ついでに廊下の壁際《かべぎわ》、スチールラックにあった工具箱からデカいペンチも拝借しておく。

牢獄《ろうごく》に戻ってくるなり絹旗《きぬはた》はさっさと言った。

深く考える時間を与えたら話がこじれる。

「奥歯を一本超もらいますよ」

「は？」

「今から超この牛骨と残飯をマイクロ波で焼いて五五キロ分の廃棄物を焼却処分しますけど、それだけじゃ川魚達《かわざかなたち》を騙《だま》し切《き》れません。ただし、焼け残った証拠の歯が一本あれば話は別。唯一見つかったDNAは人間のものなんですから、灰の山全体も人間のものなんだろうって結論に落ち着きます。別に脳や心臓を取るって言っている訳じゃありません、三二本もある歯のたった一本使えばあなたの命は拾える。考え方次第じゃ超お買い得でしょ？」

絹旗《きぬはた》が太いペンチを見せると、風紀委員《ジャッジメント》の少女はビクついた顔で後ずさりした。

まあこんなゴツいの摑《つか》んだかわゆいバニーさんの手で最低限の消毒も麻酔もなく口の中をぶっ壊されたがる本気のマゾ豚さんは全世界的に見ても少数派だろう。

なので、

「ふんっ」

「ぶご!?　……あば、はふあ……?」

口の中に突っ込むのではなく外からデカいペンチでほっぺたをビンタした。ようは歯を一本外せれば方法は何でも良《い》いのだ。こんなのでも金槌《かなづち》より重たい鉄の塊。やり方さえ知っていれば歯茎から奥歯をポロポロ落とすくらい訳はない。能力使うと壊しすぎるので大変だ。

「ほら、ハンカチで口元押さえて。廊下の床に血が落ちたら超元も子もありません。無事に生きて出られたら歯科……じゃなくて、この場合はそのまま整形外科の世話になってくださいよ。一応手術級のコトを麻酔抜きで実行しましたから」

「うう ー……」

大粒の涙があった。

表から見て奥歯は分かりにくいとはいえ歯は一生モノだ。恨まれて当然かと思った絹旗《きぬはた》だが、どうも様子がおかしい。こちらの手首をきゅっと掴《つか》む風紀委員《ジャッジメント》の少女は離れようとしない。

一人で行くのは怖いからついてきてほしい、といったところか。

絹旗《きぬはた》は空いた手でがしがしと頭を搔《か》いてから、

「くっつくなッ!!　チャンスくらいは与えますが、きちんと活《い》かすか棒に振るかは超あなたの選択です。今逃げるか、それがダメなら改めてあなたを電子炉の奥に突き飛ばします。次善の策?　いったん最善の駅で降りずに乗り過ごしてしまったら、後はもう苦しまないように超あらかじめ首を折っておくくらいしかできる事はなくなりますよ!」

「ひいっ、ひいいいいいい!!」

慌てたように鉄のドアを開けて廊下に飛び出していく少女。

生きる事に必死なら、自分で言った出口からボウリング場の外まで逃げ出すだろう。

『相手は事件を捜査する側でしょ。ファンタジーなコスで印象変えているとはいえ、至近距離から顔を見られてそのまま逃がすなんて結局リスクしかないけどー?』

「……超うるさいですよ」

すでに状況は動いた。

こっちはまだ違法なカジノから抜けられない。川魚達《かわざかなたち》に怪しまれないようにするため、電子炉を使ったマジックショーをやり切って『法的な人間の死体』を一個創るしかないのだ。

『デフォルトの設定出力や時間をいじると速攻で怪しまれるからそこは触らない事。結局まず牛の骨や残飯なんかで大きな山を作ってから、その中心にターゲットを深く埋め込むの。映画と違って元々奥歯は残りやすい部位ではあるけど、これならより入念で安全って訳よ』

「?」

『きぬはた、電子レンジの失敗を思い出して。山盛りの焼きそばとか温めると中が冷えたままだった、って事はない？　奥歯を焼き残したいならマイクロ波を遮蔽するのが一番』

「置き方考えないと不自然になりますよ。普通に寝かせたら超ここに頭はこないって」

『ったく、人間の中身は水分と空洞だらけだからマイクロ波で加熱すると結構弾《はじ》けたり動いたりするものなんだよ。例えばスーパーの惣菜《そうざい》のパックを温めたら蓋が跳ね上がった事は？　電磁波兵器はアクション映画でもたまに見かけるけど、こういう描写が甘いんだよなあ』

「何で自前の雑学知識で訳知り顔したがる連中って映画の話ばっかり持ち出すんですかっ。この扱いには超不満があります！」

『へえー、そう。結局電子炉の使い方は分かる？　業務用だとパーツがゴツいから、うっかりしていると扉の金具やレバーに肌を挟んで怪我《けが》する訳よ』

「大丈夫ですよ、『窒素装甲《オフェンスアーマー》』があれば全身防護は超できますから」

そんな訳で極めて大雑把にガコガコ機材を動かしていく。

じゅわっっっ!!　と。

分厚い金属の扉の奥で水の蒸発する音が炸裂《さくれつ》した。プラシーボに決まっているが、部屋の温度が蒸し暑く上昇した気がする。いや電力消費の塊だし普通に外側も発熱しているのかも。

「ふむふむ」

『結局この力業だよ、学園都市《がくえんとし》の能力のチートっぷりときたら！』

正体不明の真っ白な灰と焼き損ねた奥歯。

二つを組み合わせれば論理的にこう結論づけるしかない。これは、被害者のＤＮＡが残存する人間の死体である、と。

慌てたように川魚《かわざかな》がやってきた。

「わっ⁉　なんか電力供給が不安定になってると思ったら、ちょっと何してんの⁉」

「え、えっ……？　死体の始末って話を超していませんでしたっけ？？？」

「君はあくまでも経営者の久保田《くぼた》クンの手伝いだって、うわあー……」

新入りバニーが目の前でやらかしているのに、川魚《かわざかな》はおっかなびっくりで小部屋に入ってこようとしない。殺せと命令はしても自分の手を汚すのには慣れていないのかもしれない。

絹旗《きぬはた》は可愛《かわい》らしく首を傾《かし》げるだけだ。

後は待つだけで良《い》い、唯一残った明確な人間の遺伝子情報が白い灰の身元を間違った方に誘導してくれる。

「……えと、初めてだったから、超きちんとできていると良《い》いんですけど」

（ま、初めてなら奥歯を焼き損ねて遺伝子が超残ったって怪しまれませんよねー？）

「分かった分かった！　とにかくこっちに。いったん部屋から出て‼」

ご許可をいただいてから絹旗《きぬはた》は牢獄《ろうごく》の外へ出た。

風紀委員《ジャッジメント》がいなくなっている事に、ひとまず川魚《かわざかな》は疑問を持っていないようだ。

「まったく命知らずだなあ。操作間違えて感電したらどうするの、あんなの肌見せ前提のバニー衣装でやる仕事じゃないよ……。あっ、久保田《くぼた》クン。君のチームも連れてきてくれた？」

「……、」

人数が増えると様々な角度から言動を精査される。今まで以上に注意しないといけない。

静かに深呼吸して、意識を切り替えて。

久保田達《くぼたたち》の方に目をやって、そこで絹旗《きぬはた》の脳裏にとある言葉が浮かび上がってきた。

『潜入のキホンはスパイ映画と違って全員の信頼を得る事じゃない訳よ。てか絶対ムリ。敵地に潜るなら敵と仲良くなるのではなく、憎たらしくても握手するしかない人間を目指して』

『手っ取り早く敵の懐《ふところ》に潜りたいなら、自作自演のトラブルを用意して標的と一緒に解決するの。結局、共有できる成功の体験ほどインスタントに心の距離を縮める方法はないからね』

『答えの分からない質問はイエスともノーとも答えず、笑って話題を切り替えて。主導権は常にこっち、相手のリアクションをいちいち待ってるんじゃ会話で嬲《なぶ》り殺《ごろ》しにされるだけよ』

ピンクバニーの絹旗最愛《きぬはたさいあい》は違法なカジノに潜る直前、まるで小さな子供にお使いリストを教えるお母さんみたいな調子で説明してきた超上からフレンダの言葉を思い出す。

そういえば、確かにだ。

通信で支援は受けていたものの、三人が全員一緒にいるとは限らなかったけど。

黒服に、虐殺班に、それからバニーガール。

金髪碧眼《きんぱつへきがん》。

久保田《くぼた》のすぐ隣に立っている非常に見知った顔の白バニーは目の前でにっこり微笑《ほほえ》み、そして電波を使わない通信で絹旗《きぬはた》の耳元のイヤホンへこう囁《ささや》いたのだ。

『それから結局、敵も味方もグルなら万に一つも会話でボロが出る事はない訳よ☆』

7

「殺してしまった事自体は問題ないんですよね？　超あの風紀委員《ジャッジメント》」

「結局どういう手順を踏んだ訳？」

「えと、面倒なので最初に首を折って殺してから、電子炉の真ん中に死体を寝かせて、三五〇〇度くらいまでになるんでしたよね？　だから超ひとまず三〇分設定にして……」

「おいおい。カタマリのまま？　そんな雑な手順ならまだ髪や骨、それから奥歯なんかも残っているんじゃやない？　初めての死体処理だし完全にＤＮＡを消せたとは限らない訳よ」

会話が弾《はず》んでいた。

元々イヤホンで麦野《むぎの》や滝壺《たきつぼ》から事前に質問の内容は教えてもらえる上、絹旗《きぬはた》がしくじった回答をしてもフレンダが笑顔でフォローしてくれるのだ。これで失敗しろという方が難しい。

頭の尖《とが》ったウサ耳を揺らし、フレンダは川魚《かわざかな》の方へ振り返る。

「とにかく危ないから牢獄《ろうごく》ルームに人を入れないで。大丈夫よ、設定時間が過ぎれば自然と止まるし。証拠的にまずいものがないかは、電子炉の中が冷めてから改めて調べれば良い訳」

「あ、ああ。手慣れているね？　本業はイ、リ、ー、ガ、ル、な鑑識業務だっけ」

「前職何だったか正確に聞きたーい？　結局、急にお金が入用になってこんなお恥ずかしい格好を呑《の》んだ理由とか。『暗部《あんぶ》』のヤバい話を耳にしても損をするのはそっちだけど、迂闊《うかつ》に首突っ込んで追っ手に狙われたい訳？」

珍しく川魚《かわざかな》が渋面を作った。

ピンクバニーと白バニーはそれぞれにこにこしたままこっそりイヤホンで、

「（何で現場に……。ついさっき見せてくれた反物質砲弾は超何だったんですか⁉）」

『（テキトーに派手なオモチャ見せれば超強いセンパイ女子は後方で待機してるって判断するでしょ？　反物質兵器なんて実用化はされてない。結局あんなありもしない与太話をそのまま鵜《う》呑《の》みにするなんてまだまだって訳よ、あれ見て介入しなきゃって最終判断したんだから。アンタ一人で心理戦の騙《だま》し合《あ》いはムリ。危なっかしくて見てられんわ）』

しれっと毒を吐いてフレンダは絹旗《きぬはた》の方に腕を回すと、

「あとこの子、いったんこっちで預かっても良い？　機材の使い方や危険性はきちんと教えておかないと危なっかしい訳よ。こんなので身内を処理中の事故に巻き込んだら最悪だし」

　言うだけ言うと、フレンダは絹旗《きぬはた》を引きずるようにしてその場を離れる。

「(……冷却まで含めればざっと一時間は稼げるかな？　例の風紀委員《ジャッジメント》は？)」

「(……超とっくに外へ逃げ出しているはずですけど)」

　二人は女子用のロッカールームへ入ると、大きく深呼吸する。

　絹旗《きぬはた》は一番端にある空きロッカーの扉を開けて壁に埋めてある二ミリの防犯レンズを塞ぐ。小型マイクについてはスイッチを入れたドライヤーを適当に床へ転がして対処しつつ、

「てか超ここで何やってんですか⁉」

「結局アンタを潜入に送り出すとは言った。でも別の窓口から私が潜入しちゃいけないと言われた覚えはない訳よ☆」

　絹旗最愛《きぬはたさいあい》は本気で額に手をやる。

　何をやっても掌《てのひら》の上か。

「そっちはナニ手に入れた訳よ？」

「一応、その風紀委員《ジャッジメント》からUSBメモリを超預かっています。事務室にあるコンピュータのデータを丸ごとコピーしたようですけど、ケータイやスマホがないから中は覗《のぞ》けませんね」

「なら私の方からは結局これ」

　鍵のかかるロッカーの扉を開けてフレンダが床にぶちまけたのは、大量のモバイルだった。

「客とスタッフのケータイ全部。結局フロントで預かっていたのを箱ごとかっぱらってきたわ。

元々は連中の個人情報を漁《あさ》って上の鮎魚女《あいなめ》キャロラインや太刀魚《たちうお》メアリーに関するデータを探るつもりだったんだけどね、ついでにUSBメモリの中も覗《のぞ》いちゃいましょ」

絹旗《きぬはた》は自分の携帯電話を拾い上げると、こちらも誰かの持ち物なのか、変換ケーブルを使ってケータイ下部のコネクタとUSBメモリを強引に繋《つな》いでいく。

「ファイル総数三〇万……。かなりデータ大きいですけど、超どこから調べるんです？」

「人名が最優先。鮎魚女《あいなめ》キャロラインか太刀魚《たちうお》メアリーな訳よ」

なるほど。

早速かなり検索の絞り込みが進んだ。

カジノの売り上げの提出とか武器や車両の購入記録とかはひとまず無視。直近、警護のスケジュールに目を通す。二人と行動を共にする下部組織の動きを追えば隠れ家や生活範囲などが分かるかもしれないと思ったのだが、

「ちょっと、フレンダさん。超これ……」

「何よ新入り？」

横から白バニーのフレンダが画面を覗《のぞ》き込《こ》んでくる。とんがったウサギの耳がこっちのほっぺたにぶつかってきて地味に鬱陶しい。

「今日の午後八時。鮎魚女《あいなめ》キャロラインと太刀魚《たちうお》メアリーの取引に超かなりの兵隊を同行させるみたいですね、場所は第七学区スタジアムドーム」

「あれ？　結局、テレビで野球の大会やってるトコだよね？」

『きぬはた、それ何の取引？』

『馬鹿デカい兵器系だと面倒な事になりそうね』

「超違います」

小さな画面をスクロールさせながら、絹旗最愛《きぬはたさいあい》が言った。

「……人ですよ。機密資料窃盗団『ハニークイーン』。連中、新しいメンバーを超加えて盗みの種類を増やそうとしているようです」

つまり高位能力者。

それだって場合によっては強力な兵器とみなす事もできるが。

そして絹旗最愛《きぬはたさいあい》は具体的な人名を出した。

「食蜂操祈。精神系では最強となる超能力者『心理掌握』みたいです」

8

機密資料窃盗団『ハニークイーン』、せいぜい鮎魚女《あいなめ》キャロラインか太刀魚《たちうお》メアリーの隠れ家でも見つかって襲撃のきっかけになればと思っていた。

それどころではなかった。

前提が覆《くつがえ》る。

麦野沈利《むぎのしずり》と同格の超能力者《レベル5》。現状でも勝敗の天秤《てんびん》は敵側へ傾いているのに、こんな怪物が『ハニークイーン』と合流したらいよいよ手がつけられなくなってしまう。

機密資料窃盗団。犯罪者と組んで食蜂操祈《しょくほうみさき》とやらにどんなメリットがあるのかは未知数だが、彼女もまたそこまでして盗み出したい学園都市のどす黒い秘密でもあるのか。

午後八時、第七学区スタジアムドーム。

とにかくここでの『取引』だけは何としても阻止しなくてはならない。

他は全部後回しだ。

（……超こっちは命を賭けて潜入までしているのに、探っても探ってもプラスにならない。マイナスとマイナスの葛藤から抜け出せなくなってるじゃないですかッ‼）

「精神系では最強とされる超能力者《レベル5》……」

『まあ、心の中を直接読み取って機密データやパスワードを盗んだり、研究所の人間を操って施設の内側から厳重なロックを外させたりができれば、ネット結婚詐欺なんて回りくどい真似《まね》をする必要もなくなるしな』

『むぎの。心を操ってるんだか機械をハッキングしてるんだか分からないね、それだと』

マインドハッカー、とざっくり呼んで差し支えないだろう。

　敵の重大情報は手に入れて、こちらの危険な個人情報が詰まったケータイやスマホも無事回収できた。ここが女子用のロッカールームなのは良《い》い。もたもた着替えている暇はないが、脱いだ私服も一応小さなバッグに詰めて以下略だ。もう非合法のカジノに入り浸る必要はない。

「麦野《むぎの》、それから滝壺《たきつぼ》も。結局これから脱出フェイズに移るわ。外から支援砲撃よろしく。このイヤホンの通信の発信源を探って最低限私達二人にだけは当ててないよう射線に注意して」

『「体晶《たいしょう》」あるけど』

「副作用すごいんでしょ？　他の方法でカバーできるならそっちが優先って訳」

『あと最低限って、他の人達はどうするの？』

「ここは元から違法なカジノだから、ビジターもスタッフも無害な一般人なんかいない訳よ。結局、壁ごとぶち抜いて何人巻き込んで殺しても『暗部《あんぶ》』ルール的には問題なし！」

　言い切ってフレンダはロッカールームから廊下に出た。

　顧問の川魚《かわざかな》が手にした拳銃の銃口と鉢合わせした。銃剣みたいな八〇万ボルトのスタンガンを喰《く》らってから九ミリで連射された場合、『窒素装甲《オフエンスアーマー》』の絹旗《きぬはた》でも危ない。

「そこまd
「あれ、ロッカールームの小型カメラやマイクは塞いだはずだけど。結局ケータイの位置情報とか探られた？　あるいは遠隔でモバイルのカメラを起動できる仕組みになっているのかな」

（両手が震えてかえって危ない）川魚《かわざかな》に、白バニーのフレンダは軽く両手を挙げる。

「……それにしてもやるじゃん？　こういう時、大抵のアホは利《き》き手《て》の右を強化しようとするんだけど、敢《あ》えての左持ち。そうだよね、右の大振りストレートは避けられても、左の軽いジャブを一〇〇％回避するのは無理だもん。プロなら左を強化する訳よ。すっごーいアンタやっぱり分kパン、パン!!

あれ？　と川魚《かわざかな》は驚いた顔をしていた。

それから視線を下げる。お腹《なか》の真ん中に赤黒い穴が空いていた。

ニヤニヤ笑うフレンダのすぐ後ろではピンクバニーの絹旗《きぬはた》がしれっと拳銃を構えていた。

「ご清聴ありがとうございましたー☆　結局おんなじ装備はカジノ側から支給されてるし、実戦の真っ最中に人の話を呑気《のんき》に最後まで聞いてくれるなんて『暗部《あんぶ》』ナメてんの？」

パパンドパン!!　とフレンダも自前の銃を抜いてフルオートで川魚《かわざかな》を薙《な》ぎ倒《たお》していく。

経営者の久保田《くぼた》が動いた。

「わっ、私は何もしない!!」

「あん？」

しっかり両手を挙げた汗びっしょりのおっさんにフレンダは怪訝《けげん》な顔をするが、

「何がルール違反のペナルティだ、薄汚れた犯罪集団が正義ヅラしやがって。私は書類上だけ経営者に担《かつ》がれて無理矢理トカゲの尻尾をやらされた。こんなヤバいカジノが潰れるなら自由の身だよ、ははっ、私は出ていく。君達にはむしろ思う存分暴れてもらった方がありがt

じゅわっ‼　と激しい蒸発音があった。

右の壁をぶち抜いた極太の『原子崩し《メルトダウナー》』が久保田《くぼた》の上半身をすり潰して左の壁を貫いていった音だった。悲惨すぎる事態に、しばし残った下半身は倒れる事を忘れている。

「……、あー」

「まあ思う存分暴れもらった方がありがたいって超言ったのは本人ですし」

ともあれこっちは脱出だ。

「結局、トラブルが起きれば兵隊達はまず全ての出入口を固めるはず。通信はモニタしてたけど、風紀委員《ジャッジメント》の山上絵里名《やまがみえりな》だっけ？　そいつが言っていた床下コースの蓋《ふた》ってどこよ？」

そんな風に頭の中で情報を整理していた白バニーのフレンダだったが、ピンクバニーの絹旗《きぬはた》の考えは違うらしい。

「見るからに防御力のなさそうなバニー衣装ですけど、それで戦えるんですか？　爆弾持ち歩いていないと超やれる事限られるんでしょ」

「センパイ女子をナメるな新入り。爆弾魔なら体のどこにだって爆薬と信管くらい隠せる訳よ、やーんこんなお恥ずかしいハナシ私の口から言わせないでくださぁい☆」

「なら結構、それじゃ中央のホールを抜けて正面突破で超出ていきましょう」

フレンダは本気で目を剝《む》いた。

「爆弾あるんだからどこの壁でも自由に抜いて出口くらい作れるわ！　結局何で一番鉛弾が飛

んでくる順路選んでんのクソ馬鹿映画マニアだからか⁉」

「映画をバカにしたら一発超殴りますよ、能力込みで」

銃を持ったまま絹旗《きぬはた》はフレンダの方を振り返って、

「じゃあ超今もホールで荒稼ぎしているビジターだの働いているスタッフだのは放っておくんですか？　悪党は悪党でしょ。ここが潰れたって連中はまたよそで違法なカジノを開いて暗躍するに超決まっているのに」

「あのう、結局悪党の私にどんな共感を求めてんの……？　これでも一応人と人が殺し合う『コロシアム』を楽しんでネット観戦する側なんだけど。ご飯食べながら」

「あなたのセンスは控え目に言って最低です。味方でなければフツーに超殺していますよ」

「それは結局ここで味方しないと今すぐヤッちゃうって意味でもある訳かなー……？」

「超ここで確定してほしいんですか？」

「……、」

「本人が納得して賭けるだけの娯楽だから誰も困っていない？　牢獄《ろうごく》にあった実験動物廃棄用の電子炉は超覚えていますよね。この危ないカジノは、定期的に人間の生贄《いけにえ》を要求して安全を保っているアングラ施設です。それも悪党同士の共食いじゃありません。たまたま見たくもないもの見ちゃった目撃者とか善玉の風紀委員《ジャッジメント》とかを容赦なく食い物にして、本当に腹黒い金持ち連中だけが大儲《おおもう》けで馬鹿笑いする。それでも超このまま放置するんですか？」

「…………………………………………………………………………………………」

……………客観か主観か、間近で悪事見ちゃって空気にあてられてるかなーこの新入りは」

「私達が一番デカいホールに超突っ込めば麦野《むぎの》が支援砲撃してくれるんです。それじゃあ一番ヤバい脱出ルートを通ってクソったれの悪党ども超みんな巻き込んじゃいましょ☆」

「まあ結局どっちでも良《い》いんだけど」

そんな訳で。

パパパン!!　スパパパパンパパパパン!!!!!!　と。

両開きのドアを蹴破った二人が手当たり次第にフルオートで鉛の銃弾をばら撒《ま》いていく。

そこは五〇メートルのプールが丸々すっぽり収まりそうな広い空間だった。

クラシックで貴族的なカジノのはずだった。

しかし今この瞬間から大量のトランプが宙を舞い、逃げ惑う悪《ワル》セレブどもがメチャクチャ重たいルーレットテーブルまでひっくり返し、ずらりと並んだスロットマシンが蜂の巣になって大量のチップを吐き出していく。戦意を喪失した黒服の背中を容赦なく撃ち、わざわざ肩当てをつけた五〇口径の巨大なリボルバーを構える顔を真っ赤にした耐爆スーツの虐殺班が真横の

壁をぶち抜いた『原子崩し《メルトダウナー》』の閃光《せんこう》に蒸発させられて輪郭ごと消し飛ばされていく。

と、なんかピンクバニーの絹旗《きぬはた》が首を傾《かし》げ、そして難しい顔をした。

自分の拳銃を見ている。

「？　これ当たりませんね。超殺すだけなら『窒素装甲《オフエンスアーマー》』の拳で殴った方が早いような？」

「（危ねっ、そんな命中率でさっき後ろから援護射撃してくれてた訳⁉　銃を撃つの初めてかもしれないけど、それじゃ川魚《かわざかな》とかいうのじゃなくて私の背中に当たってたかもじゃん‼）」

絹旗《きぬはた》は使い物にならない拳銃を先輩女子に投げ渡すとその辺にあったクラップスのテーブルを床から引っこ抜き片手で振り回して武器を持った黒服を粉砕し、壊れて床に倒れたスロットマシンを蹴飛ばして逃げ惑う奥様の背中に直撃させる。フレンダはフレンダで二丁拳銃モードに進化して鉛の嵐を目一杯広げていく。

あるいは台風が過ぎるまで平穏な地下街で非合法なギャンブルに興じるつもりだったのか。

大変優雅なクソ犯罪者どもが薙《な》ぎ倒《たお》されていく。

血と死体と大虐殺であった。

「うーん、悪を倒して正しい事をしているはずなのに正義カラーが超ありませんねえ」

「結局真っ黒な『アイテム』にナニ期待してんの？」

こんなのは『暗部《あんぶ》』のムカつく敵対者とその資金源を皆殺しにしているだけか。

バニー絹旗《きぬはた》はバカラのテーブルをジャンプして金庫番の沢木《さわき》クンとやらを跳び蹴りで蹴倒す。

一見ご褒美《ほうび》だが『窒素装甲《オフエンスアーマー》』があると工事用のデカいハンマーより強烈な一撃になる。

バガン!!　といきなり背後で爆発音が炸裂《さくれつ》し、ピンクバニーの絹旗《きぬはた》は肩を縮めた。どうやらこちらの後を辿《たど》って背後から迫っていた黒服が『何か』を踏んづけたらしい。

「ぬ、ぬいぐるみ？」

「結局それなら怪しまれないでしょ、カワイイ系に爆弾詰め込むくらいは当然」

白バニーはさらにいくつかごそごそ仕掛けを施している。

「というか爆発が超近すぎますって！　『窒素装甲《オフエンスアーマー》』が使える私はともかくフレンダさんは直撃したら自分の爆弾でカラダ吹っ飛ばす羽目になるでしょ!!」

「結局ふざけるなよ新入り。爆風は抵抗の弱い方へ逃げる性質があるんだから、鉄板やコンクリを使えば向きや範囲なんか自由自在にコントロールできる訳よ。爆弾魔の基本でしょ？　私はまだまだメートル単位だけど、ハリウッドのパイロテクニシャンなら同じ部屋の中でも一〇センチ刻みで危険域と安全地帯を正確に切り分けられる。あれだけＣＧや合成をバンバン使ってるくせに、銃と車と爆破だけは妙にこだわるのよねーあの変態職人連中」

「……、超フレンダ、さん。友よッッッ!!!!!!」

「っ？　何だえぇいやめろこの状況で抱き着くな！　別に映画を認めた訳じゃないし!?」

何故《なぜ》かがっしり抱き着いて頬ずりまでしてくる後輩バニーを慌てて引き剝がすフレンダ。というか勢い余って『窒素装甲《オフエンスアーマー》』を展開されていたら今ので普通にぐしゃぐしゃだった。

「こほんっ、結局それより正面に兵隊一〇人以上。どうする？　いつまでも同じ場所でじっとしていると後ろからもやってくるわよ。力業で突破もできる訳だけど……」

「超えいや」

絹旗《きぬはた》は近くに転がっていた（電波を出すものはエントランスで没収なので、警備や一部の上位スタッフ用か？）ワイヤレスイヤホンを二個、脳を揺さぶられて動けない金庫番沢木《さわき》の鼻の穴にずぼりとぶち込んだ。驚くフレンダの前で絹旗《きぬはた》は自分の携帯とイヤホンを無線で接続。

『あっ、あ、あー☆』

何故《なぜ》か絹旗《きぬはた》の声は沢木《さわき》の口からこぼれていた。鼻腔《びこう》を通って口内を反射する音波がそのまま口から外へ飛び出すため、ボリュームを限界まで上げれば顔面スピーカーの出来上がりだ。

鼻にワイヤレスイヤホン二個突っ込まれた人は手足を細かく痙攣《けいれん》させながらフゴフゴと、

「……き、君達。この後どうなるか覚悟はできているんだろうな……？」

「今すぐ死ぬ人がナニ遠い未来の話をしてんですかド級のアホ。超ケリをつけましょう」

動けない沢木《さわき》を残し、バニー二人は身を低くしてとっととその場を離れる。

『オラオラ超来てみろかわゆいバニーさんの手で殺されて天に召されるなら本望だろうがヘンタイの超クソ野郎どもがあ‼』

そして敵の位置を誤認した黒服どもが一斉に銃を連射し、沢木《さわき》を蜂の巣にした。

みんなして間違った標的へ釘《くぎ》づけになっている間に絹旗《きぬはた》とフレンダは物陰を伝ってサイドに

回り込み、まだ無事なポーカーテーブルを盾にした。二丁拳銃フレンダが死角からのフルオートで一〇人以上の兵隊達に鉛弾を浴びせ、口でピンを抜いた手榴弾《しゆりゆうだん》を投げてトドメを刺す。

「結局何の映画の知識なのそれ⁉」

「こういうのに映画は使いませんよ。映画は頭空っぽにして楽しむから超面白いんです」

二人してホールを出るとガワのボウリング場の正面玄関だが、こっちは板と釘《くぎ》で封鎖されている。フレンダがバニー衣装の内側から修正テープのような爆薬を取り出し、しかしバリケードを焼き切る前に『窒素装甲《オフエンスアーマー》』で拳を強化した絹旗《きぬはた》がパンチ一発で扉を外へ吹っ飛ばす。

ギャリギャリギャリ‼　というタイヤの激しいスリップ音があった。

人工的に黒い曇天を映す巨大地下街、ひび割れたアスファルトの隙間から雑草が覗《のぞ》く駐車場跡地に滑り込んできたのは、卵みたいに丸っこいハイブリッド車だった。

「プリニウスうっ？　結局こんなエコで軽い車を移動のアシにしてた訳⁉　カーチェイスで横からぶつけられたら一撃でコースアウトして脇に吹っ飛ばされるわよ‼」

「いいからっ乗れ‼」

「あと麦野《むぎの》、ラストに一発お願いします。建物の窓、西側三番目の板で封鎖された辺り」

「？」

「直線上に金庫室がありますので。どうせなら連中の資金を超焼き払ってしまいましょう」

バガッッッ‼‼‼　と。

板と釘《くぎ》で塞がれた全ての窓と出入口が内側から爆炎に吹き飛ばされたばかりか、屋根そのものが真上に破けた。もうエフェクトがちょっとしたキノコ雲っぽい。ハイブリッド車のプリニウスは派手なUターンの途中で左側の車輪が浮いて危うくひっくり返りそうになる。

ヤッた麦野本人《むぎのほんにん》が目を剝《む》いていた。

「何だありゃ⁉　『原子崩し《メルトダウナー》』じゃあんな風に空間全体は埋まらねえぞ‼」

「置いてきた仕掛けも作動してる頃だし、そっちが引火したんでしょ。酸化エチレンを空気中へ広くエアロゾル状にばら撒《ま》いていく噴霧器、結局つまり気化爆弾☆」

「「「……、」」」

まあ中で捕まっていたお間抜け風紀委員《ジャッジメント》は先に逃がしたし、非合法のカジノに残っていたのはスタッフもビジターも揃《そろ》ってクソ野郎だけだからさほど問題にはならないだろうが。

火の粉と砕けた建材と大量の紙幣が空から降ってくる中、プリニウスはひび割れた駐車場から広い道路へ飛び出す。絹旗《きぬはた》とフレンダは勢い余って開いたドアから後部座席に飛び込んでしまったが、麦野《むぎの》や滝壺《たきつぼ》がいたのもそっちだ。小さなプリニウスの後ろに四人だとなかなかのぎゅうぎゅうっぷりというか、もう誰かが誰かの膝の上に乗らないと空間を確保できない。

ハンドルを握っているのはロングの赤毛を後ろで一本にまとめた女子大生くらいの女の人だった。ただマタニティドレスの上からエプロン装備、お腹《なか》の大きな妊婦さんでもあるが。この場合しっかり固定したシートベルトは安全なのかかえって危険なのか。

宇宙一『暗部《あんぶ》』に似合わない見た目だ。

「超ええー……？」

「家族が増えるとお金もいるんでしょ。きぬはた、ここ最近はＡＩ自動運転があるからペーパードライバーさんでも『暗部《あんぶ》』の仕事を手伝えるんだって。犯罪に使うから位置情報とひもづけられた車のＩＤなんかは誤魔化す必要があるけど」

「超何ですかそれ、自動なら誰でも運転できるじゃないですかっ」

「ＡＩ使い《スマートテイマー》をナメるなよ。強固なパスワードとか創作料理のレシピとかを望んだ通りに作らせるのと一緒で、どんな時も安全運転するはずのプリニウスで派手にドリフトさせるためにはきちんとした順番で言葉を並べてコマンドしなくちゃならないんだと」

麦野《むぎの》がそんな風に補足してくる。

ほんとかな、という目でバニー絹旗《きぬはた》が妊婦さんの方を見ると、

「行け行けまっすぐきゃーウチのプリニウスちゃん超カワイーそこのイッポン通りバビューっと青く突っ切ったらぷるっとしたコーナーほんと黄色い感じでガリガリ右に温かーく曲がっちゃってきゃーきゃーすごーいプリニウスちゃんカワイー良くできましたチュッチュー次そこのトンがった信号は赤でもフツーに鬼ズビャーっっっ!!!!!!」

「……ダメだ確かに超このセンスだけは真似《まね》できそうにありません」

口を小さな三角にして絹旗《きぬはた》がそう呟《つぶや》いた。これなら素直にハンドル握った方が楽なのではな

いか、この人がいれば人類には絶対勝てない将棋AIをバグらせられるかもしれない。

すぐそこの交差点から防弾のスポーツカーが飛び出してきた。おそらくカジノ側の追っ手だ。例えば三ローテーション制だとしたら、店にいるだけで全員とは限らない。

「っと！」

窓越しにバニー衣装を見られると関係者だとバレてしまうため、麦野《むぎの》と滝壺《たきつぼ》が慌ててフレンダ達へ覆《おお》い被《かぶ》さってくる。全員でやりすごし、卵みたいに丸っこいハイブリッド車は巨大地下街・第二二学区から地上へ出るための巨大なループ状スロープへ飛び込む。

揉《も》みくちゃにされながら、同じく潰されているバニーのフレンダが絹旗《きぬはた》に言った。

「絹旗、結局怪我《けが》とかない？」

「……、」

なに？　という視線をフレンダは投げてきたが、絹旗《きぬはた》はそれには直接答えずに、

「へっへへー」

「だから結局何なのよ⁉」

プリニウスが最後までスロープを上り切り、表に飛び出した。

ばふぉう‼　と塊みたいな暴風と土砂降りの豪雨がフロントガラスを直撃し、小柄とはいえれっきとした自動車が不自然に横滑りした。いきなり大空からドラム缶型の警備ロボットが道路の上に降ってきてすぐそこをバウンドしながら飛んでいった。今まで広大な地下街にいたか

ら忘れがちになるが、表は台風上陸間際《まぎわ》なのだ。

ただ、絹旗《きぬはた》が気にしたのはそこではなく、

「意外と暗い……？　くそっ、巨大地下街のせいで感覚ズレていたけど今何時なんですか⁉」

「午後六時半」

麦野《むぎの》は車のエアコン操作パネルの近くにある液晶画面を指差して、

「第七学区のスタジアムドームだったか？　『ハニークイーン』と食蜂操祈《しょくほうみさき》の『取引』が今夜八時だとすると、下見して襲撃計画を立てるのはギリギリになりそうね」

9

「ひゃー表すごい雨……。窓なんかビチビチ鳴って止まらない。でもキャロ様良かったね、ホテルにまだ空きがあって。この雨風だと車中泊でも浸水が怖いし」

「……そりゃまあ確かに？　麦野達《むぎのたち》『アイテム』に存在が知られた時点でフェイズが一個上がったからすぐに部屋を移ろうって話はしましたけど？」

「うん」

「なーんーでー、ラブホの一室に閉じ込めてくれるかなこのお間抜けはああ

ああああああああああああああああああああああああ!!!!!!」

助走をつけると天蓋つきのでっかいベッドでいったんバインと飛び跳ね、そこから叫んで飛びかかる鮎魚女《あいなめ》キャロライン。ただし所詮は一〇歳の日焼け少女だ。骨格レベルで人体改造やってる陰キャ女子高生は揺るぎない感じで跳ね返して駄々っ子の首根っこを片手で摑《つか》む。

ただし思うところはあるようで、

「ら、らららラブホなんかじゃないよ、スパの仮眠室だもん」

「ラブホでしょ」

「違います。ここは風営法じゃなくて旅館業法の管理下にある宿泊施設だから、そんないかがわしい目的で建てられたなんて事はありえn

「だっさ！　それで言い訳のつもりですかぁー？　壁一面のでっかい鏡にガラスで丸見えのバスルーム、部屋の床面積を無視したやたらと広いベッド、廊下の自販機見ても食べ物でも飲み物でもなく薄いゴムと海藻由来のでろでろしか売ってないってナニ？　フロントはがっつり無人で誰と誰が部屋に入って何が起きても我関せずスタイルを貫いてたし、どこからどう見ても全面的にここはカップル向けのラブホだッ!!」

「う」

ついに陰キャの心が折れた。

言い方の問題ではない。

顔を赤くした太刀魚《たちうお》メアリーは大きなマスクの奥でもごもごしながら、

「……わ、私だって恥ずかしかったけど、もうここくらいしか残っていないんだよ。ただでさえ夏休みだから気分転換も兼ねて旅館もホテルも満室気味で、しかも台風直撃コースって分かってから観光客のみんなが一斉に空き部屋へ避難しているんじゃないかな？」

「だっさ、マジだっさ！　事情は分かるけどーワルの隠れ家って言ったらもうちょっと情緒がワビサビがカワイイがセレブ感がエモいのがあるじゃんかあーッ‼」

「キャロ様、あんまり文句が多いとお外に放り出されて暴風雨にひたすら耐える羽目になるよ？」

クレーンゲームっぽく宙吊《ちゅうづ》りのまま小さな手足をジタバタしていた小さな褐色ギャルだが、

「ふん。そんなずぶ濡《ぬ》れになってホテル探していた割に、あんまりダメージ受けてる感じしないじゃん？　服も下着もぐちゃぐちゃで私物もみんな水浸しなのに」

「え？　まあこうなる事は分かってるからバッグの中身はビニール袋で小分けにしたし……」

「ご自慢のお風呂《ふろ》ポスターは元々水に濡《ぬ》れても何も問題ないですもんねえ？　まあしっかり水気は拭ってあげないとカビが生える危険はあるけど」

ガタガタン‼　と凄《すさ》まじい音が聞こえた。

顔を真っ赤にした太刀魚《たちうお》メアリーが小さな褐色ギャルを大きなベッドに放り出し、尻餅をついたままラブホの角まで後ずさりしている。

コンパクトにまとまったまま太刀魚《たちうお》メアリーが吼《ほ》えた。

「きききキャロ様あのそれあの一体どこでげほごほどうしてそんな情報を知って……ッ⁉」

「あっはは、超ウケるー☆　言い訳無用だわ毎日毎日やたらと長風呂《ながぶろ》派《は》で狭いバスルームに自分だけのお城とか作っちゃう人。おい三六〇度完全対応の萌《も》えプラネタリウム職人、アンタ大事なものを厳重に厳重に隠そうとするから逆に丸分かりなのよ全部。だっさー、小さな鍵のついた謎のプラスチックコンテナなんてマイナスドライバー一本で開いちゃうし」

「あばっあぼぶべばばばばばばばばっばぶばぶ」

「(……カワイイ。この程度『暗部《あんぶ》』じゃ秘密の内にも入らないんですけどねー)」

完全にパンクしてしまったらしい。分かりやすいくらいのリアクション、この素直さなら拾ったただけの価値はあったか。まだまだユデダコ少女の反応を見ていたかったが、そこで鮎魚女《あいなめ》キャロラインのスマホが着信音を鳴らした。

ウサ耳カミソリ搭載の耐爆ケースに収めたスマホの画面に目をやると、だ。

「……下部組織がやってる違法なカジノが一個やられた。だっさ。ヤッたのは新入りバニー二人だけど他にも協力者がいる線が濃厚、被害は金の他に情報も抜かれた恐れあり、か」

「ぶぶべ、ハッ⁉　えっ、キャロ様それってやっぱり『アイテム』なんじゃあ……?」

「大丈夫よ」

スティック状のチョコ菓子を口の端で揺らし、日焼け少女はくるくるスマホを回す。

それからにたりと笑って、

「まだそんなトコをうろついているようなら、私達には追い着けない」

「……」

「ふはは。さあてそれじゃあ私達も行動開始でぇーす。おい殺人未体験《マーダーヴァージン》、前は勝手に動いて麦《むぎ》野《の》に顔見せちゃったけど、今度はエモい私の指示に従ってもらうからね。だっさー、経験ないからって本番でガッチガチに緊張すんじゃないわよー殺人未体験《マーダーヴァージン》」

「ヴっ、ヴァージンヴァージン連呼しないでよっ。キャロ様に言われなくたって、わっわわたわ私だっていざその時になったら自分でちゃんとできるもん！」

「だからテンパらずに言われた指示をしっかり聞けっつってんだろ陰キャ殺人未体験《マーダーヴァージン》ッ‼」

10

激しい暴風雨に揺さぶられた状態だと、車で移動してもいつもより時間がかかる。塊みたいな横殴りの風でタイヤは不規則に滑るし、前方の視界だって豪雨で白く煙っていた。まして重さや馬力は期待できないハイブリッド車のプリニウスだ。

「これでまだ上陸前なんだよね……？　結局こっちの台風ってほんとにヤバくない？」

「ヨーロッパって超こういうのないんですか？」

「んぅー？　結局冷たい風のミストラルよりは暖かくて大雨を運んでくるシロッコの方が近いけど、アレも一方向からの決まった暴風だからこういう感じじゃないかなあ。つかヨーロッパって範囲はざっくり広すぎだわ」

狭い車内でバニー衣装から普段着に着替えながらそんな風に言い合うフレンダと絹旗《きぬはた》。

目的地は第七学区にあるスタジアムドームだ。

『本日第五試合は延長戦に突入しました。こういう時、ドーム球場だと天候や時間帯を気にする必要がないのでありがたいですね。それでは松並《まつなみ》ＶＳ清純《せいじゅん》、いつ決勝点となってもおかしくない緊迫した展開が続いておりますが……』

カーナビの画面から流れてくる実況を聞きながら、ぼーっとした顔で滝壺《たきつぼ》が言った。

「まだやってるみたいだね、野球大会」

「つまり『暗部《あんぶ》』の都合に巻き込む気満々って事でしょ」

麦野《むぎの》が吐き捨てる。

当然、表の警備員《アンチスキル》なんぞに匿名で警告を送っても大した事はできないだろう。『取引』の中身は銃器や薬物ではない。食蜂操祈《しょくほうみさき》。人と人がどう結びつくかを直接禁じる法律や条例など存在しないのだし、戦力どうこう以前に動きようがないのだ。

着いた頃にはもう七時になろうとしていた。

『取引』が始まるまで一時間。こうなると下見や襲撃計画の設計なんてお上品に手順を踏んでいる暇はなさそうだ。広い球場の中で目的の一人を見つければ御《おん》の字《じ》。後はぶっつけ本番で『ハニークイーン』と食蜂操祈《しょくほうみさき》の接触を邪魔するしかない。

どちらか片方、あるいは両方を殺してでも。

「私達をいちいち待つ必要ないから、さっさと安全なトコまで行って」

「うぃ。巻き込まれない距離保って待機してるし、必要な時はケータイで連絡よろしくねえ」

「あと超これっ！」

「？」

「……ＵＳＢメモリのデータ群の中に口封じの優先リストがありました。ＡＩ使い《スマートテイマー》ならネット関係には超強いんでしょ？　匿名の捨《す》て垢《あか》でも作ってリストを超流してください。カジノ自体はなくなりましたけど一応警戒はするべきですし」

呆《あき》れたように息を吐いて、麦野《むぎの》はプリニウスのドアを開ける。

塊みたいな暴風と横殴りの雨。

チケット制でチェックされているのでいくつかある正規ゲートからドーム球場には入れない。業者用の下りスロープから野球場の真下の空間へと四人で踏み込んでいく。

走ったのはわずかな距離だったが横殴りの雨は容赦しない。フレンダはうんざりした顔で短いスカートの端を雑巾みたいに絞りながら、

「結局バニー衣装のままなら雨を弾《はじ》いてくれたかもね」

「……あんな超ヘンタイ的なコスで戦うのは二度とごめんです」

絹旗《きぬはた》も絹旗《きぬはた》で、水を吸ったアームスリーブをいったん外して両手で絞っている。胸まわりを覆うベアトップは撥水性《はっすいせい》が高くて助かった。ここが透けたらサイアクだ。

辺りに民間のガードマンや係員は見当たらない。

麦野《むぎの》はラッキーとは思わなかった。何かが起きているのかもしれない。

滝壺《たきつぼ》は自分の格好を見下ろして、

「ぴちょぴちょ」

「うわっ、滝壺《たきつぼ》さんなんかすごいの透けていますよ。何ですかそのメチャクチャな下着⁉」

「赤かよ。結局見た目は地味めなジャージ少女なのにい」

「それよりスタジアムドームの他に情報はないのか？　五万人は入る屋内球場でしょ」

ないので手分けして捜す事になった。

野球場と言ってもグラウンドとその周りを取り囲む観客席、だけではない。両チームの控室やシャワー室、投球やバッティングなどを行う屋内練習場、さらには照明、液晶、音響を管理する放送設備なども完備している。さらにドームの場合は空気の力で膨らませるための巨大なコンプレッサやエアコン設備もあるはず。護衛は大勢いるらしいが捜すのは大変だ。

（……一時間。四人で全部見て回れるか？　六〇分は三六〇〇秒でここにゃ五万人以上もいるんだぞ。最悪、調べている最中に握手した連中が網の目をすり抜けて逃げられる恐れも）

停電時の非常電源がある辺りを見て回りながら、麦野《むぎの》がそんな風に考えた時だった。

携帯電話に連絡があった。

『むぎの』

「見つけたか？」

『というか、グラウンドの様子がおかしい』

「？」

意味が分からず、舌打ちして麦野《むぎの》もそちらに向かう。テレビ中継もあるので『暗部《あんぶ》』的《てき》には近づきたくない場所だが、命知らずにも観客席に紛れて『取引』でも行うつもりなのか。

そう思っていたのだが、

「何だ……？」

麦野《むぎの》も麦野《むぎの》で、観客席に繋《つな》がる通路を歩いている内に違和感に気づいた。

「何も聞こえない。歓声もブラスバンドの応援曲も……？」

眉をひそめながらも、麦野《むぎの》は客席用のゲートを潜った。

踏み込んだ瞬間、気温が明確に下がった気がした。ひやりとした空気が肌を撫《な》でる。

無音の景色が広がっていた。

全ての中心、マウンドで誰かが白球を握っていた。

ただし試合をする両チームのユニフォームではない。長い金髪に薄い胸。名門常盤台《ときわだい》の袖なし体操服を着た小さな少女が、いかにも見よう見まねで足を上げて構えていたのだ。

「さあて注目の第一球。ピッチャーは自信満々、強気に振りかぶってぇ」


明らかな異物だった。

なのに誰も注意しなかった。ざわつきすら起きていなかった。

五万人もの観客と二つのチームとテレビの撮影スタッフと、あと何だ？　とにかくこの場にいる全員が棒立ちのまま目の前の異物をただただ受け入れていた。

食蜂操祈《しょくほうみさき》。

精神系では最強とされる超能力者《レベル5》。

（……この、野郎……）

「投げたー☆　……あー、ぼてぼて落ちてキャッチャーまで届かなかったかぁ。まあ良《い》いわ、お恥ずかしい記憶はぜぇーんぶ消してしまえば問題力ないんだしぃ？」

まるでそういう手品だ。いつの間にかテレビのリモコンを手にしていた金髪少女は、西部劇のガンマンのようにそれをくるくると手の中で回す。

どこか虚《うつ》ろな目をした女性アナウンサーからヒーローインタビュー用のマイクを逆の手で受け取ると、小さな少女はぱちりと片目を瞑《つむ》って、

『そんなひらひらした格好でこの暴風雨を歩いてくるなんて大変だったでしょう？　傘を差しても意味ないし、レインコートを着たら着たで汗だくになるしぃ。ふふっ、私なんかもう濡《ぬ》れて構わない前提力で体操服にしちゃったんダゾ☆』

己の唇にリモコンの先を押しつけると、片目を瞑《つむ》った怪物がこちらを見据えてきた。

外周と中心。超能力者《レベル5》と超能力者《レベル5》の視線が激突する。

『ところで、そもそもあなた達は一体誰かしらぁ？　どこからどう見ても、事前力の写真にあった「ハニークイーン」のお二人さんとは思えないけどぉ』

ぞわっ!!　と。

空間全体が軋《きし》むようだ。リモコンの合図一つで、万を超える視線が一斉に麦野《むぎの》沈利《しずり》を貫く。

まずい、などと当たり前の事を考える暇はない。

少しでも自分にとって有利になる点を並べて整理しろ。

(あなた『達』。……って事は他にもいるのはバレてるか。先に異変を伝えてきた以上、滝壺《たきつぼ》は球場のどこかにいる訳だし。ただ逆に言えば絹旗《きぬはた》とフレンダはまだ捕捉されてない!!)

『……「取引」に横槍《よこやり》を入れるお邪魔虫なら、ぷちっと潰しちゃって構わないわよねぇ？』

得体の知れないリモコンを突きつけられる前に、麦野《むぎの》の側から動いた。

『原子崩し《メルトダウナー》』を真正面に連射しつつ、観客席の手すりを一気に飛び越えてマウンドへ突入する。

そこらじゅうのスピーカーから増幅した声が重なり合った。

『ザぎッギィイン!!　放送設備は制圧したから顔バレは気にしないで！　結局、ここで起きている事は外まで洩《も》れない訳よ!!』

（ならケータイでこっそり連絡しろっ！　伏せてあったカードをあっさりめくりやがって!!）

そして食蜂操祈《しょくほうみさき》はくすりと笑うだけだった。

ぐにゃりと、見えない手で頭の奥を掻《か》き回《まわ》されるような違和感があった。

閃光《せんこう》があった。

もう三発以上も連射しているにも拘《かかわ》らず、精神系超能力者《レベル5》はまだ蒸発しない。

（……あの能力、自分の頭を操って筋肉のリミッターでも切れるの？　それともあるいは）

「お前っ、私の頭をいじって照準を外しやがったか!?」

『どうだと思う☆』

ざわり!!　と再び景色が揺らぐ。

真横から突っ込んできた野球女子を麦野《むぎの》は平手で殴り倒し、別の方向から振り下ろされる金属バットを右手側へのステップでかわして、横一列、ずらりと並んだ投手陣が離れた場所から一斉に投げ込んでくる剛速球を『原子崩し《メルトダウナー》』で丸い盾を作って焼き切り、消し飛ばす。

『へえ、ふふっ。ひょっとしてぇ、哀れな一般人は殺さない系だったりするぅ？』

強烈な屋内照明に照らされる中、小さな食蜂《しょくほう》は両手を左右に広げ、

『でもそんな余裕力あるかしらぁ。辺り一面を見てご覧なさいよ、私の手駒があ、あとどれくらい、い、い、い、あると思う？　五万人の観客を一斉に突っ込ませたらあなた、人の波に押し潰されて原形も留《とど》めなくなるんダゾ☆』

「……、」

『というか、そもそも』

くるくると回したリモコンを正面に突きつける。

つまりは麦野沈利《むぎのしずり》の方へ。

『こんな遮蔽物もない開けたダイヤモンドで、この私の前に立ってぇ……それで「心理掌握《メンタルアウト》」からどうやって逃げ切るつもり？』

11

ビクンッ!!　と。

麦野沈利《むぎのしずり》の体が棒立ちのまま硬直するのが、ここからでも見えた。

「結局まずいっ」

フレンダ＝セイヴェルンが身を低くして小さく叫ぶ。

彼女は観客席の中でも分厚い強化ガラスで覆われたＶＩＰ席に潜んでいた。最も選手達から近くて本来なら放送関係者しか入れないバックネット裏の、さらに三階席にあたる高さの独立した空間。球場の経営者やプロチームのスポンサーなどが陣取る革張りソファの小部屋だ。爆弾が得意なフレンダは固定の設置型だけでなく射出して使うロケットやミサイルも扱う。つまり高所に潜めば砲撃のチャンスはできるが……そんなアドバンテージが心細い事この上ない。

知らない所で洗脳されて敵の手駒になっている、よりはマシだろう。

だが超能力者《レベル5》『原子崩し《メルトダウナー》』が向こうについたとしたら最悪も最悪だ。あの閃光《せんこう》を一発撃ち込まれたらＶＩＰ席の強化ガラスごとフレンダくらいぶち抜かれかねない。

『フレンダ』

携帯電話から滝壺《たきつぼ》の声があった。

『敵が何をやっているかは把握してる？』

「まあ大体は」

無理にでも自分の緊張を解放するため、フレンダは擬似ドリンクのボトルを取り出すと、太いストローでスタザの甘ったるいアイスカフェモカの味だけをノンカロリーで補給する。

あまり意味はなかった。

「ぷはっ。でも結局、麦野《むぎの》がヤツの手に落ちちゃったら元も子もない訳よ。開けたグラウンドじゃロケーション的にも相性最悪。私が食蜂《しょくほう》を砲撃しようにも今物陰から顔を出したら麦野《むぎの》に撃ち抜かれるのがオチだし、絹旗《きぬはた》の『窒素装甲《オフェンスアーマー》』でも麦野《むぎの》の『原子崩し《メルトダウナー》』は防げない！」

グループ通話で特に異論はなかった。

つまり麦野《むぎの》沈利《しずり》とは誰も戦いたくないで意見は一致だ。しかもそれでいて、『心理掌握《メンタルアウト》』の脅威が消えてなくなった訳でもない。

物理と精神、双方から超能力者《レベル5》が襲いかかってくる。

ヒーローインタビュー用のマイクを左手で摑《つか》んで、小柄な食蜂操祈《しょくほうみさき》がハイに叫んだ。

『さあさあ残りの皆さん出てきなさぁい!! 指示力に従わない場合はそこの彼女に命令して、隠れていそうな場所を一つずつ砲撃させていくんダゾ☆ 溶けた金属とごちゃ混ぜになって死にたくなければ大人しく出てくるのが賢明だと思うけどぉ!!』

『フレンダ』

「分かってる。従えばジリ貧の袋小路《ふくろこうじ》コースへ一直線、結局広い場所に整列したらいよいよ逃げ場ナシって訳よ。端から一人ずつ殺されていくのを待つくらいしかやる事なくなる」

マウンドの上で小柄な食蜂操祈《しょくほうみさき》はぐるりと周囲を見回して、それから五万人は収める観客席の中からピタリと一点を正確に見据えた。

狙いは滝壺《たきつぼ》理后《りこう》か。

『……ふうん。そんな無表情なのにおっぱい大きいの気にしているんだぁ？　髪を短く切っているのもいつもジャージを好んで着ているのも、ふふっ、男の子の目が怖いからぁ？』

『あなたの名前はなに……？』

『いいいいいいいいいいい』

『見て分からないの？』

これで滝壺《たきつぼ》のカードもめくられてしまった。

隠れている場所を暴かれれば後は『心理掌握《メンタルアウト》』で滅多打ちだし、相手はすでに滝壺《たきつぼ》の内面を抉《えぐ》るような事を言い始めている。

（結局『原子崩し《メルトダウナー》』と『能力追跡《AIMストーカー》』の二人が丸ごと乗っ取られるとか、悪夢モードにも程度ってもんがあるでしょうよ！　これじゃ壁の裏に隠れても意味がなくなる‼）

手持ちは何だ？

ここから何ができる？

（最悪、死なない程度の毒ガスか一酸化炭素でドーム内を全部埋め尽くしてダウンを獲《と》るって方向しかないかもしれないけど……。結局、精神しか操れない能力者に物理的なガスを防ぐ手立てはないし、操られている人間だって窒息くらいはするでしょ。してくれるよね⁉）

『大丈夫だよ、フレンダ』

滝壺《たきつぼ》の言葉は冷静だった。

彼女は別の次元の何かを見据えているようだった。

『多分そういう非常手段を取る必要はない』

ゴッッッ!!!!!! と。

麦野沈利《むぎのしずり》の掌《てのひら》から恐るべき閃光《せんこう》が迸《ほとばし》った。


グラウンド全体を見下ろすＶＩＰ席でも、五万人が詰めている観客席でもない。

くるりと振り返った麦野沈利《むぎのしずり》は迷わず食蜂操祈《しょくほうみさき》へ掌《てのひら》を向けたのだ。

「なっ……」

間一髪だった。

いいや、照準がおかしくなっていなければ体のど真ん中を撃ち抜かれていただろう。

ジリジリジリジリ!! と頬にひりつく痛みに食蜂《しょくほう》はマイクを落とし、顔をしかめて、

「何でっ、一体何をやっているのよぉあなたぁ!? 『アイテム』の面々が隠れていそうな場所を砲撃しろって命令力してたんでしょぉ!!」

「だから」

麦野沈利《むぎのしずり》は、確かに精神系能力の制御下にある。

その上で、

「ずる賢いフレンダなら一番弱そうなヤツの背中に隠れるくらい普通にやるでしょ。つまり一

番ありそうな場所はテメェの体だ」

「っ、な、ならまず第一に私を守りなさい。その上で『アイテム』を炙《あぶ》り出《だ》すのよお!!」

「分かった。だとするとお前をボコって身動き取れなくした上で、囮として放り出すのが一番手っ取り早いね。フレンダも、絹旗も、滝壺も執念深い。雲隠れされて長期戦になったら面倒だし、さっさと釣り上げるにゃ釣り針の他に餌もたっぷり用意しとかねえと」

「〜〜っっっ!?」

　精神は操られている。

ただし殺せと言っても守れと言ってもこちらに攻撃してくる。しかも巻き込まれたら一発で即死だ。これなら下手に触らない方がマシだ。

「いい加減に諦めて、大火傷《おおやけど》する前に超手を引いた方が良《い》いんじゃないですか？」

　選手用の通路から絹旗最愛《きぬはたさいあい》が顔を出した。

「……五万人もの観客を含む球場全体を一瞬で洗脳して制御下に置く。いくら精神系最強の超能力者《レベル5》でも簡単にできるとは思えません。つまり単純にトリックがある。例えば、実はこの球場、すでに試合は終わっていて五万人もの人は残っていなかった、とかね？」

　つまり、実際に操っていたのは両チームの選手達やテレビクルーなど、せいぜい数十人。

　他は全部『見せかけ』だ。

「へえ、どうして言い切れるのぉ？」

「ここに入った途端、ひやりと空気が冷えましたから。超一つの空間に五万人もいたらむしろ人の熱気で蒸し暑くなるはずでしょ。球場のエアコンくらいじゃ超追い着きませんよ」

元々、いつ決着がつくか分からない延長戦だったのだ。『アイテム』の四人が車を降りた後、あっさり点が入って試合が終わってしまった可能性もないとは言えない。あるいは選手や審判に干渉して勝敗を操ってしまう事だって。

そして空っぽになったグラウンドで、こいつは一人で遊んでいた。

「麦野《むぎの》の『原子崩し《メルトダウナー》』の狙いが逸《そ》れたのだって、実はあなたの能力じゃない。だったら照準《しょうじゅん》逸《そ》らしなんて半端《はんぱ》な成果じゃなくて、最初に『心理掌握《メンタルアウト》』が通じたタイミングで完全に洗脳して手駒にしてしまえば良いんですから。じゃあ一体どうやって麦野《むぎの》の照準をズラしたのか」

人の感覚は、騙《だま》せる。

フレンダがダイエット用に試している擬似ドリンクもそういう話。

他にも例えば、縁日や球場で売っている焼きそばやポップコーンを買ってから、意外と量がそんなにないな？　と思った事がある人は少なくないだろう。あるいはお刺身のパックやシャケのお弁当が容器の形でかさ上げされている事だって。誰もが意識もせず簡単に捨ててしまうぺらぺらの容れ物《いれもの》一つだって、見た目を華やかにする技術がてんこ盛りにしてある訳だ。

目で見たものしか信じない、なんて雑な防御は『暗部《あんぶ》』では通用しない。

「簡単でしょ？　五万人分のハリボテが一斉に超動く事で、風景全体が揺れるように錯覚させせた。例えば群衆の人影を縦に伸び縮みさせれば上下の感覚が歪《ゆが》みますし、拡大縮小させれば奥行きも壊せます。雛壇状《ひなだんじょう》の観客席からマウンドへ、つまり上から下へ撃ち下ろした麦野《むぎの》には致命的なズレになったはず。超あんなの、精神系能力がなくても実行できるんですよ」

チカッ、とバックネット裏三階のＶＩＰ席から何かが反射した。

今のはやらかしではなく自覚的なサインだ。フレンダもまた強化ガラスを小さく切り取って手持ちのロケット砲を肩に担《かつ》いだらしい。

「滝壺《たきつぼ》さんについては超もっと単純な、占い師が客の人相や格好から経済状況やコンプレックスを見抜く観察眼。ただの技術です。しかも重要なのは滝壺《たきつぼ》さんがイエスと答えようがノーと答えようが、周りの人間が滝壺《たきつぼ》さんは今図星を突かれたなーって判断する方向で空気を暖めた方でしょ。アレは滝壺《たきつぼ》さんを追い詰めるんじゃなくて、居場所の分からない私とフレンダさんを焦《あせ》らせ、勇み足を誘う一手。気づいていたから滝壺《たきつぼ》さんも下手に受け答えしなかったんです。超答えの分からない問題はイエスでもノーでもなく話題を切り替えろ、でしたっけ？」

「彼女の場合は、笑顔が足りないようだったけどねぇ☆」

「そしてそういうつまらないトリックに頼るのは超能力者《レベル5》らしくない。ウチの麦野《むぎの》を見ていれば嫌でも分かりますよ。本物は実力でゴリ押しする。何しろあなたはペラペラのハリボテを五万人分用意できるんです、だったらもう一人分くらい追加で誤魔化す事だって難しくない。小手先のトリックで麦野《むぎの》を無力化してから改めて自前の能力で支配にかかったのは、一対一の能力だけでは押し切れないって不安の裏返しでしかありません。……そもそもあなた、本当に食蜂操祈《しょくほうみさき》なんですか？　超そう見せかけているだけの別人なんじゃなくて？」

ふう、と食蜂操祈《しょくほうみさき》は一度深呼吸した。

それからべりりと音を立てて、両手で自分自身の顔を大きく剝がしていく。

本性は仮面より薄っぺらだった。

「ははははハハははhaはHAHAHAはははhahaはははハハハはははHA」

「……、」

「『人材表示《シルエットスクリーン》』、やっぱりこんな安物のテクノロジーじゃダメかぁ。でもでも『暗部《あんぶ》』初めての実戦《けいけん》で色々分かってきた☆　本気で超能力者《レベル5》と対抗するなら、まず人脈《ネットワーク》ね。わるーいオトナ達をずぶずぶに洗脳してぇ、もっと上物の次世代兵器を自由に扱える立場を構築しないと」

動く塗料。

いいや、大量の観客もその顔も、薄い薄いシートのようなテクノロジーか。

「まあ何にせよ、本物の超能力者を最後まで騙し切って手玉に取れたのは大きな収穫だったかしら。ようは先に孤立させておけば逆転のチャンスもなくなる訳だしぃ？」

剝がした顔の奥から現れたのはゆるふわの栗色《くりいろ》の髪を持つ、全然違う誰かだった。

名前も知らない誰か。

「ちなみにあなたは超誰なんです？」

「蜜蟻愛愉☆」

（……ほんとにマジで特殊メイク系には良《い》い思い出がありませんね。超ひょっとして、『暗部《あんぶ》』のジンクスなんですかこれ？）

　つい最近あった出来事を思い出しつつ、絹旗最愛《きぬはたさいあい》はそっと息を吐いて、

「そうそう、麦野《むぎの》については超そのままでお願いします」

「えっとぉ？　できるだけそっち見ないようにしていたけどさっきから極太の殺人光線をバシバシ撃ちまくっているんじゃなぁい⁉」

「あれは点で貫く攻撃ですから、照準があてにならない状態なら放っておいても大丈夫です。それより考えなしに洗脳解いて正気に戻したら、今までいいように操られていた事に気づいた麦野《むぎの》が通常運転で超ブチ切れますよ。その時こそ学園都市《がくえんとし》の終わりです」

「～～～っっっ。一、二の三で自分の尻尾を追いかけなさぁい‼」

　麦野《むぎの》沈利《しずり》がその場で回り始めた。直径一メートルくらいの円でも描くように。

　なるほど。いくら操っても思ったように動かないなら、同じ行動を空回りさせてひとまずの安全を確保するという選択肢もあったのか。精神系能力者も色々考えるものである。

「はあ、はあ。『電話の声』だっけ、普段こんなのどうやってコントロールしてるのよぉ」

「……五万人の観客は超どうしたんです？」

「この危なっかしい台風の中そのまま外に放り出して、電車が動いてんだかどうだかもはっきりしない最寄《もより》の駅までぞろぞろと長蛇の列を作らせるとでも思ってぇ？　ドーム地下の搬入出口にゆっくり誘導してバスで逃がすよう、何人か係員を洗脳しただけ。別に五万人全部を操作しなくても指示出しする係員さえ洗脳すればぁ、巨大な集団全体を操れるのよぉ☆」

「下の生徒一人一人に細工するより上の校長先生を操った方が超手っ取り早い、ですか」

そうなると、順次バスで送り出してもすぐ全員捌《さば》けるとは思えない。実際にはこんな事件が起きた事も理解しないまま、まだ大勢の観客はスタジアムドーム地下に留《とど》まっているのか。

麦野《むぎの》が『原子崩し《メルトダウナー》』で大暴れしなくて良かった、が。

「超それ、一般人から犠牲が出ていないという確証は？　洗脳済みの係員って機械的に誘導しているだけでしょ。慌てた観客が転んで怪我《けが》をしたり、安全確認もしないままバスを走らせて人を轢《ひ》いたりって可能性は？　そいつは悪党同士の殺し合いとは全く別の次元でしょう」

「自信はあるけど客観的な証拠はないわねぇ。今まで当たり前に洗脳しすぎてその必要がなかったから。それにぃ、ダメだったらどうするの？」

「超立てなくなるまでボコボコに殴って公園のトイレにでも置いてきます。本当にし、します、」

即答だった。こういう所を妙に気にするのは、自分の思考なのか、植えつけられた第一位の、断片なのかは絹旗自身《きぬはたじしん》にもはっきりしていないが。

「大丈夫よ。こう見えてぇ、私も線引きはハッキリさせる悪党だから☆」

「……、」

くすくす笑って、蜜蟻《みつあり》とやらは自分の体操服の短パンのポケットを軽く叩《たた》いた。

わずかに覗くモバイルの頭から、スマホ系の直径二ミリのレンズが見え隠れしている。

テレビのリモコンではなくあっちが能力の照準か。

「一応、心を操る能力は持っているんだけどぉ。『心理掌握《メンタルアウト》』までは届かないのよねぇ？」

「どっちでも超同じです」

「あ、の、憎、た、ら、し、い、ウ、ル、ト、ラ、エ、リ、ー、ト、の、評、判、に、傷、を、つ、け、ら、れ、ず、に、終、わ、る、の、は、全、然、同、じ、じ、ゃ、な、い」

皿のように大きく開いた瞳孔の奥で、どろどろの黒が蠢《うごめ》いていた。

目的はそれか。

食蜂操祈《しょくほうみさき》と蜜蟻愛愉《みつありあゆ》の間にどんな確執があるかは知らないが、そっちはどうでも良《い》い。

「『ハニークイーン』側へ合流する前に阻止できたのは超何よりと言っているんです」

息を吐いて絹旗《きぬはた》が呟《つぶや》くと、蜜蟻《みつあり》と名乗った女はキョトンとしていた。

絹旗《きぬはた》は怪訝《けげん》な目で、

「何か？　この期《ご》に及んで超まだ抵抗して『ハニークイーン』に合流するつもりじゃないでしょうね。流石《さすが》にそれは自殺行為だと思いますけど」

「まさかぁ☆」

蜜蟻愛愉《みつありあゆ》はどろりとした笑顔を浮かべて、

「ただ、どこで仕入れたか知らないけどぉ、『ハニークイーン』との合流の話が外に洩《も》れたって事はやっぱりそういう話かぁ。残念だわ、頼まれれば本気で力を貸すつもりだったのにぃ」

「？」

「つまり私は、最初から単なる囮《おとり》。彼女達はありもしない『取引』の話をあなた達に追わせる事でぇ、少しでも本命の計画を隠して時間を稼ごうとしていたんじゃないかしらぁ？」

背筋に冷たいものが走った。

『ハニークイーン』と食蜂操祈《しょくほうみさき》（？）の『取引』は絹旗達《きぬはたたち》が体を張って下部組織が運営する非合法のカジノから手に入れた情報だが、そもそも本当に大切で絶対に失敗が許されないなら下部組織のコンピュータなどに残さない。目の前に本物の精神系能力者はいるのだが、それでも自分の頭の中にだけ留《とど》めておくのが一番安全なはず。

「だとしたら……」

勝っていない。ここまでやってもまだ掌《てのひら》の上だ。

一体いつになったら裏をかけるのだ、あの極悪人ども⁉

「悪党は今頃どこにいるのかしらね」

くすくすと甘く笑んで、蜜蟻愛愉《みつありあゆ》は囁《ささや》いた。

悪という響きに親近感すら滲《にじ》ませる少女はこう続けたのだ。

「何しろ仁王立ちでいつまでも敵を待っていられる正義のヒーローとは違って、悪者っていうのは痕跡を消して隠れ潜んでこそ高いレアリティを保てるからねぇ？」

12

思い出してみるべきだ。

鮎魚女《あいなめ》キャロラインと太刀魚《たちうお》メアリー。

彼女達がこれまで何をしてきたのかを、もう一度冷静に。


「検体ゲット……」

ＶＩＰ席でロケット砲を肩に担《かつ》ぎ、しかしフレンダは空いた手で自分の頬を軽く撫《な》でた。

そこはスマホケースのウサ耳に偽装したカミソリで薄く傷をつけられた場所だ。

「あの時、車の爆発に巻き込まれたむぎのは一発でダウンした。でも何で、あそこで『ハニークイーン』は追撃しないで私達を見送ったんだろう？」

ぺらぺらの観客達でぎっしり埋め尽くされた観客席で、滝壺理后《たきつぼりこう》は静かに呟《つぶや》く。

それからゆっくりと首を傾《かし》げて、

「……いや、その必要がなかったから？　すでにあの時、むぎのに怪我《けが》させた時点で、『ハニークイーン』の二人は目的のものを手に入れていたとしたら。あるいは筋が通ってしまう？」

そしてそもそも、だ。

敵対している『ハニークイーン』とは、機密資料窃盗団だ。

その前提をすっかり忘れていた。

「最初にベランダの金属シャッターに首を挟んで死んでいたあの空き巣。超ヤツも『ハニークイーン』の一員だったんじゃあ……？」

絹旗最愛《きぬはたさいあい》が口の中で小さく呟《つぶや》く。

でもあの中年男は、わざわざ高層ビルの壁に張りついてまで何を盗む気だったのか。

失敗の後にお仲間が躊躇《ちゆうちよ》なく爆破に舵《かじ》を切ったという事は、マンション内の調度品や現金などではない。あの戦闘も込みで全部リカバリー行為だったと考えなくてはならない。

「まさか、狙いは床に落ちている麦野《むぎの》の髪の毛……。『ハニークイーン』は、『原子崩し《メルトダウナー》』のDNAマップを盗むために暗躍してたんですか？　超それが失敗に終わったから、今度は強引に襲撃して麦野《むぎの》に怪我《けが》させて、体細胞、一ミリ以下の皮膚片でも良《い》いから盗み出そうって‼」

鮎魚女《あいなめ》キャロラインは最初から言っていたはずだ。

自分は『原子崩し《メルトダウナー》』の開発を担当した主任研究者だと。

そして麦野《むぎの》沈利《しずり》は失敗作であり、傍《かたわ》らにいる太刀魚《たちうお》メアリーこそが成功作になると。

つまりは、

「麦野《むぎの》の稀少《きしょう》なDNAマップを参考にして、同系統で作りかけの太刀魚《たちうお》メアリーを最強の超能力者《レベル5》として完成させる。超それが『ハニークイーン』の目的……ッ⁉」

「それなら悲惨よぉ？　食蜂操祈にもなれなかった精神系能力者の私ならよぉく分かっているもの。この街は、同系統でより上位の能力者《しょうじょ》だけがてっぺんを目指せる残酷な世界だしぃ？」


『ハニークイーン』と食蜂操祈《しょくほうみさき》の合流どころではない。

麦野《むぎの》沈利《しずり》を超えるアップグレード。

全く新しい八人目の超能力者《レベル5》を創るのではなく、同系統でハイエンドな能力者を調達する事で、本人の意志に関係なく麦野《むぎの》沈利《しずり》から太刀魚《たちうお》メアリーへ強制的に代替わりさせる計画。

こんなものを見過ごしてしまったら、本当に『アイテム』には勝ち目がなくなる。

後はもう、ただの嬲《なぶ》り殺《ごろ》しだ。

行間　三

暴風雨の音が不安定にうるさい、夜のコンビニだった。

「……あの、さっき買ったお弁当ってどうなっていますか？　レンジで温めてもらうようオススメされていたはずなんですけど……」

太刀魚《たちうお》メアリーが俯《うつむ》いたままマスクの奥でぼそぼそと言う。

くちゃくちゃガムを噛《か》んでるバイト女子は鬱陶しそうな目を向けて、

「えー？　知らねーわレンジの中には何にも入っていませんけど？」

「でも、確かに預けましたし」

「ねーし！」

「それなら、えと、お金は払ったんです、せめてお弁当の分は返金を……。これがレシートで」

「レジの取り消し操作はメンドーだからパスで！　ざっけんなよどれだけ働いたって時給だか

ら手を動かす意味とかかねーし。何でこのあたりがアンタみてーなのにそんな細かい事しなくちゃならねー訳？　逆にウケるー。あ、褒めてねーぞこれニヤけてんじゃねーよブス。……イラつくわマジでイラつくわ。私のジャンケン運って何なのこんな台風の日に負けてパートの地味ママから夜帯の仕事押しつけられるとか……」

　言っている事はメチャクチャなのだが、こんな無意味なやり取りをしている間にも後ろに何人か並んでいた。台風上陸直前だからみんなピリついているのだろうが、あからさまな咳払《せきばら》いや舌打ちなども聞こえてくると、何だか自分が悪い事をしているような気分にさせられる。

　元々こういう性格のバイトなのか、太刀魚《たちうお》メアリーが押しに弱いからこうなるのか。

　場の空気が味方していると判断したバイト女子が一回り大きくなる。

「つか返金ってナニ？　このレジ開けて小銭をアンタの掌《てのひら》に置くってコト？　ぶっひゃ、今時小銭とか‼　昭和かよマジ笑えるお前の顔とおんなじくらい笑えるわ！　ぶひゃひゃ‼　なにこのブス昭和からやってきたのタイムマシンっていつ完成したのよ⁉」

　しゅんとしている場合ではなかった。

　どすっ‼　と鈍い音が後ろから聞こえた。ダウンロード販売のゲームコーナーの前をぶらぶらしていたはずの鮎魚女《あいなめ》キャロラインが、まず列の後ろでわざとらしく舌打ちしていたクソ野郎の股間を問答無用で蹴り上げたからだ。

　しかもそこで終わらなかった。

口の端で細長いチョコ菓子を軽く振りつつ、一〇歳の少女はにたにた笑って、

「超ウケるー☆　それ超面白いからもう一度繰り返してもらえる？　そんなに胸張って正しい主張してんなら全世界に向けて発信したって全然問題ないよね。あ、お姉ちゃん名札もっと見せてもらえるー？　えっとー、今から春沢冥瑠返《はるさわめるへん》さんキラキラネームが人類全部エモく共感させて世界を一つにしちゃうすっげー迷言を吐いてくれちゃいまーす☆　ふははっ、台風のせいで部屋に籠ってヒマでヒマで正義に燃えてるみんなー、炎上大作戦の準備よろー♪」

「えっ、あ、ふざ、おいやめろよそれ録音でもしてんのかッ！」

「つか私がわざわざ何かしなくたって勝手に送信されてるってー。あっはは☆　何ってそこのATM。ガワにはでーっかくコンビニのロゴ描いてあるけど中身はまんま提携している数沢銀《かずさわぎん》行系《こうけい》の使い回しだから、防犯カメラは映像だけじゃなくて音声も録音しているのよ。ケータイ片手の振り込め詐欺なんかを防止するためにね。ひはは、だっさー。普段はあんまり意識しない機能だから知らなかった？」

「テメ……ッ‼」

「あれえー？　迷惑店員の世迷言《よまいごと》に飽き足らず、一〇歳の胸ぐら摑《つか》む衝撃事件の証拠にしちゃいますう？　ははは、高い金払って設置したお店の防犯カメラが店員側の人生にトドメ刺すとか超面白いんですけど！　あームリムリ、慌ててお店の裏に回ってもオンラインだから警備会社にもフランチャイズの本部にも全部データは送られてるって。やっぱ、テキトーな捨《す》て垢《あか》

で被害者支援窓口作ったら超バズっちゃうっ、アフィリ稼ぎ放題じゃん超ウケるー☆」

　びくっ、とクソバイトの動きが止まる。

　この時点で、列を作っていた他の客は何も買わずにこそこそとお店の外へ脱出していた。外はごうごうの暴風雨なのにご苦労な話だ。

「あとさっきから昭和昭和うるせーけどさ、昭和がなけりゃ今の世の中なかったしアンタも生まれてないんだから敬意くらい払ってみたら？　だっさ、つまんないでぇーす。本気のバカって自分で勝手に線を引いて全部否定するから手に負えないのよね。いちいち生まれてくんなよ可能性の無駄遣いだよ昭和に謝れよ聞いてんのかオイ、さっきの勢いどうしたオイオイ」

「お客様」

　と、白い歯を輝かせるイケメンが店の奥からやってきた。

「カスタマーハラスメントという言葉をご存知ですか？」

「あん？」

「お客様より過度の要求や威圧的な発言をされる行為は、立派なハラスメントとなります。これ以上、ウチの子を傷つける事はこの僕が許しませんよ」

　笑顔を浮かべる先輩バイトをガム女は王子様でも見るような瞳を向けている。

　が、

「……ふうん。アンタ、バイトのシフト終わるの何時？」

「いやそんなに待つまでもないか。どーせこれから台風上陸だし、二四時間営業のコンビニもそろそろ臨時休業になるでしょ。本部から一斉送信で通達が来るまでは待っててあげるよ」

「ええと？」

店の外に影があった。

幽霊ではない。

叩《たた》きつけるような暴風雨の中、ガラスから二センチの位置で静かに佇《たたず》むのは見るからに社会の悪といった男。しかも一人ではなくぞろぞろ増える。道路側のガラス一面が無言のインテリ系ヤンキーどもで埋め尽くされていく。命令とはいえ、暴風雨にさらされながら待ち続けなければならない理不尽な鬱憤を一秒一秒怒気の形で膨らませながら。

見当違いのド馬鹿王子様は笑顔のまんま、だらだらと脂汗を流していた。

すでにくちゃくちゃガム女はどこかに消えていた。

甲高い悲鳴があった。

ここから見えない裏口なら人がいないとでも思ったか、間抜け。

「そーそー☆　お兄ちゃん、逃げても良いけどお店の外に出たらゲームオーバーでぇーす。ひはは、やっぱ与えられた仕事は最後までやり遂げるのがエモいオトナでしょ。お仕事中はスマホは禁止だよねえ？　はい没収。あっ、すみませーん、落として踏んで壊しちゃった♪」

正解の選択肢はあった。間抜けな後輩の頭を摑《つか》んで下げさせ、二人で一緒に謝っていれば穏便に話を済ませられたものを。このウルトラ馬鹿、よりにもよってどっちに剣を向けた？

「……ったく。コンビニで働くバイトさんの九九・九九％が毎日真面目に仕事をしていても、台なしにしてくれんのよね。こういう、自分はバイトなんだからテキトーにやって、しくじったら辞めりゃ良《い》いだろーとか完全に履き違えたド馬鹿な〇・〇一％が。たった一瞬で全部」

一人ぼっちで取り残された店員はチラチラと横目で何か見ていた。文房具のコーナーだ。もしかして紙に大きくＳＯＳとでも書いて防犯カメラに大きく見せつければ何とかなると思っているのだろうか。あるいはレジの下にある緊急ボタンでも押せば誰かが助けてくれると？

さっきはくちゃくちゃクソバイトをからかうためにああ言ったが、『暗部《あんぶ》』のプロが事を起こす前にセキュリティへ手を加えないはずがないだろう。

「この僕が許さないんだっけー、ねえ僕ちゃん？」

これは本物の馬鹿が自分で選んだ道。

鮎魚女《あいなめ》キャロラインはにっこり笑って言った。

「仕事が終わるまではいつまでも待ってやる。それから外で話をしましょーか？」

「どへー、濡《ぬ》れたあ。ふざけんな台風、路肩の駐車スペースまで一〇メートルないのに」

バタンと四駆のドアを閉めて、鮎魚女《あいなめ》キャロラインは手にしたタオルを自分よりもまず相棒の頭に被《かぶ》せた。それから小さな両手でわしわし拭いてやる。こっちはビキニトップスとサスペンダー付きのミニスカートだ。別に狙って選んだ訳ではないけど、濡《ぬ》れには強い衣装だし。

「太刀魚《たちうお》ちゃんさあ」

「うう」

「超つまんないわーッッッ!! いつもいつもいーっつも言ってるでしょ! アンタは私が創った一番の成功作なんだから、もっと胸を張って堂々として良いんだって!!」

「でもだって、どうせ私なんか。さっきだって自分でちょっと納得してたし……」

「壁に張ったお風呂《ふろ》ポスターの前ではあんなにオラついてんのに」

「見てたの全部それ今ここで刺さなくても良くないもう死んじゃうよッッッ!!⁉??」

「だっさー、道端で壺《つぼ》とか買っちゃうくらい押しに弱い系なの? そんなの誰の話でも信じて破滅するなんて次元ですらないわ、ただ状況に流されているだけでぇーす。仲間を侮辱するヤツは私を馬鹿にするのと一緒よ。そういうのは、絶対に許さない。分かった?」

「……うん」

太刀魚《たちうお》メアリーが鮎魚女《あいなめ》キャロラインについていくのもまた、つまりそういう理由だった。

表ののんびりした世界で、陰キャ女子高生は蔑まれる側に立たされていた。

漫画やアニメが致命傷になるような環境ではない。でも、何がカジュアルなメジャーで何がキモかったりガキ臭かったりは結局クラスの中心が勝手に決める。そんなの正しい正しくないではなくただの個人の趣味のはずなのに、決められた線から一歩でもはみ出れば『話の通じないヤツ』の烙印《らくいん》が待っている。誰もが見捨てられたくないから、クラス全員でさして興味もないゲームをダウンロードしては課金を繰り返し、クラスの中心が気紛《きまぐ》れに飽きたらこれまでの努力を全部捨てなくてはならない。その繰り返し。まだテレビが白黒だった時代の『昨日のアレ観《み》た？』から連綿と続く、話題作りという名の目には見えないレールの進化版だ。

実際、太刀魚《たちうお》メアリーはついていけなくなった。

コースアウトした。

好きでもないキャラクターのために延々と課金を続けて時間を奪われる馬鹿馬鹿しさから、本当に欲しいものを買って楽しめなくなる虚《むな》しさから、どうしても目を逸《そ》らせなくなった。

結果、だ。他人の王国を耕す行為をやめた奴隷は居場所を失った。無能力者《レベル0》で社交性も低い一人に発言権はなかった。銃弾も刃物もない平和な世界でゆっくりと溶けていくように命が消えかけた女子高生を拾ったのは、漫画の中にも出てこないような一〇歳の凶悪研究者だった。

侮辱は許さないと言ってくれた。

つまり太刀魚《たちうお》メアリーの中には尊厳があると認めてくれた。小さくても、自分の国を作って良いんだと教えてくれた。

そして実際に能力を育ててくれた。

学園都市《がくえんとし》では能力開発が全てだ。今までクラスの中心だった誰かは、どれだけこちらを疎《うと》んでも大能力者《レベル4》まで急激に成長していく太刀魚《たちうお》メアリーを教室から排除する事ができず、逆に片隅へと追いやられていった。口先だけの社交性なんぞが通じる次元ではなかった。太刀魚《たちうお》メアリーは最近学校に行っていないのでこの目で確かめた訳ではないが、どうも境遇に耐えられずどこか別の学校へ転校していったらしいという話も聞く。

憧れる場所を見つけた。そこは悪党の世界と呼ばれるかもしれないけど、少なくとも空気の美味《おい》しい空間だった。

鮎魚女《あいなめ》キャロラインは同じチームの全員で肩を並べているつもりのようだが、とんでもなかった。『ハニークイーン』は鮎魚女《あいなめ》キャロラインだけの持ち物だ。太刀魚《たちうお》メアリーは瞳を輝かせて武勇伝を聞かせてもらえれば満足だった。自分にはできない事ができる人の話を。

「私達は『ハニークイーン』よ。だから当然、誰だろうがチームに唾を吐けば反撃を受けてもらう。『暗部《あんぶ》』としての持てる力の全部をオトナ気なーく使い切ってね？」

そこまで言って。

唇を尖《とが》らせた一〇歳の褐色ギャルの声が低く落ちる。

「……麦野達《むぎのたち》『アイテム』も、蓑笠子《みのかさご》ちゃんを馬鹿にした。だから盗むだけじゃ許さない。あの四人だけは私も出し惜しみナシでぶっ潰す」

言われても、多分あの連中には誰の事だか分かりもしないだろう。

蓑笠子《みのかさご》亮介《りょうすけ》。

一番初めにベランダの金属シャッターに首を挟んで死んでいた空き巣の名前なんて。

『暗部《あんぶ》』なのに戦闘が苦手な平和主義者だった。本人は脱サラと笑っていたけど一方的なリストラなのは明らかで、口座の名義や車の手配などでオトナの保護者が必要だから仕入れた人物だった。料理が得意で、家事なら何でも率先して引き受けてくれて、人の下着まで勝手に洗濯するから顔を真っ赤にした太刀魚《たちうお》メアリーはしょっちゅう涙目で彼を追い回していたけど。

蓑笠子《みのかさご》亮介《りょうすけ》は『ハニークイーン』全体として行動を起こす前に、一回だけチャンスが欲しいと頭を下げてきた。自分のためじゃない、敵の命を守るために。自分が空き巣に成功すれば『アイテム』と戦わなくても穏便に目的を叶《かな》えられると、笑って頼み込んでくれる人だった。

それがこうなった。

捨てられた大人にチャンスを与えようと考えてチームに引き入れた結果がこれだ。

麦野《むぎの》沈利《しずり》は気弱な平和主義者を蔑み、面倒臭そうに死体まで始末してしまった。

尊厳など残っていなかった。

復讐を考える事の何が悪い？

学園都市《がくえんとし》でも七人しかいない稀少《きしょう》な超能力者《レベル5》。誰もが良く知る有名人。だけど、表には出てこなかった人生を踏《ふ》み躙《にじ》る資格まであるとは思うな。

だから『ハニークイーン』は、最初の時点で完全に沸点を超えているのだ。

お前が意識すらしないで足蹴《あしげ》にしたのは他者の尊厳などではない。その足で自ら踏みつけたのはタブーという名の爆発物、文字通りの地雷なのだと。

「これはアンタが望んだ通りの総力戦よ、失敗作。今さら文句があるとは言わせない」

陰キャから人を心配するような空気が漂ってきた。

破滅的な思考を突き詰め勝利をもぎ取る習性には鮎魚女《あいなめ》キャロラインも自覚はあるけど。

根っこが気弱なくせに、こういう時は波風を立ててでも表に出すのが太刀魚《たちうお》メアリーらしい。

だから平和な世界では生きられず、『暗部《あんぶ》』ではそんな性質が眩《まばゆ》く見えるのかもしれない。

そっと息を吐くと、そこから鮎魚女《あいなめ》キャロラインは意識的に切り替えて、

「ま、さっきの話は拠点のラブホには売店もレストランもないからお腹《なか》減ったって駄々こねてコンビニまで出かけたカワイイ私も悪いですけどー」

お菓子かご飯か線引きが微妙なチョコサンドやワッフルをコンビニのレジ袋から取り出しながら、鮎魚女《あいなめ》キャロラインは明るく言った。どこかの喫茶店とコラボをしているらしい甘ったるいキャラメル系のアイスコーヒーのボトルを摑《つか》んでストローを突き刺しつつ、

「麦野《むぎの》沈利《しずり》の皮膚組織は無事に手に入れた。蓑笠子《みのかさご》ちゃんは残念だけど、太刀魚《たちうお》ちゃんはピンピンしてる。うう̶、あとちょっと！　今とってもエモいです‼　『原子崩し《メルトダウナー》』のＤＮＡマップを参考にして、今までコツコツ盗んで取り返してきた各種研究データの不備を更新して、できた数値リストを太刀魚《たちうお》ちゃんのカラダにフィードバックさえできれば全部完成だーッ‼」

「ふふっ。キャロ様は、私を完成させたらどうするの？」

その言葉に、鮎魚女《あいなめ》キャロラインは少し黙った。

それからややあって、一〇歳の褐色ギャルは改めて口を開く。

どこか乾いた感じで。

「お姉ちゃんがいたんだ」

「うん」

「頭は良くなかったかなー。テストの点数でしか人間を測れない大人からは下に見られる事の方が多い人だったよ。だけど多分、私なんかよりエモい人生の楽しみ方をたくさん知っている人だったと思う。友達も多かったしね」

あるいは、一〇歳という年齢に合わないギャル系のファッションは姉の影響を受けたものなのかもしれない。

恐れ多い、とまで鮎魚女《あいなめ》キャロラインは思ってしまうが。

「……そんな遊びたい盛りの女子高生ってヤツがさ、いっつも台所でキャラ弁とか作ってたの。そーすれば私が喜ぶって思っていたのかな？　あんなの蓋開けた途端お恥ずかしい光線が溢《あふ》れ出《だ》して爆発するだけなのに。それでも毎日毎日、朝早く起きて作ってくれたのよ。その分色んな時間を削って、やりたい事も我慢して、でもずっと私のために笑ってくれて。そんな人だった。自分より格段に頭の優れた妹を見て、良かった良かったって呑気《のんき》に笑える人だったのよ。

エモい話でしょ？　身近な人を認める、なんて口先だけなら簡単なようでもさ。実際にはエジソンや信長《のぶなが》でもできないよ。それをあっさり成し遂げた」

そんな当たり前の偉業に、小さな怪物がどれだけ救われた事か。天才として欠乏していた全ては姉が与えてくれたと言っても過言ではない。

鮎魚女《あいなめ》キャロラインは空いた手でスマホをいじくる。

写真アプリに入っているのはキャラ弁の写真ばっかりだ。

崩してしまうのがもったいないから、食べる前に必ず撮る癖がついてしまった。

仲間を侮辱するのは許さない。

これだって突き詰めれば怪物であっても同じ家族だからというだけで、何度も何度も体を張って守ってくれた姉の背中を見て覚えた事だ。

「優しいお姉さんなんだね」

「死んじゃったけど」

あっさりと、だった。

早すぎて、鮎魚女《あいなめ》キャロラインの言葉には感情すら乗っていなかった。

「ある日近所のスーパーに買い物へ出かける途中で風力発電の三枚羽が飛んできて死んだ。画面外から無警告で敵弾が放たれて即死とかドット絵のシューティングゲームかよ。老朽化した公共インフラがどうのこうのって話だったけど、そんなのアリかよって感じだよねー。私だって、『暗部《あんぶ》』の事は全部が全部隠して何が何でもお姉ちゃんをこんな世界から守ろうとしていたんだよ。でもアレは念写でも予測なんかできない。回避のしようがなかった」

「……、」

姉は何も悪くなかった。

悪意のある事件も、それを起こした犯人もいなかった。

だというのに完全に誰にも回避のできない、おぞましい死はこの世界に存在する。

「これもお姉ちゃんの形見なんだー」

パチンと指でサスペンダーを弾《はじ》く。

誰よりもオカルトを排除したがる学園都市《がくえんとし》の研究者でありながら、それでも捨てられなかった情の部分。その結晶だ。

「ま、おかげで着られるコーデはかなり限られるようになっちゃったけどね。あっはは－☆でももうちょっとだけ、お姉ちゃんに甘えていたい」

「キャロ様……」

「私は今年で一〇歳。麦野沈利《むぎのしずり》の能力開発へ最初に関わり始めた時なんか五歳だったんだよ？当然、その時にはすでに大学を卒業していた」

鮎魚女《あいなめ》キャロラインは乾いた笑みを浮かべた。

「ふはは、できる訳ないよねー？　当然全部ハイテク技術を駆使したカンニングでした。三歳か四歳の天才少女はみんなを騙す素質に恵まれていたのです☆」

もちろん言うほど簡単な話でもない。

何しろ実際の試験出題範囲を完全に予測して一通り必要な情報を教本から抜き出した上で、さらに鉛筆や消しゴムに文字や数字を細かく仕込んだり特殊なインクを合成して掌《てのひら》の表面にプリントしたりと、ハイテクを極めた学園都市《がくえんとし》の試験監督セキュリティを完全に誤魔化す様々なテクノロジーに変換しなくてはならないのだ。一つの試験を突破するのに使う知識量はざっと五倍以上、はっきり言って普通に受験勉強に勤《いそ》しんだ方が楽だと思う。

それでも鮎魚女《あいなめ》キャロラインはこの方法を選び、完璧な形で突破した。

わざわざハイリスクで遠回りな手段を楽しんで実行した。

知識が足りないから慌てて不正を働くのではない。テストを受けるためには試験会場に行かなければならない、と同じ感覚で当たり前にカンニング技術が頭に浮かんでいた。

人を騙《だま》すのに物心すら必要としない、悪い意味で徹底した天才。

麦野《むぎの》沈利《しずり》から得た能力開発データを自分の体にフィードバックした時、電子を自在に扱いつつも本質の全く異なる『念写能力《ソートグラフ》』に化けたのも頷《うなず》ける話。つまりそういう『自分だけの現実《パーソナルリアリティ》』を有していたのだろう。言ってしまえばこれは道具を使って未来をカンニングする力だ。

「ま、こういう技術も政治家の街頭演説とか学者の知識補強とか、オトナの世界になるとむしろ歓迎されるんだけどねー？　こんなつまんない言い訳がすらすら出ちゃう怪物《わたし》のために、お姉ちゃんはガキ向けのアニメ見て勉強して自分の時間を潰して朝早く起きてキャラ弁なんか作って……誰も頼んでないのにそういう事ができた人だったの。私なんかよりも、鮎魚女《あいなめ》テレジアは間違いなく優れた人間だった。あの人の優しさは、順当に育てていけばきっと世界くらいは余裕で変えられた。本当に、あんな風に死んで良い人じゃなかったのよ、お姉ちゃんは」

誰よりも孤独で、ぽつんと取り残された迷子のような声だった。

実際に、生きる指針を失って暗闇の中をさまよっているのかもしれない。

天才と落ちこぼれの仕分けすらカンニングで完全に掌握した研究者はこう続けた。

歪《ゆが》んでいても。

真摯に。

「人の命ってどういうのだろ？」

「天国ってどこかにあるのかな？」

「私はそれが知りたい」

大好きだった姉に恩を返したい。

鮎魚女《あいなめ》キャロラインの行動理由はこの一点だった。

だからそのために仲間を集め、太刀魚《たちうお》メアリーを開発していった。

破壊に極振りの麦野沈利《むぎのしずり》ではダメだ。下手に超能力者《レベル5》として完成してしまうと、方向性を曲げる事も難しい。彼女を失敗作と呼びこれから創るモノを成功作と呼ぶ理由もそこにある。

「聞いた話じゃー木原系の一人に命の研究を専門に取り扱っているっていう『伝説』もあったけど、あっち界隈《かいわい》は眉唾ばっかりで何が真実か分かりにくいからねえー。ろくでもない『伝説』を追いかけるくらいなら自力で組み上げた方が手っ取り早いって考えました私」

太刀魚《たちうお》メアリーが完成すれば、求める答えは必ず分かる。

わがままに付き合ってもらった蓑笠子《みのかさご》亮介《りようすけ》についても絶対に借りは返す。

「ははは、こっちは麦野沈利《むぎのしずり》の皮膚組織を手に入れているのよ。超ウケる。体細胞、つまりDNAマップを丸ごと一式。あと一息、それで全部の答えを出しましょ。お姉ちゃんの死は覆《くつがえ》らない。でもせめてその魂は天国に行った。そいつを精神論の気休めなんかじゃなくて、私が、揺るぎのない科学で証明してやる」

ガタゴトという鈍い音があった。

同じ四駆の後ろからだ。そちらには強化プラスチックでできた棺桶《かんおけ》みたいに細長い箱が寝かせてあり、そちらから呻《うめ》き声《ごえ》のようなものが洩《も》れてきている。実際にはバッテリー付きのワインクーラーから瓶と瓶を仕切る緩衝材や固定金具を抜いたものだった。外から見れば大きいけど、人を二人も詰め込んだらまあぎゅうぎゅうになるだろう。恋する二人はコンビニ制服のまま、お互いへの罵り合いがエスカレートして物理的に噛《か》みついているかもしれない。

「あの、キャロ様。結局あれはどうするの？」

止める暇もなかった。

一〇歳の褐色ギャルは運転手のインテリ系ヤンキーから四五口径の拳銃を受け取ると、小さな手ではグリップの大きすぎる銃を使ってプラスチックの箱に二発、無造作に撃ち込んだ。

ドゴバゴン!!　という轟音《ごうおん》が炸裂《さくれつ》し、それっきりガタゴトはなくなる。

呻《うめ》き声《ごえ》も。

「ド級のアホ二人がこっちの素性を知っていたかどうかなんて関係ありませーん。お間抜けバイトどもは自分で選んでこうなった。ははは、つまんないわー……。私達のいる『暗部《あんぶ》』っていう業界じゃあ意味もなくナメられたら相手殺して良い決まりなの☆」

にっこり笑って鮎魚女《あいなめ》キャロラインは言った。

太刀魚《たちうお》メアリーは弱気な顔のまま動けなかった。

命について知りたいと小さな少女は誰よりも真摯に思った。

つまり裏を返せば、今はまだ何も分かっていないという話でもあるのか。

第三章　プロジェクトAngelica

1

八月六日だった。

朝っぱらから天気予報のお姉さんがとんでもない事になっていた。

『大型で勢力の強い台風一一号が、ついに東京へ上陸しましたッ!!　現在風速四〇メートル超、降水量は一時間ごとに二五〇ミリ。うっぷ、ここ学園都市《がくえんとし》では見ての通り何かに摑《つか》まっていないと立っていられないほどの暴風と大雨が続いてい、きゃああ!?　いっ今の見たっ？　何か飛んでた、ふええ風力発電のプロペラが外れて回転しながらビルの三階に突き刺さったようです！　前日の予報よりも台風の動きはかなり遅く、よほど差し迫った用事がない限り今日一日は外出を控えた方がよろしいでーす!!!!!!』

「ほらー、避難させた朝顔にちゃんとお水をあげないと。結局それからこっちのブラックライト。お陽様の代わりに紫外線を浴びせないとお花が元気なくなっちゃう訳よー？」

小学校の学生寮、その廊下にある共用スペースはのんびりムードだった。

まとめて避難させてある朝顔の鉢植えの群れの前で天下無敵のフレンダお姉ちゃんが夏休みの宿題さんのお世話をしているというのに、頭にはベレー帽、ぶかぶかTシャツワンピをベルト使って腰の辺りで絞って、赤いレギンスを穿《は》いた七歳の可愛《かわい》い姫は聞いちゃいない。

夏休みの宿題は、朝顔の花から作った染料で白いTシャツを染めるというものらしい。二学期になったらどこかの暇な研究所へ遠足に出かけて、電子顕微鏡で微細な繊維を眺めてどういう変化が起きているのかを確かめるところまで含めて一個の教材なのだとか。

(人には言えない『暗部《あんぶ》』お姉ちゃんパワーで見守り機能をウルトラ強化した)お子様ケータイの小さな画面で通常番組を切り上げての臨時ニュースのアナウンスを耳にしつつ、爪先立ちで背伸びして、しっかり閉じた窓から外を見て小さな妹はひたすらはしゃいでいる。

「おおっ、大体すごい……。これが台風！　見て見てお姉ちゃんっ、三枚羽のプロペラが未《いま》だかつてない勢いでぐるぐるしてる!!　すーごーいー地球のおーわーりーっ!!」

「う、うん。今日はずっとお部屋にいよう。わー……」

お友達のメガネ少女アズミちゃんも仲良く並んで窓の外を眺めている。

……何でガキんちょって台風を見るとテンションが上がるのだろう？　フレンダには疑問だった。今は夏休みだからこれきっかけで学校が休みになる訳でもないのに。

外は真っ白に見えるくらいの猛烈な暴風雨だが、ここはやや高台にあるためひとまず浸水の心配はなさそうだ。やっぱり小さな子達の学生寮の立地には気を配っているのかもしれない。

「結局カブトムシは？　今日のご飯はもうあげたー？」

「大体、ミケランジェロとジェラルディーンはピンピンしてるから問題ない！　パックの樹液ご飯は一日一回交換するだけだからちょっと退屈だけどなー」

そんな訳で、妹は比較的昆虫はイケる方である。聞いたところによると爬虫類《はちゆうるい》の方が苦手らしい。ぬるっとした独特の肌がダメなのだとか。怖いというより、指先でちょっと触ると破けちゃいそうな気がして遠慮してしまうらしい。ワニ革やヘビ革は頑丈なはずなのだが。

寮母さんが声をかけてきた。

「こんな日までわざわざすみません。朝顔の鉢植えは昨日の内に避難させておくようにと言い聞かせていたんですけど、面倒臭がってやっていない子も結構いたようでして。まったく、警備ロボットや清掃ロボットさえ今日だけは突風で飛ばされないように屋内退避させているって話なのに、あの子達ったら……。本来ならケアは全部私の仕事なのにわざわざ手伝ってくださって、陶器の植木鉢は結構重たいから数が多いと大変だったでしょう？」

「結局いえいえ」

『暗部《あんぶ》』に属する人間としては、日向《ひなた》の人からあんまり感謝されると後ろめたい。

寮母さんは八月の夏休みだというのにミニスカサンタ衣装を着たアンバランスな女性だった。ハロウィンの魔女やお正月の振袖なんかも全く気にせず普通に年中無休で着こなす人だ。本人的には年に一度だけだと防虫剤の匂いが染《し》みついて取れなくなるかららしいのだが。

「あ、シャワーなどいかがです？　その間に濡《ぬ》れた衣類は洗濯して乾かしておきますけど」

「あっはっはー結局お構いなくー……」

携帯電話が鳴った。

フレンダはメールの内容をざっと確認してから、

「おっと、色々動きがあったな。結局それじゃあ私はこれで」

「あら。外は台風ですし、状況が静まるまではこちらにいらっしゃればよろしいのに……」

こんな小学生向けの激甘学生寮に居座ったら最後、寮母さんの膝枕という沼から永遠に抜け出せなくなる。抵抗だ、自分でお箸も握れないはいあーん人間にされてたまるものか。

「まあまあ。結局空《す》きっ腹《ぱら》にエナドリでもぶち込んで表を走れば着きますから。ここは小学校の寮で私は負担をかけられませんし、顔を出さないとあっちの仲間も心配する訳ですし」

「へえ。やっぱり、外国からの留学生が多い第一四学区の学生寮の方ですか？　でもそれだと街のほとんど反対側じゃあ……」

フレンダは曖昧に笑って答えなかった。

こんな暴風雨だと傘を差しても意味がないので、金髪碧眼《きんぱつへきがん》のお姉ちゃんは頭からすっぽりレインコートを被《かぶ》ると、妹の方を振り返った。

細いエナドリ缶のプルタブを開け、悪戯《いたずら》っぽく笑って言う。

「あんまり台風の応援してるとずっと学園都市《がくえんとし》に留《とど》まっちゃう訳よー？　結局そしたら縁日中止になっちゃうかもね」

「えっ⁉　だ、大体そんなの困るし‼」

「なら平和な日々の方に感謝するようにしなさい、そうすればお姉ちゃんも一緒に縁日行ってあげるから。それじゃー☆」

笑ってフレンダは嵐の中へ身を投じた。

メールは『アイテム』からだった。次のフェイズはもう始まっている。

2

山の中にある高級感溢《あふ》れるコテージだった。

リビングにある、巨大過ぎる香木を丸ごと一つ輪切りにして作ったテーブルにノートサイズのタブレット端末を五つほど立て、全体でCの字を作っている。

「これがフレンダの言っていたUAVってヤツかよ？」

「そうそう」

滝壺《たきつぼ》は抑揚のない声で呟《つぶや》いて、ゲーム用の操縦桿《そうじゅうかん》を右手で握り込む。

五つの画面は前面一八〇度分の視界や機体情報などを確保するためのものだ。これとは別にウィンドウを開いて後方や下方の視界も網羅はできるが。

一昔前はコンテナみたいに馬鹿デカいコンピュータを使って無人航空機の制御をやっていたが、最近は並列処理を組み込む事で一般のマシンでも十分制御ができるようになってきた。らしい。全部ここにいない人の受け売りだから自信はないが。

ちなみに操縦するUAV自体もフレンダのお手製だ。

全長はざっと二メートルほどの、園芸スコップか両刃の剣に似た鋭角なシルエット。一応左右には小さな翼が広げてあるが、ほとんどラムジェットエンジンの推力に頼ってぶっ飛ばす力任せの機体のようだ。飛行方式はロケット花火に申し訳程度の翼をつけた感じだろうか。

「こりゃ無人の飛行機よりコントローラで操縦する地対地ミサイルの方が近いんじゃね？」

「台風とビル風で上空は今すごい事になっているから、普通のUAVだと横風でひっくり返って使い物にならないんだって」

まあそもそも爆弾専門のフレンダが作ったオモチャなのだから、地上の精密爆撃や敵対戦闘機への体当たり爆破くらいは普通にやらかしそうな一品だが。

「こんなの勝手に飛ばして無人制御の攻撃ヘリ『六枚羽』は飛んでこないのかよ」

「今は台風で自転車とか看板とか普通に大きな金属反応が宙を舞っている状態だから、空港のレーダーやプログラム的な警報も反応を見逃しやすいって話だったけど」

現実に高層ビルの谷間を突っ切ってもUAVは撃墜されないのだから信用して良いか。

ＵＡＶが飛んでいるのは第一四学区だった。

オレンジの屋根に白い壁、イタリア辺りの街並みを模した背の低い建物とハイテクな高層ビルとが奇妙に同居している不思議な学区。カメラをよそに振ってみれば、遠くの方には中華街、韓国街、インド街、他諸々《もろもろ》小さなブロックによってがらりと色彩が変わる。外国からの留学生が最も多い学区。一つの公園でも花壇ごとに咲く花を分けて全体で大きな模様を作っている印象だ。

そして道路は一面水没していた。

「ねえむぎの、臨時速報だと水はけ悪いエリアは床上一メートル以上だっけ？」

「季節のイベントで毎年水没するヴェネツィアみたいになってるね」

風力発電のプロペラもあちこちで破損や倒壊が見て取れた。学園都市《がくえんとし》の電力は特定の大きな発電所ではなく大量に分散した風力発電で担《にな》っているのでトラブルが起きても大停電の恐れはない……とされていたが、この分だと危ないかもしれない。

「それよりむぎの、時間的には間に合いそうなの？」

「台風以上に派手な臨時速報は流れてないだろ。なら大丈夫よ」

麦野《むぎの》沈利《しずり》はそっと息を吐いて、

「鮎魚女《あいなめ》キャロラインは私の皮膚片……体細胞からＤＮＡマップを手に入れたが、それだけじゃ能力開発に応用できない。私はこれでも七人しかいない超能力者《レベル５》の一角だぞ？　例えば機密保持のため、能力開発に使う医療機器は研究所で自作したものしか使ってない。他じゃ代用できない以上私のDNAマップを使ってイタズラがしたければ研究所を襲うしかないのよ」

密室の中で作ってどこにも出さないなら、安全基準を無視した機材も用意し放題だ。そして鮎魚女《あいなめ》キャロライン達がよそから同じものを調達するのは難しいはず。

「なるほど。それでネット越しの結婚詐欺なんて回りくどい方法で外からチマチマ研究資料を抜いてたんだね。例の医療機器の図面とか、むぎのの研究所から奪うのが難しい技術についてはよその施設から機密を引っこ抜いて組み合わせ、どうにか代替マシンで補えないかって」

「でもそれは、逆に言えば鮎魚女《あいなめ》キャロラインでも強引に研究所へ押し入るのは難しいって事よ。手をこまねいている。だから先に私達が研究所を襲って、中に潜んでいれば確定で待ち伏せできる。結婚詐欺？　そんなもんで全部賄えるならとっくに終わってる、結局それだけじゃコンプリートはできないんだ。どうせ痺《しび》れを切らして強硬手段に出るのは目に見えてんのに。『ハニークイーン』がいつか必ず突っ込んでくるならその前に場を支配しておきたい」

ただしさっきも言った通り、鮎魚女《あいなめ》キャロラインや太刀魚《たちうお》メアリーでも無計画では突撃したくないと思うくらいの機密施設だ。表からも裏からも、まともな研究所であるはずがない。

「フラフープ」

麦野沈利《むぎのしずり》はそう言った。

「学園都市外周《がくえんとしがいしゅう》、『外壁』に沿って地下深くに埋設された世界最大出力の巨大な円形加速器だ。

ハッ。電子線の超能力者《レベル5》を開発するにゃうってつけの研究施設でしょ？」

「？　でも、フラフープの制御施設は第二三学区の地下空間じゃなかったっけ」

「正式にはね。だけどこの手のデカい施設には大抵、こっそり割り込む上位の研究機関が埋め込んであるもんだよ。書類の責任は押しつけるけど秘密のご利用はこっちが最優先ってね」

国際色豊かな留学生の街に、何かおかしな異物があった。

高い塀に囲まれた広大な敷地《しきち》と、空港のターミナルビルに似た近未来的なデザインの建物。景観を破壊する機能美の塊。巨大な施設が住民へ用途の説明もなくドカンと建っている。

操縦桿《そうじゅうかん》を握る滝壺《たきつぼ》は口を小さな三角にして、

「……思いっきり研究所」

「最高のカムフラージュよ、学園都市ならどこでも普通に溢れている退屈な風景だろ？」

しかし滝壺《たきつぼ》が遠隔操作で飛ばしているＵＡＶは研究所の上空までは辿《たど》り着《つ》けなかった。

ガラス張りの高層ビルの谷間から抜けた直後だった。


じゅわっっっ!!!!!!　と。

何かが蒸発するような音と共に、いきなり五つのタブレット端末で囲んだ前方一八〇度分の映像が真っ黒に切断される。

麦野《むぎの》はやや前のめりになって、

「何か起きたな」

「むぎののための研究所じゃなかったっけ、防衛設備の情報はないの？」

「研究所を守るのは私の仕事じゃねえ」

「あと問題ない」

即座に五つのタブレットが別の機体の視界に切り替わる。飛行中のUAVは一機ではない。感覚的には一人でチームを操るサッカーゲームが近いかもしれない。

「UAVCAM02、マニュアルモード。併走していたこの子が全部見ているはず」

視界を広く確保したまま小さなウィンドウを開いて映像を高速で巻き戻すと、先ほどまで操っていたUAVCAM01撃墜の瞬間が出てきた。とはいえ、得られた情報は少ない。カメラのフラッシュか、あるいは溶接に近い閃光《せんこう》を撒《ま》き散《ち》らした無人機がいきなり爆発している。

「レーザー兵器よ」

麦野《むぎの》沈利《しずり》は即断した。

「しかも単発、直線一本の光学兵器じゃない。高い塀で囲って機密を守っている割に、辺りに背の高いビルが多すぎるとは思っていたのよ……。無断でこっそりコーティング剤を吹きつけてるな、ガラス張りのビルが反射鏡の役割を担《にな》って見えない光線を何度も曲げてやがる」

「だとしたら、ビルの隙間でも歩道橋の真下でも近づくものは容赦なく貫いてくるね」

「最悪、マンホールの中に潜ってもな」

その時だった。左斜め上方から黒い影が覆《おお》い被《かぶ》さったと思ったら、ザザッ!! というノイズと共にＵＡＶＣＡＭ02の応答が途切れる。

「ＵＡＶＣＡＭ03、っ、ダメか。ＵＡＶＣＡＭ04を無人のオトリにして前方突出、ＵＡＶＣＡＭ05をマニュアルモード」

さらに一機こちらから犠牲にしながら、滝壺《たきつぼ》は何とかして行動の自由を確保する。

自前のＵＡＶとは別に、未確認機《ＵＦＯ》が暴風雨の中を舞っていた。気象衛星に似ていた。側面に太陽光パネルと噴射装置をぐるりと一周張りつけた円筒形と、そのお尻から飛び出した三本の長い金属ロッドの組み合わせ。全体で五メートルくらいか。主翼もプロペラもないのにジェット噴射の細かい切り替えだけで正確に高度一〇〇メートルで静止し、そして不規則に細かく飛び回っている。全体の動きは臆病な小魚っぽい。

「体当たり兵器か?」

「ＵＡＶＣＡＭ05ロスト、ＵＡＶＣＡＭ06をマニュアルモードに切り替え」

「今のは体当たりじゃない」

「さっきまでより画面のノイズが激しかった、撃破前から操縦桿《そうじゅうかん》に反応しなくなってたし」

「目には見えない分厚いマイクロ波を直線状に撃ち出す電磁波兵器が別にあるな……。撃破寸前でオレンジ色の火花が変に散らばったのは電磁波のせいよ」

飛行機というよりロケットに近いＵＡＶを複数方向から飛ばしても、この撃墜率だ。水没した地べたを歩いて近づいたらどうなるかなど言うに及ばず。あれだけ傲岸不遜だった鮎魚女《あいなめ》キャロラインができるだけ正面衝突を避けてきただけの事はある。

結論を言うとこういう話になった。

3

「帰化ＳＤＩ」

第一一学区。やたらと広い巨大倉庫のど真ん中で、携帯電話片手にフレンダ＝セイヴェルンは一言で断定した。

複数の反射鏡を使って戦略用のレーザー兵器を折り曲げるのはリレーミラー実験。

重金属の人工衛星による体当たり攻撃はブリリアントペブルズ。

電磁波兵器の存在も確認されたが、この分だと他にも金属砲弾を電磁石で撃ち出すリニアガンや機械のカメラ・センサー系を専門的に破壊する赤外線兵器なども隠れているだろう。

つまりそれらをひっくるめて、

「ＳＤＩは聞いた事くらいあるよね？　冷戦当時、飛んでくる弾道ミサイルをレーザーとか体当たり衛星とか使って宇宙空間で迎撃しようとしたアメリカさんの防衛計画よ。当然だけど同盟国の日本……つまり学園都市《がくえんとし》もテクノロジー面での協力に一枚噛《か》んでた。結局、予算が膨らみ過ぎるって理由でまともに実現したものはない、とされていたけど。でも何とかして元を取るために、宇宙用に開発した技術を地上で使い回そうって『伝説』がいくつか持ち上がっていた訳よ。それが帰化ＳＤＩ」

『衛星だあ？　無重力の宇宙でもないのに普通にその辺バンバン飛んでるけど！』

「それはあんまり関係ない。結局、私が作ってあげた飛行デバイスだって似たようなもんでしょ。複数のジェット噴射を細かく使って金属塊を空中で固定させる実験くらいどこでもやってる訳よ、燃料コストが合わないから量産化はしてないけど。私のオモチャはその辺補うために空気より軽い不燃性のガスを使って浮力をサポートさせてたじゃん」

そもそも宇宙空間を超高速で飛び交う弾道ミサイルを一〇〇・〇％確実に撃ち落とす事を目標に開発された戦略軍事技術が、さらに数十年もかけて密《ひそ》かに何世代も更新されているのだ。人間や車両が近づこうにも何重もの防衛網でズタズタにされるのは自明の理と言える。

当然ながら銃刀法にも航空法にも抵触しているが、だからどうした。

何しろ学園都市《がくえんとし》でも七人しかいない超能力者《レベル5》の一角を専門に研究する機密施設なのだ。むしろ帰化ＳＤＩくらいは出てきて当然。

「どこからでも見える屋上にどうぞ毒ガス詰め込んでくださいと言わんばかりに室外機置いてある普通の高層ビルと違ってしっかり遮蔽してあるもん、セキュリティ意識高い系が設計したならまあなんか秘密兵器もあるでしょ。結局、協力機関の南極基地を守っているのと同規模なら、迎撃率はざっと九九・九九％かなー？」

『そんなのどうするの？　空飛ぶ無人機でも研究所直上に辿《たど》り着《つ》けたのは一機もないのに』

「くそー滝壺《たきつぼ》、無人だと思って人のオモチャを無駄遣いしやがって。結局一機いくらすると思ってんのよ⁉　全部フレンダちゃんのハンドメイドなんだぞそれ‼」

『対策は？』

「結局あるけど」

ガゴン、という鈍い金属音があった。

暗がりの奥の方から、絹旗最愛《きぬはたさいあい》が何かを引っ張り出してくる。

全長七メートル、重量二五トン以上の金属塊だった。ショベルカーの履帯のような足回りも無視して絹旗《きぬはた》は『窒素装甲《オフエンスアーマー》』でブーストした運動能力を使って強引に引きずり出す。

「ああもうっ、超重たい……ッ！　これで良《い》いんですかフレンダさん‼」

「おっけーい☆　結局そのまま下部組織のトレーラーに載せちゃって」

馬鹿デカいコンテナを積んだ軍用車両を眺めてフレンダは満足げに頷《うなず》いた。

「……フレンダさんって、普段から超こんなトコに籠って爆弾作ってるんですか？」

「これはただの倉庫、調合や組み立て自体はコンテナラボでやってる訳よ。爆弾って種類によって使う機材や取り扱いのルールが変わるから、結局ラボの方はこういうデカくてしっかりしたハコモノよりも日曜大工で簡単に模様替えできる安物ベースの方が色々やりやすいのよね。流行《はや》り廃《すた》りに即応できるようフットワークは軽くしておくっていうか」

「何で爆弾魔って超こんな自由に動けるんですか……？」

「禁止するって逆にどうやって？　結局、航空燃料なんか水辺に浮いてる藻からも精製できる世の中なのに。それって悪用したら割とハードに爆発する訳よねえ？」

朝からテンション高めなのは新製品のエナドリのせいではないだろう。フレンダは学園都市《がくえんとし》の爆弾魔、爆薬の匂いがあればそれだけで興奮できるヘンタイだ。

「あと悪かったわね。結局モノ自体は持ってるんだけど、私、車の運転はできないから☆」

「自分で使えないコレクションなんか集めて超どうするんですか……」

「んーぅ。普段は自動搬送台車《AGV》に貨物の出し入れを任せてるんだけどね、結局この台風と雷な訳よ。どうも床に敷いた電波式の車両管理マーカーがノイズで調子崩してるみたいでさー」

奥から出てきたのはいわゆる多連装ロケット砲だった。

発射コンテナを持ち上げて一二発の巨大ロケットを一斉に解き放てば、一発につき七〇〇発の子爆弾を空中で撒《ま》き散《ち》らす戦術兵器。つまりたった一回発射ボタンを押すだけで八〇〇〇発以上もの爆発物を隙間なくばら撒《ま》いて敵地上部隊を殲滅《せんめつ》する。

「帰化ＳＤＩがどれだけ正確に侵入者を到達前に撃破するからって、一度に撃ち落とせる数には限りがある。なら大空を危険物で埋め尽くしてしまえば、ご自慢の迎撃兵器は全部そっちに回さなくちゃならなくなる訳よ。何しろ一発でも見過ごせば自分の命が危ないんだから」

「……つまりその間に地べたを走り抜ければ、私達は超安全って事ですか」

「まあ結局、外の協力機関に供給できる程度のテクノロジーだからね。迎撃率九九・九九％？　つまり一度に一万発以上撃ち込めば処理能力はパンクするって訳」

HsMLR-05、通称は『メテオシャワー』。

しかも中身については固体燃料から弾頭部分まで全部フレンダ製のオリジナルだ。

火薬と鉄球の流星雨発射装置を眺めて、フレンダ＝セイヴェルンはにたりと笑う。

「結局、学園都市《がくえんとし》の爆弾魔をナメるなよ」

4

飽和攻撃が始まった。

バォン!!　と泥水の荒波の上を飛び跳ねるようにして、近未来的で流線形な二台の水上オートバイが学園都市《がくえんとし》第一四学区を突っ切っていく。麦野《むぎの》と滝壺《たきつぼ》、フレンダと絹旗《きぬはた》のコンビが合流して併走したのだ。

もちろん台風直下、楽に進めるはずもない。

「すっご！　結局ハンドル持っていかれる!?」

「水の流れだけじゃなくて風を読めフレンダ！　塊みたいな横風に殴られて沈められるぞ！」

暴風に毟《むし》り取《と》られた三枚羽の風力発電プロペラが回転しながら飛んできた。思わず首を縮めるフレンダのすぐ近くでボン!!　と水面を突き破って一〇メートル以上縦に泥水が噴き出す。あんなので真下から突き上げられたら一発で転覆だ。おそらく雨水の放出インフラが限界を迎えたせいでマンホールの蓋が外れてド派手に逆流したのだろうが、元から路面は全部泥水で水没しているためどこが危険かなんて分かるはずもない。

後部座席も後部座席で大変そうだ。

「滝壺《たきつぼ》さん！　この雨です、しっかり背中に摑《つか》まらないと超滑って落っこちますよ!!」

「きぬはたは『窒素装甲《オフエンスアーマー》』禁止ね。フレンダの腰があっさり壊れて両断しちゃうから」

そんな中、まず頭上を一本の細長い噴射煙が真《ま》っ直《す》ぐ追い抜いていった。

こちらは大量の妨害電波をばら撒《ま》いて敵レーダーの無力化を図るジャミング弾頭ミサイルだ。どこまで効果があるかは未知数だし、いつかは撃墜されるだろう。混乱から立ち直れば、電波発信源に向かって自動的に突っ込む対レーダーミサイルを使えば瞬殺だと向こうも気づくはず。とはいえある程度研究所側の迎撃航空管制を攪乱《かくらん》し、自前の装備のスペックに不安を覚えさせれば十分効果はあったと評価できる。

続けて二台の水上オートバイを追い越していく格好で、鉛色の群れが上空を流れていく。

タイマー制御で固定目標へ向けて発射された、多連装ロケットの流星雨だ。大量だった。一二発の大型ロケット兵器は空中で自ら分解すると、魚卵のようにぎっしり詰まった爆薬の塊を放出したのだ。ざっと八〇〇〇発以上。ボウリングのピンに似た形状の爆発物が自分自身の偏った重心を利用して弾道を安定させながら一面へ正確かつ均一な密度で降り注いでいく。

「よし、よし、よし！　放出前に撃墜されなきゃオーケー。結局、台風だから心配だったけど軌道修正も問題なし。横風に流されて全然関係ない学生寮を吹っ飛ばす事もなさそうね!!」

溶接のような光がいくつも瞬《また》き、頭上でオレンジ色の爆発が何重にも重なる。何度でも屈折するリレーミラー方式のレーザー兵器を始めとして、帰化ＳＤＩをフル稼働《かどう》させる迎撃作戦も始まったらしい。だが八〇〇〇発もの子爆弾はすぐにはなくならない。

迎撃率九九・九九％。つまり一度に一万発以上撃ち込んだら処理能力がパンクして素通りしてしまう訳だが、本当に研究所を爆撃して更地にしてしまったら待ち伏せ作戦に使えない。八〇〇〇発くらいが敵を引《ひ》っ掻《か》き回《まわ》すにはちょうど良《い》いラインだった。

麦野《むぎの》の背中にひっついたまま、滝壺《たきつぼ》が無表情で空を見上げていた。

「すごい」

「麦野《むぎの》、花火大会が終わる前に敷地内《しきちない》へ突っ込んで!!　結局そうしないと私達があのガラスレーザーで焼き切られる訳よ!!」

風のうねりはまるで生物的に刻一刻と変化するが、流れに抗《あらが》っても時間は短縮できない。麦《むぎ》野《の》の『原子崩し《メルトダウナー》』で塊みたいな暴風を引き千切っても焼け石に水だ。ビルの壁、大きな看板、トラックの箱型荷台などを駆使して風除《かぜよ》けを意識し、二台の水上オートバイは先を目指す。

「わっ」

滝壺《たきつぼ》が思わずといった調子で声を出していた。

途中ですぐそこに気象衛星やトランジスタみたいな形をしたブリリアントペブルズが落下してきたが、こっちはロケット砲の雨を撃ち落とし損ねた不発弾だろう。だけどあんなのでも大量のロケット燃料と酸化剤を抱えている。二台の水上オートバイは即席の機雷を器用にかわして半分水没した路駐の乗用車のボンネットやフロントガラスに乗り上げ、ジャンプ台でも使ったように大きく跳躍していく。ちょうど瞬間的な追い風が彼女達の背中を押してくれた。

「あとむぎの、音声保存不能化装置貸して。位置や番号もまとめて誤魔化してくれるヤツ」

「？」

「南南西と北東に反応あり。あれだ、屋根の上に学生が取り残されている。ケータイから一一九に通報するならいつもより『強い』妨害アクセサリが必要でしょ」

「だったらなに？　ひとまずフレンダの流れ弾は当たらないんだろ」

「でも多分、あんな風に立ち往生しているって事はスマホは下の階に置き忘れたか水に濡《ぬ》れて使い物にならなくなっているんだと思う。私達が一一九で消防に連絡を入れないといつまでも気づいてもらえないかも」

「だから何で私達が？　別に水の中で溺れている訳じゃねえんだ、屋根にいるって事は今すぐ死ぬ訳でもねえだろ。大体余計な痕跡なんか残してもこっちが得する事なんか……」

ガチリという小さな金属音があった。

後ろからひっついている滝壺理后《たきつぼりこう》が、麦野沈利《むぎのしずり》の背中に拳銃を押し当てた音だった。

無表情で。

「おまえ」

「昨日、プリニウスの中で拾ったの。きぬはたかフレンダの持ち物だとは思うけど」

あまりも密着していて、派手に泥水を撥《は》ね上《あ》げ併走する水上オートバイからは見えない。

耳元で囁《ささや》くようにして滝壺《たきつぼ》がこう言った。

「そしてむぎのの『原子崩し《メルトダウナー》』には誰も勝てないけど、この距離、ぴったり押し当てた状態ならむぎのには普通の鉛弾を防ぐ手立てはない。『原子崩し《メルトダウナー》』を盾状に展開する隙間もないからね。……私はあなたのサポート役、だから弱点だって良く分かっている。誰よりもね」

「……、」

チリッ、と。

水の塊を飛び越えつつ麦野《むぎの》の背中が危険に帯電していくが、滝壺《たきつぼ》は無の表情のままだ。

「むぎのの『原子崩し《メルトダウナー》』はキホンどんな強敵でも一撃必殺、それは私も認める」

これだけの揺れの中、ジャージ少女はより強く危険な背中に拳銃を押しつけて、

「……だけど私の場合は百発百中だよ。そして実は、人が人を殺す『だけ』ならそこまでの破

壊力はいらない。この意味は分かっているよね？　勝敗のカギは条件によって変わってくる」

「そうまでして助けてどうすんだよ。……こんな検索に『体晶《たいしょう》』まで使いやがって、寿命の代わりに何を手に入れたつもりなんだ？」

「特には何も。言ったでしょ、私はむぎののサポート役でしかない。あなたには絶対できない事を補うのが私の仕事なの。だからこれは裏切りでもない。実はむぎのも言ってみたいんじゃない？　無意味でも無価値でも困っている人をこのまま放置したくないって。だってあの人達は『ハニークイーン』との対立とは何も関係ないもの」

振り返らず、麦野《むぎの》は舌打ちして中指を立てた。

だが自滅覚悟で腕を背中側に回して『原子崩し《メルトダウナー》』を真後ろに放たなかったところを見ると、一応はご許可をいただけたらしい。仲間の少女に改めて強くしがみつく滝壺《たきつぼ》は麦野《むぎの》から借りた装置を下部コネクタに取りつけた携帯電話でどこかに連絡している。

高い塀が迫っていた。

いわゆる正門からはかなり離れているが、

「結局私が突出する。絹旗《きぬはた》スタンバイよろしく!!」

「超はいはい」

言って、フレンダの胴体に腕を回していた絹旗《きぬはた》は両肩に手を置き直すと、高速移動中でも馬跳びっぽい動きでハンドルを握るフレンダより前に出た。

マシン前面のフードにお尻をつけて『窒素装甲《オフエンスアーマー》』を展開し、激突の瞬間こちらから両足で分厚い塀を蹴る。

突き破る。

二台の水上オートバイが大穴を潜って敷地内《しきちない》へ切り込んでいく。

花火大会の勢いが衰えていた。あれだけ大量の爆発物をばら撒《ま》いたというのに、本気で全部撃ち落とすつもりらしい。

間に合わなければそこまで。

囮《おとり》のロケット砲を使い尽くせば、連中は『アイテム』四人に対処する余裕を取り戻す。そうなればレーザー、リニアガン、体当たり衛星など帰化ＳＤＩの分厚い迎撃網で嬲《なぶ》り殺《ごろ》しだ。

空港のターミナルに似た近未来的な建物が待っていた。当然、インターフォンのピンポンを鳴らしても強固を極めた正面玄関を開けてくれるとは思えないが、

「むぎの、正面じゃなくてちょっと左がオススメ」

「っ、任せろ‼」

ジュワッッッ‼‼‼　という激しい蒸発音と共に分厚い防弾ガラスのウィンドウに二メートルほどの風穴が空いた。麦野《むぎの》沈利《しずり》の『原子崩し《メルトダウナー》』が強引に道をこじ開けたのだ。

乗り入れ、ピカピカに磨かれた床を削り取る格好で停止する。

中にいたインテリ白衣の理系女子達は最初ぎょっとして、それから麦野《むぎの》沈利《しずり》の顔を見るなり

真っ青になって両手を挙げた。

「きゃあっ！　な、なに、お嬢じゃないですか⁉」

「ああもうっ、姐《あね》さんが相手って分かってりゃ無駄な抵抗なんかしなかったのに……。最初から勝てる訳ないのよこんな化け物‼」

ふふんと濡《ぬ》れた髪を片手で払う麦野《むぎの》以外の『アイテム』全員の口が小さな三角になった。

麦野《むぎの》沈利《しずり》担当の研究所。

なるほど、良く教育はされているらしい。

「要求は一つ。今この瞬間から施設のセキュリティ権限を全部こっちに渡して。私達に入り込めたって事は別の誰かにも侵入できるって事よ。鮎魚女《あいなめ》キャロラインって名前に心当たりは？　無言で目を逸《そ》らしたそこのお前、まさか一〇歳相手にネット恋愛で騙《だま》されたりしてないよね？　ただし、ヤツはもうネット結婚詐欺なんて小さくつまみ食いなんかしない。放っておけば『ハニークイーン』の二人がこの施設を占拠しに突っ込んでくるぞ！　だから早く‼」

5

台風直撃であった。

よりにもよってこんな日に、亜麻色の髪にタイトスカートのスーツを着た『電話の声』はいくつもある隠れ家の一つ、敢《あ》えての第七学区おんぼろアパートにムーバーを呼びつけていた。スマホをタップすれば望んだお店のご飯を自転車で運んできてくれる例のアレである。

「わはー。こんな土砂降りの日に麺《めん》や池田《いけだ》の特濃とんこつラーメンが食べられるだなんて夢のようじゃん、こいつときたら☆　ここはサイドの明太子《めんたいこ》ご飯も美味《おい》しいのよねえ」

「……、」

視線が恨み節全開のずぶ濡《ぬ》れ自転車バイトだが、そもそも『出歩くのが大変な時に料理を運んできてくれる』サービス。しかも『電話の声』は『電話の声』で、おそらくは暴風雨で揉《も》みくちゃにされた悲惨なバイトを眺める事も含めて状況を楽しんでいる。

個人評価で星五つをつけるのを条件に大学生っぽいバイトをさっさと下がらせて、どんぶりとお茶碗《ちゃわん》を四畳半の座卓に運ぶ。こうなったら仕事なんか脇に置け。ひとまずキンキンに冷えた缶ビールは欠かせない。口に咥《くわ》えたメントールフレーバーの煙草《タバコ》に火を点《つ》けリモコンでテレビを操作すると、いつも通りに通販番組はどこかのんびりとした感じで大きな声を張り上げていた。別に新商品の電子レンジには全く興味はないのだが賑やかなので何となく観てしまう。

そんな風に思っていると、臨時ニュースの上の方に無機質なテロップが表示された。

『第一四学区でクラスター砲撃テロ？　同学区にある研究施設との関連を捜査中』

さあ──……、と『電話の声』の顔が音もなく真っ青になっていく。五〇〇ミリロング缶の酔いが一発で吹き飛んだ。超能力者《レベル5》の一角、『原子崩し《メルトダウナー》』を担当する機密研究所。アレは風景に埋没しているのが正解で、いかなる時も表のメディアに顔を出してはならないはずなのに。

というか、だ。

(あれ？ もしかしてこれって……。やば。まっ、まままままずい、『アイテム』担当って事は麦野《むぎの》沈利《しずり》まわりの情報保全はやっぱり私の責任って事になる!? こいつときたらア!!)

携帯電話に着信音があった。

相手は（大変グルメで人間喰《く》ってるらしいとかいう未確認のウワサまで見え隠れしてる）統括理事会の亡本《なきもと》サマだった。

一言だった。

『どうするのかね？』

『華野《はなの》超美《ちょうび》』はあくまでも変装の一つだ。相手を油断させるための『顔』のプリセットでしかないので、普段からですぅーとかますぅーとかこんな話し方をしている訳ではない。にも拘《かかわ》らず、涙目で震える少女（？）の口からとっさの本能で子犬ボイスが出た。

媚《こ》びねば死ぬとカラダの方が判断した。

「……な、なばべ、にゃんとか頑張っひぇ問題を解決しちぇみますう……」

6

鮎魚女《あいなめ》キャロラインに太刀魚《たちうお》メアリー。機密資料窃盗団『ハニークイーン』は間もなくやってくる。という話だったのだが……、

「来ないね」

研究所と言っても全部が全部扉がびっしり注意書きとアイコンで埋め尽くされたヤバい実験室ばかりではない。職員用の娯楽室に案内された『アイテム』の四人は話し合いを始める。

滝壺理后《たきつぼりこう》がタオルで髪やジャージの水気を拭き取りながら、無表情に言った。

麦野沈利《むぎのしずり》がイライラを隠そうともしない中、もう一回言う。

「鮎魚女《あいなめ》キャロラインと太刀魚《たちうお》メアリー。『ハニークイーン』がやってこない」

「宮本武蔵《みやもとむさし》の信奉者かもしれませんよ？　というか、いつやってくるかなんて時間を超決めていないんですし。仮に待ち伏せバレても資料を焼かれちゃ困るなら必ず襲ってきますって」

「ねえねえ麦野《むぎの》」

ずぶ濡《ぬ》れフレンダは思いっきり透けているシマシマのブラも気にせず言った。

「ここって何の研究をしている訳？　『原子崩し《メルトダウナー》』のプロジェクト、だけじゃざっくりしすぎているでしょ。やたらと金かかってて広い建物だけど、端から端まで全部守る必要はないんで

しょ。元主任研究者の鮎魚女《あいなめ》キャロラインがどこを狙ってくるか、あらかじめ最重要の標的が分かっていれば防衛もやりやすい訳だけど」

フレンダの言う防衛とは、つまりクソ野郎が必ず立ち寄ると分かっているポイントがあるならその周囲に爆弾やセンサーをぎっしり仕掛けて嫌がらせしてやれという意味だろうが。

「……その心は？」

「結局麦野《むぎの》の秘密を一個知りたいー☆」

麦野《むぎの》が視線を走らせると、壁際《かべぎわ》でエスプレッソマシンの調子を見ていた女性研究員が急に方向転換してどこかへ行ってしまった。詰め寄られても困りますと顔に書いてあるようだ。

自分の庭、という認識なのだろう。両手で挟むようにして乾いたタオルで長い髪の水気を拭いつつ、麦野《むぎの》沈利《しずり》は気軽に言った。

「勝手に調べるか」

「ていうか、麦野《むぎの》本人《ほんにん》でもここで何をやっていたか超分からないんですか？」

「研究成果のアンタは『暗闇《くらやみ》の五月計画《ごがつけいかく》』が最終的に何を目指していたか知ってるか？　それと一緒。能力の説明と応用的な研究目標は完全に切り離されてるよ」

そんな訳で行動開始。

「あれ？　こんな秘密施設にもドラム缶型の警備ロボットが超巡回しているんですね」

「所属は警備員《アンチスキル》ではなく研究所扱いだろうから、何が起きても自動通報機能は作動しないよ。

私達はむぎのの身内扱いだからあんまり気にする必要はないと思う」

　無表情で言って、それから滝壺《たきつぼ》は視線をよそに振った。

「むぎの。ただあのロボット、ロケット砲ついてない？　あとショットガンも」

「解説はフレンダ」

「結局キラー衛星辺りからの転用でしょ？　表向きアメリカは衛星で衛星も破壊するキラー衛星に手は出さなかったってされているけど、ＳＤＩの対ミサイル衛星と仕組みは一緒だし」

　いくつかの部屋に入ってコンピュータに触れるが、当然、紙にせよデータにせよその辺にポンと『原子崩し《メルトダウナー》』関連の極秘資料が置いてある訳ではない。あったらあったで大説教だが。

　知りたいのはそういう話ではなく、

「ここ」

　麦野《むぎの》が操作する画面を横から滝壺《たきつぼ》が指差して、

「さっきもエラーが出ていた。権限や部署の違う人のコンピュータを三台くらい当たっているのに、このサーバーだけ誰にもログインできない。つまり一番セキュリティが堅い場所。用途は回線混雑時の並列マシンって説明されているけどそんなはずない」

「てか、結局これ施設の誰にも開けられなくなってない？　職員の誰もパスワードやアクセス権限を持っていない特別なハコっていうか」

「……追い出された鮎魚女《あいなめ》キャロラインにしかアクセスできない個人サーバーか」

だとすると、研究所全体の計画は主任研究者を追い出した半年前の時点から有名無実で止まってしまっているだろうし、鮎魚女《あいなめ》キャロライン側もネット結婚詐欺を使ってデータを引っこ抜く事はできない。騙《だま》すべき候補が全員必要なデータに触れられないのだから当然だ。

ますます、『ハニークイーン』が直接突っ込んでくる確度が上がってきた。仮に念写で待ち伏せがバレてもヤツらは飛び込まざるを得ない。

「じゃあこの秘密の個人サーバーが施設全体の超ラスボスって事ですか」

当然ながら、最初からアクセスできないように設計されているものをいくらいじってもデータは閲覧できない。『アイテム』には専門のハッカーもいないのだし。

ただ逆に言えば、そもそもの設計を崩してしまえば分厚い壁は破れるのだが。

「ふんふん♪」

鼻歌交じりで壁のパネルを外していくつかのケーブルを携帯電話に繋《つな》ぐフレンダ。精密な時限爆弾や空爆用のUAVなどを作る関係で彼女は電子部品やハードウェアにも強い。完全な無能力者《レベル0》でありながら『暗部《あんぶ》』で生き残るには様々な技術を習得する必要があるのだろう。

「エラーのレスポンスからアクセスを遮断している信号リレー制御を発見、結局でも物理バイパスで無力化できる。これならマニュアルスイッチ操作で何とかなりそうね」

「それ独り言じゃないなら分かりやすく話せよ」

「ユーザーを見て、イエスノーの判断をして邪魔してくる専用の門番がいるのよ。ただしこの装置を迂回《うかい》する格好でケーブルを繋《つな》ぎ直《なお》せば、門番のジャッジを待たずに素通りで信号のやり取りができるようになるの。秘密のデータも覗《のぞ》きたい放題って訳よ」

なら早速。

と思った麦野《むぎの》だったが、言いだしっぺのフレンダが何故《なぜ》か立ち上がろうとしない。

「なに？」

「えーと、作業する場所の方が問題で」

フレンダは人差し指で頬を掻《か》きながら、

「結局、スパコンで使っている冷却水プールに潜って作業しなくちゃならないのよ」

「？　フレンダさんって超泳げないんですか？」

「ただの水じゃないよ、これ。水より比重は重たい。冷却用粒子の液体だね。服を着たまま潜ったら最後、重い粒子がフィルターみたいに布の繊維に引っかかって集まるから二度と浮かんでこられなくなる訳よ」

全員で顔を見合わせた。

ただしぼーっとしたままの滝壺《たきつぼ》だけ首を傾《かし》げていた。

「なら全部脱いでハダカで冷却水プールに飛び込めば良いんじゃ？」

もう一回全員で沈黙した。

土砂降り台風の中、水上オートバイを使って泥水の上を突っ切っていたのだ。とっくにずぶ濡《ぬ》れで肌も下着も透けている有り様だが、それでも『アイテム』の全員が同時に思った。

「「「それでもこんな所でマッパはムリ」」」

「？」

一人だけシンクロが足りないジャージ少女がいるが、とにかく方針は決まった。

作業をするのは一人で良《い》い。誰か生贄《いけにえ》に捧《ささ》げてハダカに剝《む》こう。

そんな訳で、

「さてプロレスで決めるか」

「早い早い怖い怖い怖いっ‼　むーぎーのー結局いきなり押し倒してのジャイアントスイングは思い切りが良すぎるってえーッ‼‼‼」

足首を二つ摑《つか》んでぐるんぐるん、フレンダのミニスカートが台風の日の傘みたいになっているがそれでも決着はつかなかった。格闘オンリー、『窒素装甲《オフエンスアーマー》』の絹旗最愛《きぬはたさいあい》が霞《かす》んで見えるとかどれだけ暴走魔王なのだ。

滝壺理后《たきつぼりこう》はまたもや首を傾《かし》げて、

「むぎの。もっと公平に決まる勝負にした方が文句は出ないと思う」

「なに学力とか、あるいは女子力とか？　それじゃチビでガリガリで全てが足りてない絹旗《きぬはた》が可哀想《かわいそう》でしょ。ほら絹旗《きぬはた》私のハンカチ使う？」

「……超思いっきりケンカ売ってンですか別にプロレスで構わねェンですよォ私は……？」

しれっと刺された絹旗《きぬはた》が暗い顔で俯《うつむ》いて（おっかない第一位鏖殺《おうさつ》モードで）呟《つぶや》いていたが、滝壺《たきつぼ》が言いたいのはそういう事ではないらしい。特にフォローもしてくれないようだが。

滝壺《たきつぼ》は娯楽室にあったカードの束を手に取って、

「これは？　トランプ。ババ抜き辺りなら誰でも知ってるし、戦略より運の方が強いと思う」

7

麦野《むぎの》、滝壺《たきつぼ》、フレンダ、絹旗《きぬはた》の順に一周。

「はーいそれじゃ結局ジョーカーを一枚入れまーす」

フレンダがササッと手早くカードを切ると四人に一枚ずつ配っていく。初期状態で各人一三枚または＋1となるが、大抵はこれを全部抱える事はない。最初に配られた時点で数字の揃《そろ》っていたカードを捨てていくからだ。

「チッ、意外とバラけてやがるな」

「おっと結局これは捨てられるな、クローバーの三とハートの三」

「ぬっ……。いえ超何でもありません順調な滑り出しですよ？」

「これもっ、ダイヤのジャックとクラブのジャックもポイ捨てな訳よ」

「むぎの、一枚だけちょっと頭を出してるこれ気にならない？　このカード」

「待って待ってー☆　まだゲーム始めないでよ、これとこれ、結局悪いわねスペードの八とダイヤの八も捨てられるー」

……、と他三人の視線がフレンダに集中した。

早速怪しい。いくらランダム性や運が強いゲームとはいえ、何でヤツばっかりゲーム開始前のダブり整理段階であんなにどっさり捨てられるのか。一三枚もあったカードの扇がいきなり残り二枚になっているが、どうにも胡散臭《うさんくさ》さが爆発していた。あのまま放っておいたらフレンダはストレートに一枚抜かれてラストを揃えて『上がり』を宣告してしまいそうだ。

というか、

「最初にカード切って配っていたの、確かフレンダのヤツだったよね……？　誰も頼んでねえのに珍しく自分から殊勝な真似《まね》してやがると思ったら……」

「違法なカジノの時にあれだけイカサマについてアドバイスしてくれた超フレンダさんですよ！　ああもう、これシャッフルしているようでシャッフルしていませんでしたね。最初から自分にだけ超有利な順番に揃《そろ》えたカードをみんなに配っていただけなんじゃないですか!?」

「いかさま？」

「いやー何の事だか分かんないな結局イカサマはその瞬間に手首を摑《つか》んで現場を押さえてくれ

なきゃただの言いがかりな訳よあっはっは」

ばちっ、と全員の視線が交差した。

この瞬間だ。フェアで楽しいサンドイッチ伯爵の愛したトランプの精神は壊滅した。

フレンダはみるみる涙目になって、

「ねえなにこれ？　結局いつまで経《た》ってもゲームが終わらないし、捨て札はどう考えたって五三枚超えてるでっかい山になってるし、今私の手元にさっき捨てたはずのスペードのエースがまたやってきたんだけど！　確認するけどこれババ抜きだよね？　誰だ何セットも同じメーカーのトランプの束を混入してるヤツ⁉」

「へえー世の中不思議な事も超あるもんですね」

「むぎの。後ろに回した手で邪魔になったカードを消し飛ばしてない？　『原子崩し《メルトダウナー》』を小さく球体状でキープして」

「何を言っているんだかサッパリよ？」

どう考えてもカードの総数が増えたり減ったりしている、何故《なぜ》かジョーカーにジョーカーを合わせて捨て札として消費できてしまう、などなど地獄の様相を呈する壮絶ババ抜き大会だが、それでもいつかは終わりの時がやってくる。

自分のターンでもないのに不自然にカードが減っていく麦野《むぎの》が一抜けを宣告し、どんなに邪魔なカードでも二枚に増やして抱き合わせで捨てられる絹旗《きぬはた》が二番目に離脱した。

残ったのはフレンダと滝壺《たきつぼ》。

というかババ抜きなんて結局ここが真髄だ。残りカードが一枚か二枚になって、どっちかがジョーカーを引くか引かないかの駆け引きをしないとゲームが盛り上がらない。

手持ち一枚のフレンダが二枚持ってる滝壺《たきつぼ》に挑む。

攻めよりも守りの姿勢で後ろに仰《の》け反《ぞ》っているのを見るに、多分フレンダ側にジョーカーはない。積極的に地雷を引かせたがっているのは無表情でぐいぐい前のめりな滝壺側《たきつぼがわ》だ。

問題は、右と左のどちらを選ぶかというところだが、

「むぐぐ、結局ポーカーフェイスは滝壺《たきつぼ》が最強な訳よ。瞳を覗《のぞ》き込《こ》んでも何も読めない……」

「私はフレンダの事なら何でも分かるけどね」

「こいつまさかＡＩＭ拡散力場から何か読み取……いや！　結局これもまた私を揺さぶるためのブラフな訳よ‼」

「フレンダ、私は嘘《うそ》なんかついてない。右だよ、右のカードがジョーカー」

「結局嘘《うそ》は言ってないわね。でも私から見て右かアンタから見て右かちゃんと明言しろお‼」

「あっ、わすれてた」

「結局計算ナシの天然が一番読めない……ッッッ‼」

汗びっしょりのフレンダは指をさまよわせ、結局は自分から見て左のカードを抜き取った。

散々ロジックで時限爆弾を解除してきたのに、最後の最後で赤のコードか青のコードか運任

せで切ってしまう羽目になる。

と、

「まけた」

「っしゃあーっ‼　結局ハートの八とクラブの八で上っがりな訳よおおおおおおおお‼」

二枚のカードを叩《たた》きつけてガッツポーズを取るフレンダ。

これで滝壺《たきつぼ》理后《りこう》がジャージを脱いで冷却水プールへ飛び込む事が確定した。

ただし、

「(……これ超どう思いますか？)」

「(『体晶《たいしょう》』ナシでも何か読み取れるのはひとまず確定だと思う)」

「(じゃあその上で滝壺《たきつぼ》さんが負けたのは？　悔しがってる様子は超ありませんけど)」

「(沸騰した場を収めるために、フレンダの思考を全部把握した上でわざと負ける方向に調整したのかもな)」

8

冷却水プールは研究所の奥にあった。

水深は二メートル以上、大きさはコンビニより広い部屋を四角く取り囲むくらい。

見た目は透明な水だが、波打つ表面はやや粘度が高そうに見える。フレンダの話だと、服を着たまま落ちたら最後、水より比重の重たい冷却用粒子を布の繊維がフィルターのようにかき集めてしまい、結果二度と浮かび上がれなくなるらしいが……。

「こっちが無線機こっちが必要な工具。結局、私の指示通りにカメラで映して作業してくれれば成功するから」

「了解。フレンダ、作業はどれくらいかかるの？」

「結局一〇分くらいかな」

「おいおい、そんなの酸素はどうすんのよ」

絹旗《きぬはた》がお鍋のガス缶みたいなものを放り投げてきた。フレンダがそこにちょっと複雑な形状に整えた金属パイプを取りつける。室内ジムにあった酸素缶をササッとカスタムして即席酸素ボンベを作っている訳だ。

肉や魚の表面を炙《あぶ》るのに使う簡易バーナーよりはややこしい形状になっていた。

「一時間ないから結局油断しないで、どんなトラブルに足引っ張られるか分からんし」

「ふうん、了解」

「単に酸素を吸うだけじゃなくて、二酸化炭素を吐き出しつつ水が入ってこないよう弁をつけるのがポイントな訳なのよねー」

「よいしょ」

滝壺《たきつぼ》が躊躇《ちゅうちょ》なくジャージを脱いだ。

眩《まばゆ》い肌を正面から見る羽目になった絹旗《きぬはた》とフレンダが微妙に目を逸《そ》らす。

「(……こ、この超着痩せする派の巨乳の無駄遣い女め)」

「(気にしない気にしない。け、結局？　愛されフレンダちゃんはカラダ全体で奇跡のバランスを実現してるんだから。胸だけでっかくなってもバランス崩れるだけだし泣いてないし)」

「？」

ぱんつまで脱いじゃった滝壺理后《たきつぼりこう》はいったんプールサイド（？）に腰を下ろすと、即席酸素ボンベのパイプを口に咥《くわ》えて、足の先からそっと冷却水につけていく。透明度は高いはずだが、頭の先まで沈んでしまえばプールサイドからは何も見えない。

無線を通してフレンダが言った。

「ひとまず右手で壁に触れたままゆっくり進んで、一五メートル先、角の辺りにメンテナンスパネルがあるから結局そこを目印に」

『了解』

声がくぐもって聞き取りにくいのは通信機の性能ではなく、パイプを咥《くわ》えたまま話しているからだろう。

冷却水プールの中の滝壺《たきつぼ》と、上にいる三人が同じ方向へと進んでいく。

「操作パネルを開けたら中をレンズで映して。配線やスイッチの並びは確かめたい訳よ」

『これ？』

送られてきた映像を見ながらフレンダは右手を動かしていた。何をしているかと思ったら、メモ用紙にボールペンで配線図を書き込んでいる。

横から覗《のぞ》き込《こ》んだ麦野《むぎの》が指を差した。

「二番と七番はトラップだから触るな。ついでに言えば、こいつは分かりやすい線で信号をやり取りしている訳じゃない」

「麦野《むぎの》？」

「五番と六番の線が不自然に隣接してるでしょ？　これ、電気じゃなくて導線の周りに洩《も》れる微弱な磁気を使ってやり取りしてる。非接触式だからストレートに配線図の流れを目で追っているだけだといつまで経《た》っても信号をゴールに届けられない」

爆弾魔で基板に詳しいフレンダよりも麦野《むぎの》の方が早かった。

(思い切り真っ黒に) 腐っても超能力者《レベル5》、つまり脳の作りが常人と違う天才少女でもある。

『むぎの、結局私は何をしたら良《い》いの？』

「九番の線を引っ張ってきて六番の線に寄り添わせて。それが終わったら五番はニッパーで切っちまって構わない」

ポン、と麦野《むぎの》の携帯電話から小さな電子音が鳴った。

見れば研究所内の無線ＬＡＮと接続していたモバイルが、今まで突破できなかった画面の先へ進んでいる。一つのフォルダの中に大量のファイルが詰め込まれていた。

フォルダそのものにはこう書かれていた。

プロジェクトAngelica。

9

「よいしょ」

粘り気の強い冷却水から滝壺《たきつぼ》が這《は》い出《で》てきた。

「超まったく清々《すがすが》しいまでの素《す》っ裸《ぱだか》ですね、ほらバスタオル」

「わぷっ、なにきぬはた」

「いつもお姉さんぶってやってもらっていましたからね。たまには超お返しです」

「髪わしゃわしゃー」

何やら（素《す》っ裸《ぱだか》で）楽しそうな顔でされるがままの滝壺理后《たきつぼりこう》だったが、ややあってその口がへの字になった。

「ううー、濡《ぬ》れた服をもう一度着るのは辛《つら》い。冷たくてべたべたする」

「超はいはい」

滝壺《たきつぼ》が体中の水気を拭って着替える横で、麦野《むぎの》とフレンダは携帯電話を操作していた。

プロジェクトAngelica。

「アンジェリカ？　結局、字面《じづら》の並びだけ見ると天使っぽいけど。あるいはアンジェラみたいな人名って線も……」

「どこが？　単なるセリ科の多年草だろ、お菓子の飾りとかに使う」

変に深読みしようとするフレンダに対し、（必要に迫られれば）意外とエプロンつけてキッチンに立つ事も辞さない麦野《むぎの》は呆《あき》れたように返して、

「……それに正直、文字の並びについてはあまり意味はないんじゃね？　こういうのは怪しまれても相手が間違った方に深読みするように仕向けるもんだ。今回だとANGEL、つまり天使系。いかにも奥に何かありそうだけど迷走するだけ」

「本当の本当にヤバいプロジェクトには全世界的にメジャーで分かりやすくて間違いやすい名前をつける？」

「そゆこと。後はそっちをこそ検索してるバカを見つけて脇腹を刺せば良い。オカルトなんて学園都市《がくえんとし》じゃ嫌でも目立つから分かりやすいしな」

そもそも麦野《むぎの》沈利《しずり》の『原子崩し《メルトダウナー》』を使って、この研究所では一体何をやっていたのか。

『パーフェクトエレクトロンマイクロスコープ。

Angelicaという仮の名で動かしている本計画の主旨は、一言で言えば完全な意味での電子

顕微鏡と電気メスを同時に実現するためのプロジェクトである。

用途は徹底した物理的、あるいは工業的手法による遺伝子操作。

つまり能力者の設計開発にある』

能力者の開発。

それだけなら学園都市《がくえんとし》ではさほど珍しい話でもない。

だが『設計』とわざわざつける理由は何だろう？

「……これ、超やっぱり鮎魚女《あいなめ》キャロラインが書いた文章なんですかね。あの小さな日焼けギャルが？　文章を書く時は性格でも変わるんですかあの女」

「むぎの、こっちのファイルには目的と基礎理論の概要があるみたい」

「……、」


『従来の遺伝子操作は制限酵素を用いる生物的・薬学的な手法を用いている。

制限酵素で処理した配列を送り届ける運搬役として取り扱うある種のＤＮＡ分子も含めて、厳密な計算を要求される一方で、実際に出力されるマクロな結果についてはある程度「気紛《きまぐ》れ」である事は否《いな》めない。現状の技術で遺伝子をいじっても一〇〇・〇％狙った通りの若返りや天才化はできないし、翼やエラを持つ人間は創れない。何より学園都市《がくえんとし》の広告塔として喧伝《けんでん》されている超能力者《レベル5》が、現実には遺伝子の初期配列……つまり後天的に行われる各種開発よりも元々持っている「才能」に大きく依存しているところからもこれは明らかだ。

ただでさえ稀有《けう》な才能を要求する上、必ずしも研究者の望んだ通りに開発が進むとは限らない。これでは学問というより理論に基づいた投資やギャンブルに近い。この業界にいれば、莫《ばく》大《だい》な先行投資をしても利益を回収できずに潰れた同業者を何人も知っている事だろう。我々が行っているのは学問だ。俗世の金銭的リスクなど排除しなければならないが、同時にこれは、従来の方法を使い続ける限り永久に取り除く事のできない問題でもある。

Angelicaは、こうした偶然任せの状況を抜本的に改善する。

生物を生物として扱うから問題が解決しないのだ。もっと純粋に、遺伝子を部品として物理的に取り扱う工業的アプローチを用いれば、土台の部分から解決する』

「結局、物理に工業的……？」

「ロボットとかかな」

「まさか超そんな。ブリキ人形が自分の心でも持って能力を振り回す時代がやってくるっていうんですか？」

『暗部《あんぶ》』ではサイボーグやアンドロイドの実用化を目指す異端の研究者なども蠢《うごめ》いているが、だとしても麦野《むぎの》沈利《しずり》の『原子崩し《メルトダウナー》』と直接結びつくとは思えない。

「機械……。むぎのの能力って破壊力極振りだけじゃなくて、電子の状態を固定する性質から量子コンピュータやデータ通信の分野でも応用研究されていたっけ？」

「でも、工業的ってのはそういう意味じゃなさそうだ。このファイル見ろよ。詳細だ」

『前述のとおり、Angelicaとは完全な形での電子顕微鏡と電気メスをセットにしたものだ。

この「装置」は人間の遺伝子を狙った場所、望んだ数だけ正確に切り刻む事ができる。

つまり薬品やDNA分子などを使って反応が出てくるのを待つのではなく、自分の目で見て、自分の手を動かして、直接的に遺伝子を切り取る時代がやってくる。さながら、古い映画のフィルムを編集するように。

実用化のためには、電子を操る強大な能力者の協力が不可欠になるだろう。

別口、『超電磁砲《レールガン》』は電磁波を使ってマクロな反射波レーダーを実現しているという報告はあるが、一方で電子そのものを使った切断作業の例はあまり聞かず、磁力を使って砂鉄を振動させるなど別の方式に避ける節がある。これは超能力者《レベル5》に認定されて日が浅いからか、恒久的な問題かは不明。電子顕微鏡と電気メスでワンセットである以上、向き不向きという面で言えば、やはり電子で直接焼き切る『原子崩し《メルトダウナー》』ベースで進めていった方が妥当ではあるはずだ。

超能力者《レベル5》が一人いれば、あらゆる遺伝子やその進化状況は彼女に委ねられる。

世界中の人間を超能力者《レベル5》に進化させる事もできるし、逆にあらゆる超能力者《レベル5》を何の力も持たない無能力者《レベル0》へ退化させる事もできるはずだ。Angelicaは、学園都市《がくえんとし》がやろうとしている事を全て一人で実現できる』

言葉がなかった。

『あの』麦野沈利《むぎのしずり》でさえも。

Angelicaとやらは電子を操るとか精神を操るとか、そういう次元の話をしていない。たまたま生まれる超能力者《レベル5》が個人として頂点に立つだけでなく、そもそも超能力者《レベル5》の全体数そのものを指先一つで軽々と調整できる存在を創ろうと言っているのだ。

こんなものが完成してしまったら、無能力者《レベル0》から超能力者《レベル5》までの六段階評価は崩壊する。学《がく》園都市《えんとし》に七人しかいない超能力者《レベル5》のレアリティも紙くず同然になってしまうだろう。

望む人間を好きなだけ超能力者《レベル5》に進化させ、望まない人間は残らず能力を奪える誰か。まさしく学園都市《がくえんとし》の女王。

例えば自分を信奉する一〇〇人だけ超能力者《レベル5》に育て、残る二三〇万人を全部無能力者《レベル0》にまで貶《おとし》めてしまえば、それだけで学園都市《がくえんとし》全体《ぜんたい》を支配してしまえるだろう。しかも身内の裏切りに対しても『能力剝奪』で迅速に反乱を潰せる。規模の大きさに関係なく、一瞬で。

いいや、おそらく街の中だけに留《とど》まらない。『外』に広がるもっと大きな世界だって、後は人口比率の問題でしかない。この『一〇〇人を従える女王』に抗《あらが》う手段など六〇億人なり七〇億人なりの誰も持たない。

　実現すれば。

　ただし、

『備考。

麦野沈利《むぎのしずり》では、遺伝子を正確に切り取るAngelicaには不適合。

出力が大きすぎる。

同系統でより精密なコントロールを可能とする、新しい能力者が必要だ』

　最後にあった文書ファイルだけはカラーが違った。

　ぶつ切りの文章には隠しきれない苛立《いらだ》ちが滲《にじ》んでいる。これは理論に基づいた研究論文というより、ただの私見だ。

「……、」

　鮎魚女《あいなめ》キャロラインが麦野《むぎの》を指差して『失敗作』と呼んでいたのは、このためか。

　実力が足りなかったのではない。

　主任研究者の予想に反してあまりにも育ち過ぎた。だから精密さを極める鮎魚女《あいなめ》キャロラインの研究にはそぐわなくなってしまった。

何人か別口の能力者を潰して研究所から追放されたというのは、この後の出来事か。よほど尖《とが》ったチューニングを施して折れたのか、あるいは鮎魚女《あいなめ》キャロライン側の焦《あせ》りが原因か。

「なるほど」

やがて、麦野《むぎの》沈利《しずり》はそれだけ呟《つぶや》いた。

「でもAngelicaは道具よ。目的じゃない。今いる人間のカスタムにも、始点の受精卵から分割するクリエイトにも使える便利なツール。鮎魚女《あいなめ》キャロライン、あのガキは人間の遺伝子を積み木みたいに弄んで何をしようとしてやがる……？」

10

「準備できたー？　太刀魚《たちうお》ちゃん」

「う、うん。待って、マスク新しいのにするから……」

「ふはは、それじゃーそろそろ私達も動きますか。命について調べたいならやっぱり遺伝子よねー。もうＡＣＧＴには偶然も空白も残さない。Angelicaがあれば手が届くわ。発生、分裂、老化に死滅。細胞や染色体の活動を全部眺めた上で、もし足し算引き算で説明できるシンプルなサイクルから外れた成長や九死に一生を得る、つまり『見えざる流れ』があれば、その不自然に誘導するものが命と呼ばれるエモい何かのはずなんですっ☆　人間も猫も一寸の虫も、五分の魂があるかどうか全部調べてやろうじゃない。結果次第じゃ人類は虫けら以下ってあっさり証明されるかもしませんけどー」

「お姉さんのために、だよね？」

「そう。お姉ちゃんの魂はきちんと存在して、それは無事に天国へ行った。ここが学園都市《がくえんとし》であろうが絶対に誰にも笑わせない。私が科学的なアプローチで証明してあげるんだ」

11

晩ご飯を食べて交代でお風呂《ふろ》に入って、午後一一時辺りだった。

突然滝壺《たきつぼ》が言った。

「来た」

「っ」

「南南西に違和感。この揺らぎは間違いない」

滝壺理后《たきつぼりこう》が断言したのなら、理由や理屈についていちいち尋ねる必要はない。

本当に来た。

どずんっ!!　と。

空港のターミナルのように巨大な建物全体が、大きく縦に震動した。一面のウィンドウに鋭く亀裂が走る。

正面から何かが突っ込んできたのではない。

正確には、めくれ上がった。直上。恐るべき力で研究所の屋根の一点を何かが貫通したと思ったら、台風の凄《すさ》まじい暴風雨が屋根全体を一気に剝がしてしまったのだ。硬いビニールの小袋についている小さな切り込みから全体があっさり裂けていくように。

だが忘れてはならない。

そもそも最初の最初に、戦車の装甲に勝る強度の屋根をぶち抜いた『誰か』が存在する事を。

(あのマスク女は……)

「太刀魚《たちうお》メアリーか!!」

叫んで『原子崩し《メルトダウナー》』を真上に解き放つ麦野《むぎの》だったが、当たらない。太刀魚《たちうお》メアリーは三階分くらいの吹き抜けから躊躇《ちゅうちょ》なく飛び下りると、全身の恐るべき筋肉と骨格の頑丈さで強引に落下の衝撃に耐え、ずんっ！　と手にした何かを肩で担《かつ》ぎ直《なお》す。

槍《やり》のような長い柄に、さらにその先端に青竜刀より幅広な長い刃を取りつけた得物。

中国の長柄刀《チャンピンタオ》にも似ているが、本質は違う。

平べったい金属を半分以上握り潰して槍に似た柄を作っている。

「ヘリのローター？　一体どこから超鮝《むし》ってきたんですか!?」

「ち、近くのビルの屋上に停《と》まっていた『病院』から」

律儀《りちぎ》に答えた直後、太刀魚《たちうお》メアリーの長身が消えた。

重量一〇〇キロ以上の塊を抱えたまま、純粋な速度だけで絹旗最愛《きぬはたさいあい》の懐《ふところ》へ肉薄する。彼女が両腕でガードの構えを取る前に、即席の長柄刀《チャンピンタオ》が空気を裂いて絹旗《きぬはた》の胴体を横に薙《な》いだ。そのまま振り抜き、近くの壁へ背中から叩《たた》きつける。

轟音《ごうおん》と破砕。

ハブ毒の血液凝固成分やスズメバチのアセチルコリンなど、一ミリ以下の毒針を大量に詰めたフルオートショットガンを持つドーピング兵をまとめて蹴散らすだけの事はある。

しかし絹旗《きぬはた》は強引にヘリのローターを両手で抱え込み、その動きを封じてしまう。

『窒素装甲《オフエンスアーマー》』があれば、この程度で胴を切り飛ばされる心配はない。

「超今ですっ!!」

太刀魚《たちうお》メアリーは拘泥《こうでい》しなかった。

長柄刀《チャンピンタオ》を手放すと近くにあった無線LAN用の室内アンテナを二本両手で摑《つか》み、左右から滑り込んできた麦野《むぎの》の蹴りとフレンダの手首を同時に弾《はじ》き落《お》とす。ヒュンヒュン、と風を切る音と共に太刀魚《たちうお》メアリーは山の字に枝分かれした二つのアンテナを構え直す。

「結局今度は筆架叉《ビーチアチャー》って訳!? チャイナ版パリーイングダガー!!」

叫びかけたフレンダの声が途切れた。

足首。そこに錘《おもり》のついた人差し指より太いワイヤーが巻きつけられ、逆の先端に三〇センチ以上ある鋭い金属片が取りつけてあった。おそらくガレージに停めたトラックから業務用のコンピュータや資材などの貨物を積み下ろしするのに使う天井クレーンだ。

鋭い蹴りと同時にそれが直撃して、横っ面《よこつら》を引っ叩《ひぱた》かれたフレンダがスピンしながら床に着弾する。いいや、直前で自分から少量の爆薬を使って体を後ろに弾《はじ》き飛《と》ばし、かろうじて威力を殺したか。そうでなければ顔の半分はごっそり肉を失っているはず。

めくり上げられた天井から猛烈に雨が吹き込む。濡《ぬ》れた服が肌に張りついて鬱陶しい。いっそ脱いでしまいたいと考えながらも麦野《むぎの》は思わず舌打ちして、

「チッ‼　縄 鏢《ションビアオ》まで っ、この中華武器マニア次から次へと⁉」

「さっきから色々言ってるけど、ごめんなさい。詳しい名前なんて私知らない、し？」

マスクの奥から律儀《りちぎ》にもごもごご返事がきた。

名前や仕組みが分からなくても武器になるものを景色の中から自動的に選んで体が勝手に動くとでも言うつもりか。その辺のチラシで紙飛行機や折り鶴を作るのに、いちいち頭で深く考える必要を感じないように。本当だとしたら、鮎魚女《あいなめ》キャロライン。被験者の反射や生活習慣に関わる脳や神経にどれだけびっしり書き込みをしている事やら。

「構わない」

同じ思考に至ったのか、しかし太刀魚《たちうお》メアリーにビクついた様子はなかった。

陰キャの女子高生は真っ向から麦野沈利《むぎのしずり》の目を見て言った。

はっきりと。

「キャロ様は壊してくれた。平和で平和で退屈で、だけど人の命を奪いかねないくらいの窒息を与える普通の世界を。なのにキャロ様は従えとは言わなかった、『ハニークイーン』って枠の中で彼と一緒にみんな平等に扱ってくれた。この小さな世界が好きなの。私は悪の世界に肩まで浸《つ》かっていられればそれで満足。あなた達と違って過不足に餓《う》えたりなんかしない!!」

「ハッ、悪党にしておくのはもったいないな!!」

ガカッ!! と。

麦野《むぎの》沈利《しずり》の掌《てのひら》から『原子崩し《メルトダウナー》』が飛び出す。

にも拘《かかわ》らず真正面にいる太刀魚《たちうお》メアリーには直撃しなかった。顔のすぐ横を抜けていく。

狙いが甘いのではない。

太刀魚《たちうお》メアリーは左右の手でそれぞれ握っていた即席筆架叉《ビーチアチャー》を火薬の力より鋭く投擲《とうてき》し、その内の片方が麦野《むぎの》の太股《ふともも》に突き刺さったからだ。

「がっ!!」

「言ったでしょ。キャロ様がやれと言えば私はあなたとの撃ち合いでも勝つ」

(キレた度胸の持ち主だ。この私を前にして、まさか正面から飛び道具の間合いで挑んでくる馬鹿がいるとは……っ!!)

ビルの鉄筋で刺されるような痛みに奥歯を噛《か》み締《し》めつつ、麦野《むぎの》の口の端は吊《つ》り上《あ》がる。

凶暴な笑みを作る。損得を無視したバトルフリークの部分が顔を出してきた。

こいつには、それだけの価値があると認めつつある。

空気の唸《うな》りがあった。上から下へ。

太いワイヤーで繋《つな》がった巨大な金属片、縄鏢《ショヨンビアオ》がカカト落としのように麦野《むぎの》の脳天を狙う。

こうなると痛む足を無視してでも後ろに飛び下がるしかない。

ワイヤーで繋《つな》がっているという事は普通の飛び道具にはない変則的な軌道を実現する一方で、幸いにも射程距離が限られているのだから。

「チッ!!」

右手をかざして『原子崩し《メルトダウナー》』の狙いをつけようとする麦野《むぎの》に対し、太刀魚《たちうお》メアリーは必殺の縄鏢《ショヨンビアオ》だというのに細い足首を振って難なく切り離し、濡《ぬ》れた床に放り捨てる。

太刀魚《たちうお》メアリーが無手でゆらりと歩く。長い一本三つ編みを左右に揺らし、雨に濡《ぬ》れたその水滴を散らす格好で、正面から躊躇《ちゅうちょ》なく麦野沈利《むぎのしずり》へ近づいてくる。

こいつはまともな人間ではない。

そもそも遮蔽物のない開けた場所で麦野沈利《むぎのしずり》の正面に立ちたがる精神性がおかしい。誰が見ても分かる自殺行為なのに、こうして実際に生き延びるスペックを誇っている。凶悪な武器を持っている時より変幻自在に何でも使える自由度がある素手の方がはるかに脅威だ。

楽しい。

背筋をゾクゾクと這《は》い上《あ》がる死の悪寒《おかん》が心地いい。

久しぶりだ。こいつはきっと麦野《むぎの》沈利《しずり》の一〇〇・〇％以上を引きずり出してくれる!!

（太刀魚《たちうお》メアリー。敵さんの選択肢が制限されない以上、下手に深く考えた方が負ける!!）

「ハハッ!!」

結論し、凶暴に笑って麦野《むぎの》は掌《てのひら》を正面に。

キンキンっ、と甲高い金属音が連続したかと思ったら、太刀魚《たちうお》メアリーは濡《ぬ》れた床に転がっていたガラクタや鉄くずを蹴り上げて左右の手で摑《つか》み取《と》っていた。

扱い方次第では爆発するリチウムイオン電池を大きな紙飛行機で包んだのは神火飛烏《シエンフエイヤー》。

スプレー缶へ強引に穴を空けティッシュを詰めたものは古い手榴弾《しゅりゅうだん》、震天雷《チエンテイエンライ》のつもりか。

「おおおっっっ!!」

「あああああッあああああああああああああああああああ!!」

逃げも隠れもしなかった。

真正面から互いに撃ち合った。閃光《せんこう》が迸《ほとばし》り、空中で爆発が巻き起こり、それらの隙間を縫って花火めいた炎を噴き出す爆発系紙飛行機が曲線を描いて鋭く飛びかかってくる。

こいつと戦うのは、楽しい、い、い。

極限バトルフリークの麦野沈利《むぎのしずり》をして、そこまで快の脳内分泌物を引きずり出す殺傷力の塊。こうなると絹旗《きぬはた》やフレンダは半端《はんぱ》に援護をする事もできない。爆発によって猛禽《もうきん》の爪に似た金属の破片が空気を切り裂いて飛散し、麦野沈利《むぎのしずり》の頬を擦過し二の腕に突き刺さり、それでも麦《むぎ》野《の》もまた『原子崩し《メルトダウナー》』の照準を修正していく。今度はただ急所を狙うのではなく、太刀魚《たちうお》メアリーが右手側に跳んで避けると予測して。

しかし、

「ツッツづ⁉」

逸《そ》れた。

不自然に外れた『原子崩し《メルトダウナー》』の閃光《せんこう》が横手から太刀魚《たちうお》メアリーへ奇襲しようとした絹旗最愛《きぬはたさいあい》を危うく掠《かす》めそうになる。

(ただのやらかしじゃないっ、何か、さ、れた、い⁉)

「互いに全力を尽くす。なら出し惜しみはナシ。私の武器は飛び道具、だけじゃないっ」

そもそもこれは能力者同士の衝突だったはずだ。

その間に太刀魚《たちうお》メアリーは適当に近くの壁に拳を突き入れ、太い鉄骨を強引に引っこ抜く。先端が裂けてヤシの木のように広がっているため、こちらもまるで中国の抓子棒《チヨワツーパン》のようだ。鉄骨で一撃もらえば即死確定、先端にある無数の『爪』が掠《かす》めただけでも人間なんぞ熊の前脚でやられたように肉を削《そ》がれる。

直撃だった。

身内の『原子崩し《メルトダウナー》』のせいで行動の幅を狭められていた絹旗《きぬはた》の脇腹をまともに捉え、今度こそ床へ薙《な》ぎ倒《たお》す。『窒素装甲《オフエンスアーマー》』がなければ本当に上半身と下半身が千切れていた。

「チェック」

呟《つぶや》いた直後、当てようと考えずとにかく牽制《けんせい》で二発目を放つ麦野《むぎの》の掌《てのひら》で閃光《せんこう》が爆発した。

暴発。

壁まで吹っ飛ばされる麦野《むぎの》の方など見ないで、太刀魚《たちうお》メアリーは残った滝壺《たきつぼ》へ言う。

「これでもう動けない。索敵担当でしょ、あなた。こ、攻撃役がいなければ運用できない」

「あなた……」

「Angelica実行者。レベルを上げるだけじゃない、下げて潰す事もできる。これが私の能力。つまり私の体内分泌物が危ないっていうのは『体晶』とかいうのと一緒。私の分泌物に触れれば、それだけで遺伝子配列は破壊される。今なら肌を伝う雨の水滴が散っただけでも危ないかな。の、能力の暴走なんて可愛いものじゃない？　これから遺伝子が壊れて全身の細胞が病巣に変わっていくのに比べれば」

「っ」

「な、なんてね？」

がらんと重たい音を立てて即席の抓子棒《チョワツーバン》を放り捨て、太刀魚《たちうお》メアリーは小さく舌を出す。

よっぽど冗談が苦手なのか、彼女がちょっとおどけただけで空気が軋《きし》む。

助けてもらった、と言っていたが、それまでの生活がどうだったのかが窺《うかが》える重さだ。

ずぶ濡《ぬ》れ長身の女子高生は自分の言った事にあっさり掌《てのひら》を返して、

「実際にはまだそこまではできないかな。どうせ私の『遺伝崩し《エニシングリンク》』は、まだまだ大能力者《レベル4》くらいだし……。そもそもAngelicaを完成させるためにここへ踏み込んできたんだもん。い、今のはせいぜい頭蓋骨を透過する電子線を脳に浴びせて脳内分泌物のバランスをかき乱しただけ。電気分解とはちょっと違うけどね？　能力を確実に暴走させるくらいなら、これでも十分」

太刀魚《たちうお》メアリーは滝壺《たきつぼ》の方など見ないで傍《かたわ》らにあった何かを掴《つか》む。針金でできたクリスマスツリーにも見える帽子かけだ。ただしフロアランプの細長い支柱にダクトテープを巻いて繋《つな》げれば、筅槍《シエンチアン》と呼ばれる中国の槍《やり》に化ける。身動きの取れない麦野《むぎの》の背中に突き刺されれば複数枝分かれした太い針金に体の中を掻《か》き回《まわ》され、骨も内臓もぐしゃぐしゃにされてしまう。

「殺人未体験《マーダーヴァージン》なんかもう卒業……」

分かっていて。

覚悟を決めた顔で、太刀魚《たちうお》メアリーが改めて一歩踏み込んでくる。

「平和だけどクラスの中心に支配され、空気の分子すら直立不動で動けなかったあの教室だけが全てじゃないと教えてくれた。私は悪の世界にいられれば満足、人間くらい殺せるもん」

「……嫌々殺しに手を染める自分は高尚で特別な存在？　だとしたら、もう自分で間違いをしているって自覚くらいはあるんじゃない」

「黙って。もう殺人未体験《マーダーヴァージン》なんて誰にも言わせない。私はキャロ様と一緒に、同じ世界をずっと生きていくんだ。そのためなら……」

「残念ね。その羞恥と後ろめたさは、『暗部《あんぶ》』で生きるしかない人間からすれば誰もが羨む贅沢なのに。価値も分からないまま捨ててしまうというのなら、あなたは小物の悪党だよ」

ジャージ少女の滝壺《たきつぼ》が暴風雨も気にせず静かに言った。

その手には小さなケースがあった。手の甲に乗った白い粉末の正体は『体晶《たいしょう》』。

「むぎのはやらせない」

「だ、だから？ 偉そうな事言ってもむだ。照準係がどれだけ寿命を削ったところで、攻撃役がいなければ新しい傷は作れない。あなたの正確な指示に従ってくれる人は誰？ 一人もいないでしょ。スコープだけあっても弾切れに陥っているのよ。今のあなたに何ができるの？」

「大丈夫だよ」

断言があった。

「むぎのなら絶対に起きてくれる……。私はそんな超能力者《レベル5》『原子崩し《メルトダウナー》』を信じてる」

ずずず、と軋《きし》む音がした。

倒れて前髪で顔を覆ったまま、麦野《むぎの》沈利《しずり》の右手が床を擦《こす》っていた。

でもあれは、意識が……あるのだろうか？

「……私はむぎのの照準補整係ってコトくらい、襲撃前に調べてきたんでしょ？」

超能力者《レベル5》の掌《てのひら》が正確に太刀魚《たちうお》メアリーに突きつけられていた。

ありえない、と考えるべきだ。

起きてはならない現象が目の前に広がっていた。

「で、できない」

「そう思う？」

「頭蓋をすり抜けて脳に干渉する透過電子線によって、麦野《むぎの》沈利《しずり》の脳内分泌物は私が自在に分解している。だから『原子崩し《メルトダウナー》』を撃っても暴発するだけ！」

「本当にそう信じているなら、放っておいてもあなたの勝ちでしょ」

勘違いしてはならない。

滝壺《たきつぼ》理后《りこう》は決して優しくない。人畜無害でもない。

ゲテモノ揃《ぞろ》いの『アイテム』の一員。

この地味なジャージ少女もまた、『暗部《あんぶ》』しか自分の居場所を知らない悪党である。

つまり、

「っ」

ぐるりと太刀魚《たちうお》メアリーは振り返った。

初めて彼女は滝壺《たきつぼ》理后《こう》を意識に入れた。

そうさせられた。

滝壺理后《たきつぼりこう》の瞳孔は不自然に開いていた。すでに『体晶《たいしょう》』を使った後だ、意図的な暴走によって『能力追跡《AIMストーカー》』は十分に展開されている。

というよりも、

「あなた、それ……」

視界の端で凶暴な閃光《せんこう》が溜《た》まっていくのを自覚しながら、だけど、太刀魚《たちうお》メアリーは滝壺理《たきつぼり》后《こう》から目を離せなかった。

目に見えて分かりやすい超能力者《レベル5》どころではない。

彼女は、より大きな恐怖を感じる方を優先するしかなかった。

「まさかそもそも……ＡＩＭ拡散力場を観測・追跡する能力なんかじゃな、い、ぃ、くt

ガカッッッ!!!!!!　と。

絶対に暴走するはずの閃光《せんこう》が真《ま》っ直《す》ぐ放たれ、不自然に太刀魚《たちうお》メアリーを貫いた。

12

太刀魚《たちうお》メアリーは撃破した。

滝壺理后《たきつぼりこう》はこの結果をしばし無言で眺めて、わずかに顔を曇らせた。

「むぎの？」

応答はなかった。

濡《ぬ》れた床にぱたりと力なく手が落ちていた。呼びかけに応えたのではない。麦野沈利《むぎのしずり》は気を失っていた。最後の一撃を放って力尽きたのか、あるいは、いや、その前から……？

（……さっきのは、一体）

これは隠すべきだ、同じ『アイテム』にも。そう思った時だった。

「がばっ!!　がはごほ!?」

滝壺《たきつぼ》には口元を手で覆う暇もなかった。反射で体をくの字に折り曲げ、派手に吐血する。

『体晶《たいしょう》』をあれだけ派手に使ったのだ。

代償がないなんて話はありえない。己の寿命を削る音が体内の骨を伝ってくるようだった。

それでも、乗り越えた。

少女が大切に想《おも》う人達のためにこの能力を使う事ができた。

太刀魚《たちうお》メアリーも、きっと同じ山の頂上を目指していたはず。気弱な女子高生の利益はここまで戦ってもまだ見えない。プロジェクトAngelicaを実現して、だから何なのだ？　きっとそこではない。この怪物はきっと鮎魚女《あいなめ》キャロラインと同じ時間を過ごしたいだけだった。

滝壺理后《たきつぼりこう》が、利益はなくとも迷わず己の寿命を消費したのと同じく。

太刀魚《たちうお》メアリーもまた。

「ぐ……」

「むぎの起きて、あの人まだ息がある」

「っづ……。致命傷だ。抉《えぐ》れた腹が炭化しているから、出血が止まって一度に即死できなかったってだけ。決着自体はついてるよ」

フレンダと絹旗《きぬはた》は……ダメか。

麦野《むぎの》達《たち》はひとまず呼吸と鼓動は確かめたが、近づいて軽く頬を叩《たた》いてみても反応しない。そもそも暴風雨で体中ずぶ濡《ぬ》れになっても身じろぎ一つしないのだ。今すぐ意識を取り戻すにはもっと専門的な気付け薬が必要になるだろう。

「滝壺《たきつぼ》。研究施設だし炭酸アンモニウムくらい転がってるだろ、今から手分けして……」

「むぎの」

遮るように、濡《ぬ》れた髪を頬に張りつけたまま滝壺《たきつぼ》が警告してきた。

遅れて麦野《むぎの》沈利《しずり》も気づいた。


ふっ、と。

屋根がめくれて飛ばされ、あれだけ凄《すさ》まじく吹き込んでいた暴風雨が不意に止まった。

それはおそらく台風の目に入ったとか、くだらない自然現象なんだろうけど。

まるで巨大な自然災害すら彼女を恐れて息を潜めたようだった。

そう、廊下の奥からこちらへ歩いてくる影がある。ひどく小柄で、だけどアンバランスなくらい毒々しい格好をした一〇歳の天才少女。

鮎魚女《あいなめ》キャロライン。

「あれ？　太刀魚《たちうお》ちゃん、やっぱー、もしかしてやられちゃった？　そいつはつまんないですぅー。やっぱり四人まとめて相手させるのは大変だったかな」

「……う……」

起き上がる事もできないまま、太刀魚《たちうお》メアリーは呻《うめ》いた。

それでもマスクの奥でどこか弱々しい笑みを浮かべ、

「見つけたんだね、キャロ様」

「うん」

「良かった。なら、この結果も少しは意味があったかな……」

ごっそり抉《えぐ》れた内臓も気にせず、太刀魚《たちうお》メアリーはにこりと笑っていた。

この状況で笑顔を作れる少女だった。

小さな褐色ギャルもまた、小さく頷《うなず》く。短すぎるスカートのポケットから指で挟んで取り出したのは最先端の研究所に似合わない、古臭い代物だった。

カセットテープだ。

「太刀魚《たちうお》ちゃんに暴れてもらっている間に、奥にある私の個人サーバーに触れてきたー。大企業でやってる何千万人分っていうポイントカードの個人情報大規模バックアップなんかもそうだけど、ほんとに消えちゃったらまずいデータをコピーするならやっぱりカワイイデジタル磁気テープですよねーっ☆　家電量販店で投げ売りされてるハードディスクなんて名前だけで実際には不揮発性メモリばっかりだし、あれじゃちょーっと信用はできない」

鮎魚女《あいなめ》キャロラインなら所内のどのコンピュータからでも己の個人サーバーを操れるのか。研究機密でびっしりなデジタルカセットをトランプの手品のようにくるくると回すと、彼女はそれをビキニの薄い胸の真ん中、ぐるぐると巻いた針金の辺りに挟み込む。

「はははっ、超ウケる。施設オリジナルの医療機器の図面もこれで取得完了。あれだけの努力がこんな小さなデジタルカセット一個分なんて私は切ないけどー？　麦野沈利《むぎのしずり》のＤＮＡマップと組み合わせれば、こんな研究所に頼らなくてもどこでも研究を続けてAngelicaを完成させる目途がついたわ。後は時間が解決してくれる問題でぇーす」

「どうやってその時間を稼ぐつもりだよ。時間は寿命だぜ、そいつは貴重品なのよ。その辺の道端でバイトの姉ちゃんが配ってる訳じゃあねえ」

ずぶ濡《ぬ》れで派手な下着が透けるのも構わず、麦野沈利《むぎのしずり》が吐き捨てた。

「腹がごっそり消えたっつっても重さで言ったらアンタの二倍近くあるのよ。その細い腕で死にかけを引きずって私の『原子崩し《メルトダウナー》』から逃げられるとでも思ってんのか？」

鮎魚女《あいなめ》キャロラインは小さく首を傾《かし》げていた。

ウサ耳スマホを片手でくるくる回し、そのまま下に向けた。

「太刀魚《たちうお》ちゃん」

「うん」

「今まで、あ、り、が、と、う」


じゅわっっっ!!!!!!　と。

脳に焼印を押しつけるような嫌な音が、離れた場所にいる麦野《むぎの》の耳まで確実に届いた。

太刀魚《たちうお》メアリーの耳元で、マスクのゴムが外れた。

しかしもう身じろぎすらない。

露《あら》わになった口元からは、赤い血の筋が音もなく垂れていた。

『念写能力《ソートグラフ》』の一種。運転手のヤンキーを搬送した『病院』での話だと、特殊な鉄のインクを使い脳の表面にランダムな模様を焼きつけ脳神経を遮断して意識を途絶させる必殺の一撃。

元々、腹は破けていて臓器を複数失い、手の施しようなんかなかった。

だけどそれにしたって、躊躇《ちゅうちょ》なく。

「あっはは☆　これで、小さくてかわゆい私だって身軽に逃げる事ができるよねー？」

「テメェ……」

「だっさー、致命傷を与えたのは誰？　太刀魚《たちうお》ちゃんの口元から血が垂れてんのは私のせいじゃないでしょ。殺した本人が何を真っ当な顔してんだか。ぶっちゃけつまんないでぇーす」

耐爆ウサ耳カバーのスマホをくるくる回す鮎魚女《あいなめ》キャロラインは冷めた顔だった。

一回では済まなかった。

蒸発に似た音はさらに続いた。倒れているフレンダ＝セイヴェルンに、それから絹旗最愛《きぬはたさいあい》も。ダウンした敵が起き上がる前にトドメを刺すのは、『暗部《あんぶ》』界隈《かいわい》では常識かもしれないけど。

これでもう、撤退という選択肢は消えた。

施設の中で炭酸アンモニウム系の気付け薬を見つけても無駄だ。このクソ野郎が能力を解除するか、この世から消えない限り二度と目を覚まさない。

「むぎの」

何か言おうとした滝壺《たきつぼ》の方を見ないで、麦野《むぎの》はただ片手で制した。

小さく笑っているのは、全ての元凶だけだった。

「だって仕方ないじゃん？　太刀魚《たちうお》ちゃんはAngelicaとしてエモく完成できなくなった、途中で壊れた。信頼するべき機能を失ったしもう手元に置く必要はないかなーって」

「……、」

倒れたまま動かない太刀魚《たちうお》メアリーを見て、麦野《むぎの》は思う。

致命傷を与えた張本人には筋違いだけど。

それでも何故《なぜ》か彼女の影に、いつでも味方でいてくれる執事の貉山《むじなやま》を重ねてしまう。

利益なんかなかった。

プロジェクトAngelicaを完成させたって、太刀魚《たちうお》メアリーはきっと何とも思わなかった。にも拘《かかわ》らず、太刀魚《たちうお》メアリーは最後まで戦い抜いたのだ。自分に利益なんかなくても。繋《つな》がりや貸し借りなど正確なニュアンスまでは分からない。だけど究極的に言えば、太刀魚《たちうお》メアリーが笑顔でリスクと不利益を被《こうむ》り続《つづ》けてきた理由はつまりこの一言に集約できるはずだ。

一緒にいてあげたかった。

プロジェクトAngelicaで躓《つまず》いて、焦《あせ》りから何人も将来有望な能力者を潰して研究所から捨てられ、『暗部《あんぶ》』で行き場を失いつつあった小さな研究者。そんな鮎魚女《あいなめ》キャロラインと出会った。ズタボロの小さな少女に同情するのではなく、自分にないものがあると素朴に尊敬して。だから差し伸べられた幼い手を、摑《つか》んだ。そうすれば見上げるに値する鮎魚女《あいなめ》キャロラインが笑ってくれると信じて。内気で気弱な女子高生は自分以外のために勇気を振り絞ったのだ。

人生の使い方を、自分で決めた。

そんな風に可能性を投げ捨てて、法律や条例にも背を向けて、それでも最後の最後まで仲間として囮《おとり》の陽動役すら買って出てくれた悪党を。

こいつは。

このクソ馬鹿野郎は、何の躊躇《ちゅうちょ》も未練もなく。

「太刀魚《たちうお》ちゃんは貴重な検体だったけどー、アンタのDNAマップとカセットテープにある機材の図面があれば新しいAngelicaは創れまーす。後は時間が解決するって言ったでしょ？　それが少し延びるだけ。命や魂の定義は、肉体最小単位の遺伝子のイレギュラーを調べればいつか見つかる。ひはは、超ウケるー。自分で創ったモノを取り返すのに時間かかったあ☆」

人の命や心が理解できないなら、触れなければ良かった。なのに、こいつは踏《ふ》み躙《にじ》った。敵も味方も関係なく、この『暗部《あんぶ》』で命を賭けて戦うべき理由を自分の力で見つけた人達を。

本当に最悪な詐欺師は、そもそも嘘《うそ》をつくのに自覚的なスイッチすら必要ない。

身内を切る事に躊躇《ためら》わず後悔もしない。

それは、足りないか？

『暗部《あんぶ》』で共食いを始める理由としてまだ不足しているのか？

こんな薄汚れたクソ野郎はもう、くそったれの『暗部《あんぶ》』にすら存在するべきじゃない。

たとえ太刀魚《たちうお》メアリーがそんな結末を望んでいなかったとしても。

「……人間を何だと思ってやがるんだ。クソ研究者」

「機能と機能の詰め合わせ。ほらー、死んだお姉ちゃんだって毎日毎日朝早く起きて私のためにキャラ弁を作ってくれる人だったし。そういう機能を持った、尊敬するべき人だったのですっ」

人の命は何かを知りたい、と真摯に考えた少女。

まだ何一つとして答えを知らない少女はにたりと笑う。

たとえどんなお涙頂戴のエピソードがあろうが、怪物の根底が悪人である事は変わらない。

本当に本当のクソ野郎は、特別な出来事があっても改心のきっかけとは考えない。

麦野《むぎの》沈利《しずり》でも背中を預けた仲間は騙《だま》さない。

裏切り者に容赦なく制裁を加えるのは、逆に言えばそれだけ嘘《うそ》や偽りを嫌う証《あかし》でもある。

いいや、鮎魚女《あいなめ》キャロラインにはそもそも悪意的に敵を騙《だま》す覚悟も味方を裏切る事への罪悪感もないのか。ただモラルがなくて嘘《うそ》のトリガーが危うい、指で触れれば暴発するほどに。

そんなのは悪党としても風上に置けない。

ただの醜悪だ。

こんな人間が、もしも本当に超能力者《レベル5》を増やしたり減らしたりを自由に制御できるAngelicaなんてゲテモノを完成させて手中に収めてしまったらどうなるか。

悪なる世界が到来するとは思わない。

勝った方が正しい、ですらない。ただ醜さがいたずらに命を弄んで消費していく。

そんな、正真正銘の極彩色が広がってしまうだけだ。

「こんな私がまともに見えるとか、悪趣味もいい加減にしろよテメェ……」

鮎魚女《あいなめ》キャロラインは研究者だ。

彼女の天才的に壊れた頭脳がなければ麦野沈利《むぎのしずり》の『原子崩し《メルトダウナー》』も完成しなかっただろう。お互いにどれだけ憎たらしくてもそこは認めざるを得ない。稀少《きしょう》な超能力者《レベル5》として『暗部《あんぶ》』に君臨し、その命と生活を繋《つな》いでいる以上は感謝だってしなくてはならないはずだ。

だけど、それとこれとは話が違う。

超能力者《レベル5》と研究者の間にどんな因果関係があろうが、ここで起きた事を帳消しにはできない。『暗部《あんぶ》』で生きる一人の悪党として、それだけは絶対に無理な相談だ。

麦野沈利《むぎのしずり》は、自分が認めた人間が愚弄される事を許さない。

太刀魚《たちうお》メアリーはれっきとした悪党だった。それは認める。

フレンダ＝セイヴェルンや絹旗最愛《きぬはたさいあい》は背中を預けるに足る実力者だ。それも認める。

ならどうすれば良いか。

分からないなどと言うつもりか。今、ここで。

「滝壺《たきつぼ》」

「なに？」

「フレンダと絹旗《きぬはた》は預けた。炭酸アンモニウムでも目は覚まさないから、今はとにかく流れ弾が当たらない場所に寝かせておいて。動線や射線の予測はアンタの得意分野でしょ。一ヶ所に留《とど》まらず、必要なら二人の体を引きずってでも移動させる事」

「むぎのはどうするの？」

「あのクソ野郎を消して飛ばす。塵《ちり》の一つも許さずに」

即答だった。

麦野《むぎの》沈利《しずり》は首をコキコキ鳴らしてこれだけ言ったのだ。

「……学園都市《がくえんとし》にとっての不穏分子を抹消するのが、私達『アイテム』の仕事だからな」

行間　四

毎日毎日朝早く起きてキャラ弁とか作ってくれるお姉ちゃんだった。

毎日毎日朝早く起きてキャラ弁とか作ってくれるお姉ちゃんだった。

毎日毎日朝早く起きてキャラ弁とか作ってくれるお姉ちゃんだった。


結局、鮎魚女《あいなめ》キャロラインにとって姉の定義はそれだけだった。

機能と機能の詰め合わせ。

心や命といった形のないものを理解できない彼女にとって、外に出力される結果がその人の全てだ。『元気良く挨拶をして』『道端で困っている老人に道案内をし』『落ちていた小銭を交番に届けられる』機能を持った人間は、つまり正直者の善人と評価される。

実際には『きちんと挨拶をしないと先生に怒られる』とか『老人は近所で有名な資産家だったから』とか『掃いて捨てるほどの金があるから小銭なんぞ興味がなかった』とか、そんな内面の行動理由など誰も気にしない。

同時に、少なくとも記録上では五歳で大学を卒業して博士号を取得し、超能力者《レベル5》の能力開発に携わった鮎魚女《あいなめ》キャロラインだって、機能と機能の詰め合わせによるものでしかない。当たり前だ。一体この世の誰が自分の内面なんかいちいち見てくれた？　自分がこうなったのは、スロットにはめてリストに並べた機能に問題があったからだ。

仲間を侮辱するヤツは許さない。それは私が馬鹿にされたのと同じ事よ。

それだってつまり一言で言ってしまえば、この手で創って仲間に埋め込んだ機能を否定されたら、それを作成した研究者もまた怒るというだけの話。

今でもキャラ弁の写真を捨てられない妹は善人だろう？

今でも形見のサスペンダーを愛用する妹は善人だろう？

今でも姉のために孤独な戦いを続ける妹は善人だろう？

そういう機能を詰め合わせれば、誰だって同じ評価をしてしまうはず。

人間は機能の塊だ。

誰にも心や命を直接確かめられない以上、結局は人間なんて何を思っていようが表に出た行動によってのみ評価される。一と二と三と持っている機能を順番に並べていって、最終的に外の世界に何が出力されるのか。人間個人の定義なんてそんなものでしかない。

人間自体、極論を言ってしまえば考える機能を後付けで手に入れた裸のサルだ。

命の価値を決めるのは機能。

心の性質を知る手段も機能。

だから、最高に優れた機能を完成させて他人に埋め込む行為は、この上ない善行のはずだ。機能と機能の詰め合わせに手を加えて『良《い》い機能』だけで個人のスロットやリストを全部埋めてしまえば、絶対にその人は幸せになれるはずだ。

それができる自分もまた善人としての機能を持っていると判断するべきだ。

間違っているだろうか?

もしそうなら答えを知りたい。それもまた、Angelicaを完成させればきっと分かるはず。

遺伝子の全てを観察し、偶然や空白を排除する。本当に遺伝子はシンプルな足し算引き算だけで制御されているのか。Angelicaなら細胞や染色体の活動をくまなく捉え、わずかでも不自然な流れがあればすぐさま感知できる。それで命とやらの尻尾を摑《つか》めるはず。成功すれば、人間も猫も昆虫も全ての魂が等価値かどうかすら簡単に結論を出せる。まあ結果によっては五分の魂どころか序列の並びが変わる可能性もあるかもしれないが。

さあ、それまではスマホを開いて、一生懸命作ってもらったキャラ弁の写真でも眺めて、素敵な思い出に埋没していよう。後は時間が解決してくれる問題でしかないのだから。

大好きなお姉ちゃん。

そういう機能と機能の詰め合わせを奇跡のバランスで揃《そろ》えた人が出てくる、優しい夢を。

毎日毎日朝早く起きてキャラ弁とか作ってくれるお姉ちゃんだった。
毎日毎日朝早く起きてキャラ弁とか作ってくれるお姉ちゃんだった。
毎日毎日朝早く起きてキャラ弁とか作ってくれるお姉ちゃんだった。

第四章　その鎖は食い千切るためにある

1

八月七日、午前〇時。

台風の目に入り、束《つか》の間《ま》、あらゆる音がなくなった世界で。

ふっ、と鮎魚女《あいなめ》キャロラインが消えた。

「ツッツ!!!?!??」

擦過。

とっさに首を横に振って全力で回避する麦野《むぎの》沈利《しずり》だが、首筋に冷たい痛みが走るのは止められない。だがあと五ミリずれていれば頸動脈《けいどうみゃく》を派手に切り裂かれていただろう。

「検体ゲット☆」

前にも見た、意味不明な空間移動。

鋭く交差した小さな褐色ギャルは小さく笑い、手の中のスマホをくるくると回す。ただでさえ頑丈な耐爆ケース、しかも飾りのウサ耳は丸ごとカミソリに改造された特別製だ。

（ヤツの力は『念写能力《ソートグラフ》』、いきなり消えるとかそれじゃ説明つかねえぞ！　くそっ!!）

だが細かく検証している暇はない。

首の傷を押さえるより早く、麦野《むぎの》はその右手を真後ろに向ける。

『原子崩し《メルトダウナー》』の閃光《せんこう》を叩《たた》き込《こ》む。

ばじゅわ!!　という蒸発音があった。ただし『原子崩し《メルトダウナー》』によるものだけではない。

「きひいははっ!!」

一〇歳の少女の周囲にある壁、床、天井。あらゆるものにどす黒い汚れがこびりつく。規則性のあるラインが描いているのは、まるでバラバラに切り取った映画のフィルムの群れだ。

『念写能力《ソートグラフ》』。

それだけのはずなのに、現実に麦野《むぎの》の一撃は当たらない。

「だっさ！　忘れたの。私は超能力者《レベル5》の開発に直接関わった主任研究者よ。この研究所だって私が一人抜けただけで実質的な機能は停止していた。まして、面倒を見ていたのは『原子崩し《メルトダウナー》』だけだと思いますー？　ひはは！　エモい、エモい、超エモい!!　七人の超能力者《レベル5》は相互に干渉している。私は！　第六位のエッセンスも習得済みなんでぇーすッッッ!!!!!!」

ふっ、と再び鮎魚女《あいなめ》キャロラインの体が消える。右に左に細かくステップを踏むようにしながら距離を縮めてくる。誘われて麦野側《むぎのがわ》が『原子崩し《メルトダウナー》』を雑に放てば一瞬で詰められる。

びしょ濡《ぬ》れで白い肌まで透ける衣服が全身の肌に張りついてとにかく鬱陶しい。いよいよこんなわずかな差異に自分の命が乗っかる事態にまで危難のレベルが跳ね上がってきた。

刃の傷に血の赤。

だけどこんなものでは麦野《むぎの》沈利《しずり》の怒りは消えない。

「おおアッ!!」

掌《てのひら》を前に突き出し真正面から『原子崩し《メルトダウナー》』を解き放つ。

しかし一瞬で鮎魚女《あいなめ》キャロラインの体が消えたかと思ったら、よりにもよって体を振って即死の光を軽々とかわし、一気にこちらの懐《ふところ》へ鋭く飛び込んできた。

「っ、またかよ!?」

首、手首、それに太股《ふともも》。

鋭利なウサ耳カミソリで切り裂ける急所などいくらでもある。

あの麦野《むぎの》沈利《しずり》がとっさに両腕で守りを固める事態になる。脇腹に鋭い灼熱《しやくねつ》が走った。

「だっさー。『原子崩し《メルトダウナー》』のDNAマップなんかもう持ってるし、ぶっちゃけダブりのサンプルとか萎えるだけなんですけどー。まあせっかくだからアーカイブくらいはしてあげるわ。そうだっ、一滴一滴の血の粒をプレパラートに保存して駅前でティッシュみたいに配ってやってもエモくて面白いかもねえ！　ははは世界が思いっきり混乱して!!」

まだ終わらない。

ここでは倒れる事はできない。

床に倒れて放置されている太刀魚《たちうお》メアリーが視界の端に入る。たった一人で『アイテム』四人と真っ向から戦って仲間のために時間を稼ぎ、最後まで信じた鮎魚女《あいなめ》キャロラインからあっさり切り捨てられた誰か。悪党の麦野《むぎの》沈利《しずり》が惜しむくらいの殺傷力の塊。

何かをしてやれ。

悪党ですらないクソ野郎なんぞ『暗部《あんぶ》』でも受け入れられるか。

「ダブりどころか、一度もまともに使ってもらえないまま捨て札扱いされたヤツの気持ちがテメェなんかに分かるのか……？　下部組織のヤンキー使う時だって、勝つための作戦くらいはしっかり練ってからコトに挑むもんだぜ。勝つために冷たく消費する事はしても、最初から袋《ふくろ》小路《こうじ》って分かってる所にドカドカ部下を放り込んでの無駄遣いなんか悪党でもやらねぇよ」

「あっはは｜☆　粋がるなよモルモット、それができるのがエモい研究者サイドでしょ？」

麦野《むぎの》は不快げに瞬《まばた》きする。

念写による情報収集、謎の空間移動、そしてウサギのカミソリ。

鮎魚女《あいなめ》キャロラインの全てを暴いて遮断できなければ、徹底的に切り刻まれるだけだ!!

2

「よいしょ」

ずぶ濡《ぬ》れのまま、滝壺《たきつぼ》はぐったりした絹旗《きぬはた》の腋《わき》に両腕を通して近くの部屋に引きずっていく。あのレベルの高位能力者が衝突していると流れ弾に対する避難にならないかもしれないが、それでも野ざらしにしておくよりはマシだろう。

服がべたべたして気持ち悪い。

気付け薬の炭酸アンモニウムとやらを見つけても意味はない。ひょっとしたらあの念写、脳の表面にびっしりと焼きついたナノ鉄塗料の落書きに効く薬もあるかもしれないが、第一線の(?)闇医者も下手に手を出す事は躊躇《ためら》っていたくらいなのだ。鍵のかかったガラスの棚を叩《たた》き割《わ》り、ケータイの検索エンジン片手に挑むなんて選択肢はやめた方が良《い》いだろう。絹旗《きぬはた》とフレンダについてはひとまず呼吸を阻害しない姿勢に整えてやるのが精一杯か。

麦野《むぎの》沈利《しずり》は滝壺《たきつぼ》に協力を求めていない。

鮎魚女《あいなめ》キャロラインもまた、歯牙《しが》にもかけていないだろう。

だけど、

(……まだやれる)

ジャージ少女は、ポケットから小さなケースを取り出した。

白い粉末を手の甲に落とそうとして、失敗した。不自然な震えを予測できずにそのまま粉末を床に落としてしまう。

「っ」

歯を食いしばる。

額は冷たい汗でびっしょり濡《ぬ》れていた。

それでも。

滝壺理后《たきつぼりこう》もまた、『アイテム』の一員なのだ。

一人で戦う麦野《むぎの》が追い詰められているのは傍目《はため》に見ても分かる。かつて身に覚えのない冤罪《えんざい》事件《じけん》を押しつけられて、人権を剝奪され、実験動物にされる一歩手前まで追い込まれた。そんな状況を壊した人が、また怒りを胸に敵へ立ち向かっているのだ。しくじればきっとアレよりひどい現実が顔を出す。

『暗部《あんぶ》』の悪党であっても自分で仲間と決めた人は見捨てない。ここを守れないヤツはただのクソ野郎だ。

もう一度、滝壺《たきつぼ》は小さなケースを摑《つか》み直《なお》す。

逆の手の甲に白い粉末を落とす。

吐血時の赤はまだ喉の奥に絡《から》みついている。太刀魚《たちうお》メアリーとの戦いの時に起きたあれは滝《たき》壺自身《つぼじしん》も完全に説明できないため、二度目を期待するのはまず不可能だ。

でも諦められるか。悪党の側でも良い、今は使える選択肢を全部並べろ。

（『体晶《たいしょう》』に連続で触れるのは相当キツいけど、ここからでもむぎのの支援はできるはず）

3

鋭い痛みがいくつか連続した。

濡《ぬ》れたカーディガンを脱いで右腕に巻いても、鋭利なカミソリ相手だと大した防御にならない。その間にも鮎魚女《あいなめ》キャロラインは音もなく消え、そして確定でダメージを与えてくる。

また、消失する。

褐色の研究者の謎を解かない限り、最大威力の『原子崩し《メルトダウナー》』でもクソ野郎は殺せない。

何度目かの閃光《せんこう》が見当違いに外れ、クロスカウンターでウサ耳カミソリが空気を裂く。

赤が飛沫《ひまつ》を散らす。

「きはっ、いはは‼　ふふははははは‼　どうしたのぉーご自慢の『原子崩し《メルトダウナー》』は？　当ててみせてよ失敗作、そんないびつな力に育たなければ私の夢はもっと早く叶《かな》ったのに。だっさー、全部アンタが元凶でぇーす‼　人の未来を遠回りでねじ曲げてくれちゃって、そこまでご自慢の能力なら私なんか殺してみなって言ってんのよお‼‼‼」

小さな傷でも重なると危険だ。

体表に青く浮かび上がった太い血管などいくらでもある。

その上、

「っ」

ぐらりと麦野《むぎの》の頭が重たく揺らぐ。視界が暗く澱《よど》む。極限の状況で発汗や血管の伸縮すらおかしくなっている中、ずぶ濡《ぬ》れの体がエアコンの冷風を浴び続けているのだ。凍傷とまではいかないが、低体温症のリスクくらいは出てきてもおかしくない。

でも意識だけは手放さない。

倒れて動けないフレンダ＝セイヴェルンや絹旗最愛《きぬはたさいあい》はあのままにしておけない。気持ちの良い殺傷力の塊である太刀魚《たちうお》メアリーも愚弄はさせない。

己の掟《おきて》に従い、借りは返す。

誰よりも早く西洋式のギャングを吸収して強大な力をつけた麦野本家《むぎのほんけ》をナメてくれるな。

（……大体、読めてきた……）

「っ‼」

一〇歳の褐色ギャルの体が消え、そして次の攻撃がやってくる。

ずぶ濡《ぬ》れの麦野《むぎの》は長い髪の先から水滴を散らし、とっさにテーブルを乗り越えて盾にした。

それっきり、何もない。

　鮎魚女《あいなめ》キャロラインは半端《はんぱ》な位置でウサ耳ケースのスマホをくるくる回していた。

「どうした？　ご自慢の空間移動とやら、間に障害物があると飛び越せないのかよ」

「……、」

　受けた傷は決して無駄にはならない。

　肉なんか好きなように切らせて良い。それで逆転のためのきっかけを得られるならば。

　自分を震えさせてくれた太刀魚《たちうお》メアリーや、背中を預けたフレンダに絹旗《きぬはた》。

　その借りは絶対に返す。

　こんなクソ野郎をのうのうと幸せにしてたまるか。

「そうだよな」

　にたりと笑って、麦野《むぎの》は二人の間に挟まるテーブルを派手に蹴倒した。

　体の傷は治らない。不調はひどくなる一方だ。

　それでも勝利を予感してのアドレナリンの過剰分泌が、束《つか》の間《ま》、暗く沈んだはずの視界をグアッと押し広げてくれる。

「能力は一人に一つが基本だ。アンタが『原子崩し《メルトダウナー》』だの第六位だの色々調べて自分にフィードバックしたとしたって、一つの体に二つの超能力《レベル5》を同時に併せ持つ事はできねえ。つまりアンタは電子系の理論を使った『念写能力《ソートグラフ》』の使い手なのよ。おそらくは目に見えない電子の流れから未来をシミュレーションして磁力で描き出す、一つで説明できる能力。逆さに振っても

『物体を一瞬で移動させる能力』なんて全くの別系統の力は出てこねえんだ」

つまり考え方が間違っていた。

まだ見た事ない能力が隠れている、というのではなく、

「その空間移動は、『念写能力』だけで実行可能な手品だった」

学園都市《がくえんとし》の能力で考えれば、こっちの方が順当。

鮎魚女《あいなめ》キャロラインはスマホを持つのとは逆の手で腰の横、短いスカートに挟んだ菓子箱から新しい細長いチョコ菓子を引き抜いて口に咥《くわ》えながら、

「へえ、例えば？」

「人間は自分から勝手に目を閉じる生き物だ。つまり私達が『瞬《まばた》き』するタイミングに合わせて一歩だけ前にダッシュする、とかな。普通の人間が言い出したら失笑モノだけど、アンタは念写で未来が見える。他人の瞬《まばた》きがいつ起きるか分かれば難しい話でもなくなっちまう」

だから、消えたように見えていた。

実際には麦野《むぎの》の方から自分の視界を短く放棄していただけだが。

人間は瞬《まばた》きを一分間に何回するか知らないが、全部利用できるなら結構な隙になるはず。

ずぶ濡《ぬ》れの麦野《むぎの》は片手で濡《ぬ》れた前髪をかき上げながら、

「念写を使う時、ド派手に床や壁にびっしり写真を焼きつけるのもそのためでしょ。写真は誰でも平等に見られるんだ。ヒントが一枚しかなかったら一発で狙いが露見しちまうから、いら

ない写真を大量にばら撒《ま》いてカムフラージュを施すしかなかった」

「だっさ、せいぜい五段階で星三つ評価ってトコかしら。それじゃつまんなーい☆」

「あん？　つまり瞬《まばた》きは偶然のタイミングを先に読んでいる訳じゃない。光や音、あるいは電気的な刺激。そんな微弱な後押しを使って外から誘発していたって事かよ」

「ははは。『アイテム』側四人が全く同じタイミングで瞬《まばた》きしてくれる訳ないでしょー？　そこには手が加わっているってワ・ケ。そもそも純粋な手品に念写なんぞ必要ありませーん」

となると『原子崩し《メルトダウナー》』をかわした時さえ、彼女は未来を見ていなかった。

全く必要のない未来をデタラメに床や壁へばら撒《ま》いているだけだった。

大量の念写を壁や床に焼きつける事で周囲の模様や色彩を変化させ、錯視や錯覚を生み出して、的確にこちらの照準をずらす。

食蜂操祈《しょくほうみさき》、いいやヤツに化けていた蜜蟻愛愉《みつありあゆ》とやらも使っていた方法ではなかったか。

物理法則を超えた本物の能力が使えるからって、絶対に必ずそれを攻撃の軸にしなくてはならないなんて法則や制約はどこにもない。

「……どこまでいってもくそったれの研究者か」

「ひはは、そうよ能力者。私は能力を使えるエモい研究者、つまんない超能力者《レベル5》でしかないアンタなんかとはそもそもの人種がちがーう。超ウケるでしょ？」

何で武器がスマホなのか、やや引っかかっていたのだ。

特殊なカミソリや耐爆ケースの角ではなく、スマートフォン全体をひっくるめて一つの武器だとしたら？　あれを使えば赤外線や超音波など、様々なオモチャが使いたい放題だ。当人に気づかれず見えない光や空気の震えで眼球の表面へ微細な刺激を与え、その瞬《まばた》きを確実に誘発させるだけの『何か』を用意する事だってできるかもしれない。例えば、野球やサッカーの試合などでたまに見られる、観客席からのレーザー光を使った妨害行為に似た『何か』とか。

小さく、そして邪悪な笑みがあった。

暴かれてなお余裕。

おかしい。敵はこちらの利になる答えをわざわざ発表しないはず。

麦野《むぎの》沈利《しずり》の精神性と密接に関わる『自分だけの現実《パーソナルリアリティ》』をフィードバックして自身の能力開発に応用してきたのなら、悪党の理屈くらい分かるだろうに。

「すごーい大正解。ただこれ、気づいたところで回避はできるかしら。正面からの強い光に目が眩《くら》むのって根性で我慢できる？　あるいは包丁でタマネギ切る時に気合いだけで涙をこらえて目を開けていられますー？」

それに、と。

鮎魚女《あいなめ》キャロラインは四角いスマホで自分の口元を隠しつつ、

「だっさ、忘れたの？　小手先の空間移動以前に、そもそも私の念写は人の脳に直接焼きつけられるんですけどー☆」

つまりその一撃を当てる隙さえ確保できれば。

麦野沈利《むぎのしずり》に絶対回避のできない位置にまで引き寄せられるとしたら。

それだけで鮎魚女《あいなめ》キャロラインの勝利条件は揃《そろ》う。

そのために、

「わざと、念写を必要としない空間移動のトリックを私に暴かせた!?」

「ははははッ!! 謎解き済ませてホッとしちゃった？ だっさ！ その一瞬が最も無防備で、ようやく能力使っての本番で、奇襲するにはうってつけだっつーの!!」

とっさにだった。

お互いに掌《てのひら》を突きつけ合う。

ウサ耳スマホはカムフラージュ、本当は掌《てのひら》を向けて照準していたのか。

以前に見た女貞木《いぼたのき》小路《こうじ》楓《かえで》が、そして何より麦野沈利《むぎのしずり》もそうしているように。

「写真の専門家は被写体から輝きを引き出すものよ。野鳥を撮るなら自然と同化して、料理ならわざと冷まして邪魔な湯気を排除し、人間なら会話でおだてて笑顔にさせる！」

「今のこれも含めてカメラマンの話術だってのかよ、ふざけんじゃねえぞ……ッ!!」

ボッッッ!! と掌《てのひら》から解き放った閃光《せんこう》は、褐色少女の顔のすぐ横を貫いただけだった。

黒が乱舞していた。

小さな褐色少女の周囲、壁や床に無数に巨大な写真が焼きつけられている。

「低能力《レベル1》、『念写能力《ソートグラフ》』!!!!!!」

出会い頭の大型トラックに匹敵する危機感に時間が引き延ばされる。

弱い、と麦野《むぎの》は思わなかった。

ここまできて不自然だ。

正確に未来を読むなんて馬鹿げた規模の能力を持ち、しかも曖昧な主観ではなく誰でも客観的に見て共有できる写真という形に落とし込みながら、それでも低能力者止まり?

学園都市《がくえんとし》のレベル制度は大人達の手によって判定される。あるいは脳に落書きすら焼きつけるその能力はあまりに極悪過ぎて、応用研究で取り上げるにしては扱いにくいと減点をもらった可能性すらある。　未来を知るリターンをはるかに超える凶暴なリスクを管理できないと。

これもまた『暗部《あんぶ》』の戦術。採点方式を知る研究者サイドならこんな調整もできる。

なら本来の純粋なレベルはどこにあるのだ!?

(……ここでしくじれば、太刀魚《たちうお》の仇《かたき》は取れない。フレンダと絹旗《きぬはた》も[redacted]られねえ!!)

『原子崩し《メルトダウナー》』一発で仕留められれば脳にびっしり落書きされる事もなく安全を確保できる。ただし麦野《むぎの》の顔は渋面だった。そもそもヤツは『念写能力《ソートグラフ》』を壁や床にびっしり展開して錯視や錯覚を誘発し、こちらの照準をかき乱してくる。直線一本の閃光《せんこう》なんて容易《たやす》くかわされた。これでは何回やっても同じだ、ヤツはクロスカウンターで必殺の一撃をお見舞いしてくるはず！　その一発に麦野《むぎの》沈利《しずり》はどう対応する？　彼女の方に回避手段は何もないのに⁉

そもそも要点を間違えていた。

暴《あば》くべきは作り物の空間移動ではなく、とことん攻撃的に使ってくる『念写能力《ソートグラフ》』にどう対処すべきかを最優先で考えるべきだったのだ。それを手前に置かれた防波堤にまんまと引っかかって有限の思考時間を全然別の所で使い尽くした。これでは対処不能に陥って当然だ。

（どの時点から、どこまで読んでいやがった、こいつ……ッ⁉）

「答えは全部」

鮎魚女《あいなめ》キャロラインは口には出していない質問にまで答えを言い放ち、パキンと口の端のチョコ菓子を噛《か》み切《き》った。

「私の『念写能力《ソートグラフ》』は直近の未来をライブ配信しながら戦うような実戦向きじゃない。だけど遠い未来をじっくり写す事にかけては右に出る者なんかいないっつーの！　あっはは、超ウケる‼　アンタのつまんない敗北なんぞ最初にかち合う前から撮影済みでぇーす。だっさ、そうでもなけりゃ貴重な主任研究者サマがわざわざ低次元な現場なんぞに現れるかッ‼」

ダメだ。

ヤツの必殺が牙を剝《む》く。手持ちの『原子崩し《メルトダウナー》』では食い止めらない‼

「ほ、ん、と、に、そ、う？」


横から別の声があった。あまりにも普通に。

そう思った時、麦野《むぎの》沈利《しずり》の鼻腔《びこう》に何か違和感があった。

(致命的な時間の流れが、戻……？)

空気に流れてきた何かを吸い込んだ。直後に全身の血液が沸騰したような痛みが走った。

鮎魚女《あいなめ》キャロラインじゃない。

これぱっかりはあの女の攻撃じゃない……ッ!?

(がっ、ば？)

「あああああアアアアアアアアアアアああ!!!!!!」

手元で凝縮していた閃光《せんこう》がいきなり爆発した。

能力の暴走。

しかも偶然頼みじゃない。人為的にそれを引き起こせる物質を麦野《むぎの》は知っている。

「これ、まさか……」

そして向かい合う鮎魚女《あいなめ》キャロラインもまた呆然《ぼうぜん》としていた。

こんな無秩序な暴走だけは、ご自慢の『念写能力《ソートグラフ》』にも写らなかったのか。

凶暴すぎる殺傷力が咲き乱れ、束の間《つかのま》、世界が見えないレールから明確に脱線した。

「『体《たい》し

まともに貫いた。

腰の辺りに太い閃光《せんこう》が突き刺さり、小さな少女の下半身がまとめて蒸発した。

むしろ無音の時間に似ていた。

「……フレンダときぬはたを助けたい。むぎのには口が裂けても言えないでしょ？」

そんな中、確かに声があった。

「だから代わりに言ってあげる。私は『アイテム』の一員、むぎのにできない事を補うのが私の役割なんだしね」

4

鮎魚女《あいなめ》キャロラインの上半身がずぶ濡《ぬ》れで汚れた床にべちゃりと落ちていた。太刀魚《たちうお》メアリー同様、傷の断面が炭化したせいで即死できなかったらしい。決着後に反撃のリスクが残る以上、これは要改善かもしれない。へばりついた塊からわずかな呻《うめ》き声《ごえ》が聞こえる。麦野《むぎの》も麦野《むぎの》でただでは済まなかった。全身がひりひりと痛い。体の半分以上はうっすら火傷《やけど》をしているかもしれなかった。それでも今は、鮎魚女《あいなめ》キャロラインだ。

事故や暴走で終わらせてたまるか。

あの悪党にもなれないクソ野郎だけは、この手でトドメを刺す。

そうしないと踏《ふ》み躙《にじ》られた太刀魚《たちうお》メアリーが報われない。フレンダと絹旗《きぬはた》の借りも返す。

ここできちんと終わらせて。

元あった暮らしに戻る。

『原子崩し《メルトダウナー》』は鮎魚女《あいなめ》キャロラインが完成させた。その超能力《レベル5》に依存して『暗部《あんぶ》』で生き抜いてはいるが、感謝の念ではこいつの所業を許せそうにない。

悪党であっても踏んではいけないタブー、最後の一線をイカれた天才は軽々と越えた。

これを裁くのが『アイテム』の存在意義だ。

表の世界に出してたまるか。

ここで、この最後の瀬戸際《せとぎわ》で確実に押《お》し留《とど》めて抹消する。

ずぶ濡《ぬ》れの麦野《むぎの》は腕に巻いたカーディガンを着込んでいきながら、

「年端《としは》もいかないガキなら、何をやっても許されるとでも思ったの？」

「だっさ……。アンタに返すわ」

「特別な人間で才能持った自分だけは何をやっても罪には問われないって。そんなはずねえ。上半身だけでも自分の胸に手は当てられるだろ。アンタのそれは、ただの自業自得《じごうじとく》よ」

「ブーメラン」

腐っても『暗部《あんぶ》』の悪党か。

上半身だけになって、もう助からないと分かって、鮎魚女《あいなめ》キャロラインは無意味な命乞いはしなかった。すでにいない誰かに謝ったり、さっさと楽にしてくれとも頼まなかった。

一つでも、悪性の爪痕を残す。

そんな意志だけで小さな褐色ギャルが邪悪に笑う。

「……行きずりのお仲間がそんなに大切？　だっさ、つまんないわー。どうせみんな、いつかは卒業していくよ。根っからの悪党であるアンタだけを取り残して。このちっぽけな暗闇で、アンタは一人ぼっちにされるんでぇーす☆」

「機能？　スキル？　そんなもんでしか人間を測れなかったお前が、偉そうな事言うな」

「だったらなに？」

「じゃあ結局は、毎日毎日キャラ弁を作ってくれたとかいう姉貴が何を思ってそんな事をしていたか、その内面までは何にも理解できていなかったって話なんだろ」

「……、」

「妹がこうなるのも納得だ」

吐き捨てるように、麦野沈利《むぎのしずり》は言ってのけた。

「少なくとも、こんな妹になってほしくはなかった。顔も名前も知らねえ姉貴がそう考えていたのは確定よ。だから必死になって毎日毎日当たり前の愛情を注いでやっていたんだ。いくらでも不正を思いつける研究者。そんな怪物がそれでも道を間違えないように、たっぷりと。なのに、もし本当に何一つ伝わっていなかったのなら、化け物がこうなっちまって当然だ。人生削って色々我慢して、出てきた答えがこれじゃ姉貴も丸っきり無駄死にだな。よりにもよって家族の墓に唾吐きやがって、こんなのある意味姉貴もテメェの被害者だぜ」

音はなかった。

だけど初めて、くしゃりと鮎魚女《あいなめ》キャロラインの顔が歪《ゆが》んだ。

でももう状況が救済を許さない。

こいつは太刀魚《たちうお》メアリーを無慈悲に切り捨て、フレンダや絹旗《きぬはた》の命を握っている。『念写能力《ソートグラフ》』を解除する気がないなら、仲間達にやった脳の落書きは元凶を殺して消し去る方に賭けるしかない。

鮎魚女《あいなめ》キャロラインの方も理解しているのだろう。

「破滅、しなよ」

震える唇から溢《あふ》れたのは、呪いだった。機能やスキルではなく、本当に初めて胸の内から湧き出た人間の情はそれだったのか。

だとしたら、この小さな研究者は種を蒔《ま》いて水を撒《ま》いても何も育たない、不毛の地だ。もう黙るべきだ。

一体どこまで死んだ姉とやらにその人生は無意味だったと突きつけるつもりなんだ。太刀魚《たちうお》メアリーだってそう。信じて注いだ分だけ損をするなんて、ひどい荒れ地だ。

「アンタは、『暗部《あんぶ》』でも生き残れはしない……」

痛む体を引きずって、麦野《むぎの》は鮎魚女《あいなめ》キャロラインを見下ろした。

掌《てのひら》をかざすと、そこに凶暴な閃光《せんこう》が凝縮されていく。

「何しろ超能力者《レベル5》っていうのは、一人で成長できるほどエモい代物じゃない。周りの研究者が血眼《ちまなこ》になって研究や実験を続けてくれるから伸び代をキープできんのよー。だっさ、私のいない抜け殻の研究所は見たでしょ。あれがアンタの末路でぇーす。まだまだ伸びるはずだったのに、私を殺してしまったばっかりに、アンタは成長の芽を自分で枯らす羽目になった。超ウケるでしょ？　この先、『原子崩し《メルトダウナー》』は追い抜かれていくだけよ。逆転のチャンスなんか一個もない。だっさー……。寄ってたかって食い物にされなよ、逃げ場のないお嬢さん？」

わずかな静寂だった。

そして麦野沈利《むぎのしずり》ははっきりと言う。掌《てのひら》の閃光《せんこう》も消さずに。

「……お前を殺せるなら惜しくねえよ、そんなもん」

断言だった。

第二の太刀魚《たちうお》メアリーは創らせない。二人目の麦野《むぎの》沈利《しずり》もいらない。

絶対に。

このどす黒い闇は、自分一人で背負えば良い。

「アンタが何を言おうが、このまま凶悪犯を自由にしておくよりは一億倍マシだ。『暗部《あんぶ》』の悪党でも人の情くらいは理解する。義に従い秩序を守って他者の権利を尊重し共に社会の中で支え合って生きていく。そういう当たり前の事ができなかった本物の落ちこぼれとして、日向を歩く普通の人達には敬意くらい払うもんだ。お前はその段階からしてすでに踏み外してる。テメエがやったのは善どころか悪とも呼べない、ただの尊厳の破壊よ」

「へえーそう？」

小さく笑って。

邪悪な研究者はこう言い放った。

「じゃあ笑いなよー、アンタは正義側に立って自分の可能性を全て失ったんだから☆」

これで終わり。

だけど唇を動かしたのは麦野《むぎの》沈利《しずり》だけではなかった。うっすらと笑いながら鮎魚女《あいなめ》キャロラインもまた凶暴な超能力者《レベル5》へ掌《てのひら》を突きつけたのだ。もう下半身が消し飛んでいて、何をやっても死ぬ状況からは逃れられなくても、お構いなしに。

二人揃《そろ》って。

二つの言葉と必殺の攻撃が同時に重なった。

ブ・チ・コ・ロ・シ・か・く・て・い・ね。

終章　もしここで、何かが一つ変わってくれたら

八月八日だった。

移動の速度はかなり遅いという話だったが、台風一一号は無事に学園都市《がくえんとし》から通り過ぎていったらしい。

街路樹が折れたり風力発電のプロペラがビルの窓に突き刺さったりと、台風直後の学園都市《がくえんとし》はなかなか世紀末な風景が広がっていたが、それでも頭上の青空を見てホッと安堵《あんど》の息を吐いている人も多い。地べたも建物の壁も未《いま》だにずぶ濡《ぬ》れだったが、太陽が高い位置まで昇ると今度は蒸し暑くなるかもしれない。警備ロボットや清掃ロボットものんびり通行している。

麦野《むぎの》沈利《しずり》は街を歩いて、道すがらにある小さな花屋に入った。

毎日結婚式やってますといった感じのチャペルと高級車のディーラーに挟まれたなかなかの立地だ。これだと学校近くの自転車屋さんみたいに一点の尖《とが》った需要が期待できるはず。

「いらっしゃいませー、何かお決まりの品種はありますか？」

「特には。今から見舞いに行くから何か適当な花を束ねてもらえる？」

？　とエプロン装備の若い女性店員さんはキョトンとしていた。

近くに大きな病院がないので不思議に思っているのかもしれないが、麦野《むぎの》が言っているのは(太刀魚《たちうお》メアリーに襲撃されておきながら、しぶとく生き残っていた)闇医者の方だ。ご近所のウィークリーマンションが何部屋かまとめてしれっと使い捨ての病室に作り替えられている事など普通の人は知らなくて当然。

麦野《むぎの》はさっさと早口で流した。

「そんなに重く考えなくて良いよ全員ちょっとした怪我《けが》だし多分今日明日には退院だから」

「はあ。これは不躾《ぶしつけ》ですけど、ご予算の方は？」

「アレに払えるのはせいぜい一万くらいが限界かな？　それ以上は流石《さすが》に馬鹿馬鹿しい」

「ふえー、まんさつ。太っ腹ですねえ」

「三人分を一括にしてもかよ？　そうそう、後で分解してそれぞれの花瓶に突き刺すからチョイスはそこんトコもよろしく。一つ一つにしてもそこそこ目立つ花でね」

「了解でーす☆」

甘々《あまあま》ボイスな女性店員さんがオススメを何種類か見繕ってせっせと花束を作ってくれた。縁起の良い《い》悪いはガキの頃に『本家』で散々学んできたはずなのだが、使わない知識は錆《さ》びるものだ。もっとも、あれは冠婚葬祭のお作法というよりは『殺すべきクソ野郎に死刑宣告として贈る花の組み合わせに相応《ふさわ》しいものは何と何か？』といった設問だった気もするが。

（……菊と黒い薔薇《ばら》で和洋ごっちゃにしたら、じいさまから珍しく頭撫《な》でられたっけ）

「できましたっ。花束はこんな感じでいかがでしょう？」

「ご苦労さん」

チップも兼ねてお金を多めに払うと、花束を受け取って店の外に出る麦野《むぎの》。

太刀魚《たちうお》メアリーとの戦闘で倒れた絹旗最愛《きぬはたさいあい》とフレンダ＝セイヴェルン。それに滝壺理后《たきつぼりこう》も『体晶《たいしょう》』の負荷に耐えられずダウンした。ただ、あれだけの事があったにも拘《かかわ》らず軽傷で済んだのは幸いだっただろう。特殊な鉄のインクを使った脳の落書きは患者自身の生体電気に支えられてしまうという話だったが、鮎魚女《あいなめ》キャロライン死亡時に撒《ま》き散《ち》らされた微弱で特殊なノイズが広範囲に広がり、被害者達の頭蓋内模様をまとめて崩して消し去った、との事。『念写能力《ソートグラフ》』使用者が死亡すれば脳の落書きも解除される。ひとまず闇医者の仮説が正しくて何よりだ。

勝てる理由を探す方が難しいくらいの相手だった。

そっと息を吐いて花束を肩で担《かつ》ぐと、麦野《むぎの》の携帯電話が鳴った。

『電話の声』だった。

「なに？」

『アンタに報酬を支払う自分自身の矛盾に魂が引き裂かれそうなんですけど、こいつときたら……？　ひとまず鮎魚女《あいなめ》キャロラインと太刀魚《たちうお》メアリーの死亡はこっちでも確認したわ。ただし損害がデカ過ぎる。あの研究所、いったん閉鎖してよそに移すからそのつもりでね』

「どっちみち、鮎魚女《あいなめ》キャロラインがいなけりゃ有名無実で空回りしているだけの無意味なハコモノでしょうが」

『まーね。ちなみになんだけど、まだ残っているモヤモヤがあるなら今の内に全部吐き出しておけば？　祝☆　撃破記念って事で今だけ特別にいくつか質問に答えてあげても良いわよ』

「特には」

『マジで可愛《かわい》くないわね、こいつときたら。ほらほら例えば宙ぶらりんのアレはどうなの？　鮎魚女《あいなめ》キャロラインが開発していたのは「原子崩し《メルトダウナー》」だけじゃない。相互に影響を及ぼしている超能力者《レベル5》の中で、第六位も一緒に手を加えていたって話』

「どうせブラフでしょ」

『じゃあ半年前に鮎魚女キャロラインが研究所から弾き出された時、裏で密かに第六位が暗躍していたらしいって話は？』

麦野沈利《むぎのしずり》はわずかに沈黙した。

やりすぎてクビにされたという話だったが、研究所にいた大人《つまらない》の職員だけであれほどの化け物を具体的にどうやって締め出したのか。それは確かに説明がつかなかったけど……。

鮎魚女《あいなめ》キャロラインが第六位についてあれこれ吹いていたのもその辺りか。

確か蜜蟻愛愉《みつありあゆ》とかいう精神系能力者は、何かしらの理由があって恨みを持っている食蜂操《しょくほうみさ》祈《き》を貶《おとし》めるために『暗部《あんぶ》』界隈《かいわい》で彼女のふりをしていた。

精神性は似たり寄ったりだ。

『アンタ近づいてるよ、こいつときたら』

「……、」

『まだ直接的には関わっていないけど、嫌なところでカスッてる。この界隈《かいわい》、特に自分から探りを入れている訳でもないのに勝手に接点ができて巻き込まれるってのが一番ヤバいのよ。引力を感じるでしょ。これ、相関図の中心は多分アンタじゃなくて第六位よ。悪党が触れてしまえば超能力者《レベル5》であっても必ず死ぬ。実際今までいくつかのケースは断片的に見てきたわ。それはもう安全地帯、時系列や事象の順番、神様のシステム、そういう目には見えない何かを脇にどけてでもヤツは悪党の人生にトドメを刺す。……「暗部《あんぶ》」は意外と非科学的で不確かなツキやゲンがものを言う世界ってのはアンタも肌で感じてるわよね？　表面に出てるよりもヤバい兆候だとは思うけど』

『暗部《あんぶ》』の天敵第六位。

おそらくは迂闊《うかつ》にも直接的に接触すれば、その時点であらゆる悪党を破滅させる何か。

「どっちみち興味ねえ」

『ほんとに本気で可愛《かわい》くないヤツ』

あんまり驚いているリアクションでもないが。

『簡単にくたばるんじゃないわよ、こいつときたら。アンタが壊した「事業《プロジェクト》」はそのまま借金になる。だから取り戻すまではこき使うつもりだから、そのつもりで。これはアンタのわがままから始まった負債よ。返済には責任を持ってちょうだい』

「結局何が言いたい？」

『チョー信頼してるぅー☆　アンタ達は優れた競走馬で、私は大金払って競《せ》り落《お》とした馬主サマってトコかしら。あっはっは、場末の馬車馬になりたくなけりゃせいぜい結果を出し続ける事ね、こいつときたら。有用であり続ける限りは現役でいられるわよ？』

「そういえば今だけ特別にいくつか質問に答えてくれるんだっけ」

『何よ、こいつときたら』

「不躾《ぶしつけ》だけどアンタ妹とかいない？　声質は全然心当たりないんだけどもうちょっと若い、そう、その口調の抑揚はなんかどこかで聞いた事あるようn」

ブツッといきなり通話が切れた。

大都市のど真ん中だというのに何故《なぜ》か画面端のアンテナマークが圏外になっていた。

「？」

まあいいか、と麦野沈利《むぎのしずり》は適当に流した。金の亡者《もうじゃ》は黙っていても勝手に向こうから連絡を入れてくるはずだ。

これも『暗部《あんぶ》』の引力。

信用ならない連中なら黙っていてもやってくる。

その上で活路を見出《みいだ》すとしたら、今回の戦いに全部詰まっていると思う。

実力的にも戦略的にも一回りも二回りも大きかった『ハニークイーン』の二人にどうして麦《む》野《の》達《たち》『アイテム』は勝てたのか。そのイレギュラーな部分に目を向けて深く分析をしてみるべきだ。

つまりは、

(……信用ならない連中、じゃなかったからかね)

誰に聞かれているか分かったものではないので、迂闊《うかつ》に口に出すつもりもないが。

花束を手に、麦野《むぎの》沈利《しずり》は改めて『病院』へ足を向ける。

滝壺《たきつぼ》理后《こう》。

フレンダ＝セイヴェルン。

絹旗《きぬはた》最愛《さいあい》。

あの三人がいなければ、あの三人と違った形で結びついていたら、きっとあの台風の夜を越えられなかったのは事実だろう。

「ふんふん♪」

適当に鼻歌を歌いながら、麦野《むぎの》沈利《しずり》は音楽プレーヤーを取り出す。中に入っているのはカセットテープだが、サブスク音源をわざわざ録音し直した代物とは違う。

Angelicaに関する鮎魚女《あいなめ》キャロラインの研究データを詰め込んだ、デジタルカセット。

上には提出しないで懐《ふところ》に忍ばせていたのだ。


『じゃあ笑いなよー、アンタは正義側に立って自分の可能性を全て失ったんだから☆』


あのクソ野郎はしたり顔で呪いを吐いていた。

だけどそんな事で止まる超能力者《レベル5》『原子崩し《メルトダウナー》』ではない。

麦野《むぎの》沈利《しずり》はデジタルカセットを取り出すと、その角に口づけし、それからニヤリと笑う。

死者の墓荒らしに手を染めて。

不吉な予言を跳《は》ね除《の》け。

悪女は告げる。


「……ま、最強への道はここから再起動《リブート》かな？」

あとがき

そんな訳で二冊目です。

鎌池《かまち》和馬《かずま》です!!

今回は超能力者《レベル5》・麦野《むぎの》沈利《しずり》の携わっている研究計画に軸を置いて、機密資料窃盗団『ハニークイーン』との戦闘を繰り広げる話にしています。一巻と違って外にいる敵を追い回すのではなく、麦野《むぎの》の中へと切り込んでいく構成ですね。

今回の犯罪テーマは詐欺や騙《だま》し。ネット結婚詐欺師の鮎魚女《あいなめ》キャロラインが分かりやすいですが、『アイテム』側も潜入調査という形で敵を騙《だま》しにかかっています。目的が正しければ嘘《うそ》は許されるのか。それは誰が決めるのか。この辺ややこしいですが、絹旗《きぬはた》の言っていた『人を騙《だま》して喜ばれるのは映画産業だけ』というのもスタンスとしてはアリかもですね。

敵ボスの鮎魚女《あいなめ》キャロラインは木原《きはら》数多《あまた》と一方通行《アクセラレータ》の関係性を結構意識しました。見た目がギャルっぽいのもそのため。天才の完成に関わってしまったら良くも悪くも人間って歪《ゆが》みそうだよね、と。お互いに影響し合っていて似ている所がたくさんあるんだけど、それでもどうしても根っこの部分で相容《あいい》れずに激突していく描写をきちんと描けていたら良《い》いのですが。

その上で一見お美しいエピソードを抱えているけど、でもそれだけでは終わらない歪《ゆが》みやねじれを強く表現できないかと思って人物像を作っていきました。そういえば、特に大人の研究者サイドでカンニング上等《じょうとう》の不正エリートはこれまでのシリーズでいなかったよな？　と。学園都市流《がくえんとしりゅう》のゲテモノ次世代カンニングと未来を先読みする『念写能力《ソートグラフ》』を組み合わせると面白い個性になりそうなのと、何を写すかではなく何に写すかに軸足を置いたのがポイントです。

悪の頂点である麦野沈利《むぎのしずり》が一番嫌悪《けんお》するのはどんな敵かな、と考えた時に、善人でも悪人でもなく『暗部《あんぶ》』に属していながらその線引きを曖昧にして好き勝手に行ったり来たりするクソ野郎なんじゃないかなと。笑って騙《だま》す邪悪な敵、いかがでしたでしょうか？

また、一巻は四人（＋1）VS四人の『アイテム』合戦だったので、今回は意図的に人数に偏りを生んでいます。そうなると必然的に人数少ない方が強キャラになっていくはず。鮎魚女《あいなめ》キャロラインと太刀魚《たちうお》メアリーはどっちも複数の攻撃方法を持ち、単独で『アイテム』を全滅させかねない可能性を持っていましたが、皆様はどっちが怖いと思いました？　あと行間パート、もしキャラ弁の話が初めて出てきた辺りでほだされてしまった人がいるなら、あれは『オタクに優しい家庭的なギャル』という機能の詰め合わせでしかないので注意するように。一〇歳の天才ネット結婚詐欺師ちゃんにまんまとやられてしまいますよ！

時系列で言ったら過去なんだけど、学園都市《がくえんとし》のテクノロジーははるか先に進んでいる。という訳で、実は一巻からドローンではなくUAVという言葉を使うなど、若干古臭い言葉をわざと復活させています。今回は誰かさんの話し方が新旧混じっていたり、カセットテープだったり、後はSDIとか。調べてみるとなかなか無茶な事を考えていたみたいですが、あれから数十年経《た》って基板も部品もすっかりお安く小型化した今、案外改めてやってみたらすんなり完成してしまうかも……？　と思うとちょっと背筋が冷えたりします。昭和レトロブームはこっちの方向には流れてほしくないなあ、と。

多連装ロケット砲の元ネタになった米系の兵器も、開発自体だけなら結構古かったはず。あれをへそくりみたいに隠し持っている辺りが『暗部《あんぶ》』爆弾魔クオリティという事で、こっちで後ろ暗い専門職を名乗ってる連中の一個の基準にでもしていただけますと。

あとテクノロジー関係では、水上オートバイが出せて満足です。水上オートバイとかスノーモービルとか、何故《なぜ》かあの流線形に心を持っていかれるんですよね。

それから今回はこいつときたらの『電話の声』がいよいよ演技なし、素の状態での本領発揮です。一見冷酷な策士なんだけど、一巻を改めてお読みいただければ実はアドリブに弱く一般人の死に直面すると利害とは関係なく思わず道端に花を供えてしまうなど、イロイロ脇が甘いところにもお気づきになるはず？　特に（　）の心の声には注目なのです。

イラストのニリツさんと担当の三木《みき》さん、阿南《あなん》さん、中島《なかじま》さん、浜村《はまむら》さんには感謝を。世の中何にも怖くないワル少女達が薄着でずぶ濡《ぬ》れ汗だくすけすけ祭り！　……こいつほんと何言ってんだと思われるかもしれませんが、色々付き合ってもらってありがとうございました。一巻が太陽ギラギラだったからちょっと違った夏の顔を見せたかったんです!!　ただ、濡《ぬ》れ透《す》けってもしかしたらモノクロで描かれるのは苦労されるかも？　あと何気に一冊で陸海空の乗物全部制覇するオープンワールド仕様で挿絵も大変だったと思われます……。

それから読者の皆様にも感謝を。過去と現在の繋《つな》がりに重きを置いていた一巻でしたが、こちらでは過去と過去の繋《つな》がりでもリンクを張り巡らせています。本編に依存するだけでなく、このシリーズの中だけで生きた世界が動き始めたのは皆様の応援のおかげで無事に二巻を出せたからです。ありがとうございました!!

ではひとまずこの辺りで本を閉じていただいて。
次回も表紙を開いてもらえる事を祈りつつ。
今回はこの辺りで筆を置かせていただきます。

あ、『暗部《あんぶ》』編《へん》は登場人物の消費が激しいなあ……

鎌池《かまち》和馬《かずま》

「はいはーい。ご希望の通り第一四学区の研究施設は閉鎖しました。粒子加速器フラフープの優先使用権は正規管制センターに一任します。まあ元々鮎魚女《あいなめ》キャロラインをうっかり追放してしまった時点で無用の長物でしたからね。金食い虫をようやく一個駆除ってトコですか」

『「原子崩し《メルトダウナー》」、例の麦野《むぎの》沈利《しずり》の方は？』

「順調です。遺伝子を工業的アプローチで自由自在に切断する麦野《むぎの》沈利《しずり》のAngelicaとAIM拡散力場経由で『自分だけの現実《パーソナルリアリティ》』の書き換えにまで手を伸ばす滝壺《たきつぼ》理后《こう》。始点は異なる分野であり同一の最終到達点を設定したのは、つまりそういう事でしょう？　しかしまあえげつない、同系統能力を並べて片方を剪定した食蜂操祈《しよくほうみさき》と蜜蟻愛愉《みつありあゆ》とは似て非なる対比実験ですね」

『何の事だか分からないよ』

「えっ？　あっはっは、今さら何を。全部分かってますって。どっちかが超能力者を生み出す超能力者として完成さえすれば、もう片方はどうなっても構わない。そういう互いを高めて潰し合うためのストレスケージでしょう、『アイテム』って。わざわざ冤罪事件《えんざいじけん》からの救出なんてクサい演出して敵同士の絆《きずな》を高めてくれちゃってー☆」

『二度言わせるな』

「はいはいはい。じゃあ引き続き『アイテム』は通常観察という事でよろしいですか？」

『うむ。ひとまず一二名の過半数は間違いなく獲得するだろう。それからこの街の王もまた、賛同だ。一票二票の甘ったれた反対票があったところで今さら大勢は動かんよ』

「遅かれ早かれいつかは破裂するのが前提なのに必死になって大変ですねえ。麦野《むぎの》沈利《しずり》も」

『……、（カチャカチャ）』

「……えっとお、これ食器の音かな……。お、お行儀悪いですよー？　一応の結果は出したんですから、ひとまず喰わないでおいてくれますよねえ？　へ、えへへ、にゃ、亡本《なきもと》しゃん」

八月九日、第一三学区だった。

台風が無事に過ぎ去ったので、今日は縁日だ。科学信仰が著しい学園都市《がくえんとし》では本気で祖霊や神様に奉納する意味でのお祭りは珍しいが、形だけでも楽しむ風習は一部で残っている。盆踊りに使うやぐらや提灯《ちょうちん》の列、でっかい和太鼓なんかは（この街なりに）宗教関係に強い第一二学区からわざわざ運んできた代物だ。

「おねえちゃーん」

フレンダの方に走り寄ってきたのは七歳になる妹だ。自分で着られるはずはないのでおっとりコスプレ寮母さんにでも着付けをしてもらったのだろうが、すとんとした一本の筒みたいな浴衣《ゆかた》で無理に走るとあちこちはだけそうで早速危うい。

全く気づいてねえ我が家の姫は右手に綿菓子、左手に金魚すくいの戦利品を手にしたまま満面の笑みで飛びついてきて、

「うりゃ！　大体お姉ちゃん確保だ‼　このまま仲間にしちゃーう☆」

「待って綿菓子が服にくっつく⁉」

「大体すごいなニッポンのお祭りは！　ニャオンマネーのケータイをかざすだけで何でも買え

ちゃう！　にゃおーん☆」

「……結局いつの間にかこんな日本の伝統にまでハイテクが侵蝕《しんしょく》してるし、お金払ってる感の薄い電子マネーまで使って小学生のお財布を容赦なく狙ってやがるのか縁日の屋台どもめ」

「へへへー、お寺のお祭り体験会ですって。やるぞ盆踊りまくるぞ！　大体お姉ちゃんこれ持ってて、両手はフリーにせねばならぬ！」

「はいはい。というか金魚とか大丈夫？　結局生き物飼う覚悟はちゃんと決めてる訳ー？」

「ふふん、ミケランジェロとジェラルディーンも面倒見ているから大丈夫だし」

そういえばすでにカブトムシがいたか。金魚とはケンカしないだろうし、どっちも餌やりは一日何度もやらんで良いので学校が始まって日中学生寮を空けても問題ない。毎日の外出やお散歩もいらないし。ひとまず信頼して良いかもしれない。

同じく浴衣姿《ゆかたすがた》の同級生がおずおずと声を掛けてきた。こっちはきちんと抜き襟にしてうなじを見せつけ片手の団扇《うちわ》で口元を隠して、と結構しっとり成分多めだ。まだ七歳なのに生意気な、とフレンダは思う。上品かよ。

「あ、あのう。先生達が呼んでるよ……？」

「うす!!　それじゃ行くよアズミ、ダンス動画でお手本たくさん見たからもう大丈夫。大体私がいなくちゃニッポンの盆踊りは始まらないのだ!!」

学校の教室単位のプログラムなので、フレンダは安心して妹を任せる。運動会のお父さんモードにならなくても学校のイベントなら教員の誰かが記録の動画は撮ってくれるだろう。

と、隣に知り合いが立った。

浴衣姿《ゆかたすがた》のグラマラスな少女は、

「あれ？　珍しいじゃん麦野《むぎの》。結局アンタがこういう季節のイベントに顔出すなんて」

「……なんかそっち、すごい格好してるね。それなに？」

「なにって結局浴衣《ゆかた》ですけど？　デメテル&アフロディテの新作」

両手を広げてほれほれと自分のカラダを見せびらかすフレンダは、浴衣《ゆかた》なのにミニスカートがあって花魁《おいらん》みたいに肩も出して、挙げ句にあちこちフリルやレースで飾られていた。老舗の大将が何かとコラボした大変お上品なアボカド寿司《すし》、といったニュアンス。歴史も伝統も粉微塵《こなみじん》だけどデザイン自体は悪くないので文句の取っかかりが見えない、とでも言うか。

「まあ妹は向こうで盆踊りの体験中だから、結局今なら話を聞いても良いけど？」

「なにが？」

何となく四角い公園管理室の裏手に歩いて回りながら、だ。

『暗部《あんぶ》』の二人の会話は続く。

「……いや、『あの』麦野《むぎの》がわざわざ夏祭りなんかにやってくるのは変な話だからさ。結局さっきはぐらかされちゃったけど、それは麦野《むぎの》のルーチンとは違う訳よ。ガラにもない事をやっているって事は、壊れているんじゃない？　いつものフローチャートが。麦野《むぎの》が思っているよりも、麦野《むぎの》の中に見えないダメージがあるんじゃないかなって」

「……、」

「結局さ」

本人が気分転換を求めている以上は胸の中に重たいものが必ずあるはずなのだ。

フレンダ＝セイヴェルンは改めて切り込んだ。

覚悟を決めて。


「なんか我慢してない、麦野《むぎの》？」


とすっ、という柔らかい衝撃があった。

麦野《むぎの》沈利《しずり》が自分よりも一回りは背が低いフレンダの薄い胸に額を押しつけてきたのだ。

そのまましばらくあった。

ややあって、

「……悔しいよ」

ぽつりと、出た。

本来なら絶対にあり得ない麦野《むぎの》沈利《しずり》がいた。

『……お前を殺せるなら惜しくねぇよ、そんなもん』

そうすべきだと思った。

正々堂々と戦って同じ時間を歩こうとした相手から踏《ふ》み躙《にじ》られた太刀魚《たちうお》メアリーの借りを返すためにも。

ただでさえダウンしていたフレンダや絹旗《きぬはた》が追い討ちを受け、脳に落書きを焼きつけられた仲間を助け出すためにも。

麦野沈利《むぎのしずり》には、絶対に鮎魚女《あいなめ》キャロラインと決着をつける必要があった。

半端《はんぱ》な結果なんて許されるものではなかった。

たとえ『暗部《あんぶ》』の底にいたって。

彼女が自分で選んだのは、絶対に正しい選択肢のはずだった。

だけど。

それでも。

『アンタが何を言おうが、このまま凶悪犯を自由にしておくよりは一億倍マシだ』

全部分かっていても。

どうしても、だ。

正しい道を選ばなかった架空の自分を羨む心を、超能力者《レベル5》は否定できない。

結局は、その怪物も一人の少女でしかなかった。

自分の感情を完全に正確にコントロールできる人間なんか、いてたまるか。

「私だって悔しいよ。これ以上能力が伸びないって何だよ」

超能力者《レベル5》が無能力者《レベル0》に吐き出すにしては、毒が強過ぎる言葉だったかもしれない。

だけど麦野《むぎの》沈利《しずり》はもう止められない。

どろどろの感情が口から溢《あふ》れ出《だ》す。どうしようもなく。

「第一四学区にデカい研究所があったろ。私の未来を詰め込んだ馬鹿デカい建物だ。今日行ってみたら跡形もなくなっていたよ。一時閉鎖なんかじゃない!! フラフープも単なる粒子加速器だって……。『原子崩し《メルトダウナー》』の研究を今どこでやっているのか私は知らない。自分の能力なのに! いいや、きっと大人達は誰も移行してない!! 次なんかないんだ!!!!!!」

こうなる事は分かっていた。

だから上にも報告をしないで回避のための策を練ったはずだった。

しかし、それさえも、

「……デジタルカセットがあるんだ。Angelicaを完成させるのに必要なデータは全部手元にある。なのに意味なんかなかった。用意はあるのに、それを実現してくれる大人が一人もいないっ!! 何なんだよ、それ。才能の不足でも努力を怠ったのでもない。一体何が足りなくて未来の足踏みさせられているんだよ私はあああああああああああああああああああ!!!!!!」

美しい顔をくしゃくしゃに歪《ゆが》めて。

ボロボロと、大粒の涙がこぼれていた。

それは。

どう考えたってあり得ない事だった。

麦野《むぎの》沈利《しずり》にそんな事態が起きてしまうほどの衝撃があったのだ。

頭上で炸裂《さくれつ》する巨大な打ち上げ花火でも小さな子供みたいな泣き声は隠しきれなかった。恐怖とカリスマで全てを支配する超能力者《レベル5》などどこにもいなかった。

強敵を倒しても、悪夢の夜を生き延びても、仲間を助けても、世界を平和にしても。

勝った人間はこんな顔をしない。

置いてきぼりの迷子みたいに大泣きしたりはしない。

決して。

全部解決して、敵を倒して。

それでも最後に負けたのは、やはり麦野《むぎの》沈利《しずり》の方だった。

あるいは理不尽な研究の断ち切りは、金銭的な都合や学園都市《がくえんとし》の政治だけの話だろうか。

あの小さな研究者は呪いの成就《じょうじゅ》を確信していた。

死の淵《ふち》で生者を嘲りながら。

『じゃあ笑いなよー、アンタは正義側に立って自分の可能性を全て失ったんだから☆』

ひょっとしたら、Angelicaの研究データはあまりにも難解すぎて、元々鮎魚女《あいなめ》キャロラインという天才研究者にしか扱えない代物だったのでは？　だからこそ、大人達はその後誰も彼女の椅子に座ろうとしなかったとしたら……？

麦野沈利《むぎのしずり》本人《ほんにん》が唯一道を開ける天才を殺してしまった。

実際に呪いを完成させたのは一体誰だ？

「……、」

促したのはフレンダ自身だ。

だから金髪碧眼《きんぱつへきがん》の少女はその言葉をただ聞いていた。

両腕を体に回して、掌《てのひら》で背中をさすって、自分の妹をあやすように。

「あんな悪党倒してこの街を守って、それでも突きつけられるのかよ！　因果応報って、自業《じごう》自得《じとく》って‼　だって誰かが止めなくちゃならなかったじゃん。本当にあと一歩でAngelicaが完成するところだったんだ、私達にしか止められなかっただろ、あんな悪党‼　なのにどうしてこんな風に未来が閉じていくんだよ。頑張れば頑張っただけ報われたりはしてくれないんだよ、この世界はァああああああああああああ!!」

こちらの胸に顔をうずめる誰かが、不規則に震えていた。

嗚咽《おえつ》があった。

ぐじゅぐじゅと湿った音が続いた。

ここにいるのは挫折して打ちのめされた、一人の少女でしかなかった。

「……、」

能力者としての道を絶たれる痛みは、フレンダも知っている。無能力者《レベル0》として最初の最初、スタート地点からそいつを突きつけられた少女には、その絶壁がどれだけ無慈悲で容赦ないかを理解している。むしろ幼い頃にさっさと乗り越えられてしまって、フレンダはまだまだ幸せだったのか。

みっともないから、何だ。

お互いに自分の本音を語る事もできない関係は、正しい意味での仲間なんかじゃない。『アイテム』として命を預け合う関係なら、むしろこの弱さは成長とみなすべき。

ここから先は、もう成長しない。

鮎魚女《あいなめ》キャロラインはそんな風に言ったかもしれないけど、フレンダは否定する。

ふざけるな。

ふざけるなよ、冷たいだけの世界。なら今起きているこの奇跡は何だ?

これは麦野《むぎの》沈利《しずり》一人だけの問題じゃない。

『アイテム』という枠組み全体の話であれば、伸び代くらいいくらでもあるはず。それを担保できるか否《いな》かは、フレンダ自身の肩にだってかかっている。

応えろよ。大粒の涙を見せてくれたこの信頼に。

だから、

「大丈夫だよ、麦野《むぎの》。みんなで強くなろう？」

必死で嗚咽《おえつ》を殺そうとして、それでいて失敗し続ける孤独な少女をそっと抱き締めて、フレンダ＝セイヴェルンはその耳元に口を寄せた。

そして彼女は。

言ってはいけない一言を言ってしまった。

あるいは『複合的な要因』の一つくらいにはなりかねない。

致命的な言葉を。

「結局、何があっても私は麦野を裏切らないから」

◉鎌池和馬著作リスト

「とある魔術の禁書目録《インデックス》①～㉒」（電撃文庫）
「とある魔術の禁書目録《インデックス》SS①②」（同）
「新約　とある魔術の禁書目録《インデックス》①～㉒　㉒リバース」（同）
「創約　とある魔術の禁書目録《インデックス》①～⑧」（同）
「とある魔術の禁書目録《インデックス》　外典書庫①②」（同）
「とある科学の超電磁砲《レールガン》」（同）

「とある暗部の少女共棲《アイテム》①②」（同）
「ヘヴィーオブジェクト」シリーズ計20冊（同）
「インテリビレッジの座敷童①～⑨」（同）
「簡単なアンケートです」（同）
「簡単なモニターです」（同）
「ヴァルトラウテさんの婚活事情」（同）
「未踏召喚：//ブラッドサイン①～⑩」（同）
「とある魔術のヘヴィーな座敷童が簡単な殺人妃の婚活事情」（同）
「最強をこじらせたレベルカンスト剣聖女ベアトリーチェの弱点①～⑦
その名は『ぶーぶー』」（同）
「とある魔術の禁書目録×電脳戦機バーチャロン　とある魔術の電脳戦機《バーチャロン》」（同）
「アポカリプス・ウィッチ①～⑤　飽食時代の【最強】たちへ」（同）
「神角技巧と11人の破壊者　上　破壊の章」（同）
「神角技巧と11人の破壊者　中　創造の章」（同）
「神角技巧と11人の破壊者　下　想いの章」（同）
「使える魔法は一つしかないけれど、これでクール可愛いダークエルフとイチャイチャできるならどう考えても勝ち組だと思う」（同）
「マギステルス・バッドトリップ」シリーズ計3冊（単行本　電撃の新文芸）

本書に対するご意見、ご感想をお寄せください。

ファンレターあて先
〒 102-8177　東京都千代田区富士見 2-13-3
電撃文庫編集部
「鎌池和馬先生」係
「ニリツ先生」係
「はいむらきよたか先生」係

本書は書き下ろしです。

電撃文庫

とある暗部《あんぶ》の少女共棲《アイテム》②

鎌池和馬《かまちかずま》

2023年８月10日　初版発行

発行者　山下直久
発行　株式会社KADOKAWA
〒102-8177　東京都千代田区富士見2-13-3
0570-002-301（ナビダイヤル）
装丁者　荻窪裕司（META＋MANIERA）
印刷　株式会社暁印刷
製本　株式会社暁印刷

●お問い合わせ
https://www.kadokawa.co.jp/（「お問い合わせ」へお進みください）
※内容によっては、お答えできない場合があります。
※サポートは日本国内のみとさせていただきます。
※ Japanese text only

※定価はカバーに表示してあります。

ISBN978-4-04-915081-0　C0193　Printed in Japan

電撃文庫　https://dengekibunko.jp/

電撃文庫DIGEST　8月の新刊

発売日2023年8月10日

魔法科高校の劣等生
夜《ヨル》の帳に闇《ヤミ》は閃く

著／佐島 勤　イラスト／石田可奈

2099年春、魔法大学に黒羽亜夜子と文弥の双子が入学する。新たな大学生活、そして上京することで敬愛する達也の力になれる事を楽しみにしていた。だが、そんな達也のことを狙う海外マフィアの影が忍び寄り――。

小説版ラブライブ！ 虹ヶ咲学園スクールアイドル同好会
紅蓮の剣姫
～フレイムソード・プリンセス～

著／五十嵐雄策　イラスト／火照ちげ
本文イラスト／相模　原作／矢立 肇　原案／公野櫻子

電撃文庫と「ラブライブ！虹ヶ咲学園スクールアイドル同好会」が夢のコラボ！　せつ菜の愛読書『紅蓮の剣姫』を通してニジガクの青春の一ページが紡がれる、ファン必見の公式スピンオフストーリー！

とある暗部の少女共棲《アイテム》②

著／鎌池和馬　キャラクターデザイン・イラスト／ニリツ
キャラクターデザイン／はいむらきよたか

アイテムに新たな仕事が。標的は美人結婚詐欺師『ハニークイーン』、『原子崩し』能力開発スタッフも被害にあっており、麦野は依頼を受けることに。そんな麦野たちの前に現れたのは、元『原子崩し』主任研究者で。

ユア・フォルマⅥ
電索官エチカと破滅の盟約

著／菊石まれほ　イラスト／野崎つばた

令状のない電索の咎で謹慎処分を受けたエチカ。しかしトールボットが存在を明かした「同盟」への関与が疑われる人物の、相次ぐ急死が発覚。検出されたキメラウイルスの出所を探るため、急遽捜査に加わることに――。

男女の友情は成立する？（いや、しないっ!!） Flag 7.
でも、恋人なんだからアタシのことが1番だよね？

著／七菜なな　イラスト／Parum

夢と恋、両方を追い求めた文化祭の初日は、悠宇と日葵の間に大きなわだかまりを残して幕を閉じた。その翌日。「運命共同体（しんゆう）は――わたしがもらうね？」そんな宣言とともに凛音が"you"へ復帰し……。

錆喰いビスコ9
我の星、梵の星

著／瘤久保慎司　イラスト／赤岸K
世界観イラスト／mocha

〈錆神ラスト〉が支配する並行世界・黒時空からやってきたレッドこともう一人の赤星ビスコ。"彼女"と黒時空を救うため、ビスコとミロは時空を超えた冒険に出る！　しかし、レッドにはある別の目的があって……

クリムヒルトとブリュンヒルド

著／東崎惟子　イラスト／あおあそ

「竜殺しの女王」以降、歴代女王の献身により栄える王国で、クリムヒルトも戴冠の日を迎えた。病に倒れた姉・ブリュンヒルドの想いも背負い玉座の間に入るクリムヒルト。そこには王国最大の闇が待ち受けていた――。

勇者症候群2

著／彩月レイ　イラスト／りいちゅ
クリーチャーデザイン／劇団イヌカレー（泥犬）

秋葉原の戦いから二ヶ月。「カローン」のもとへ新たな女性隊員タカナシ・ハルが加わる。上からの"監視"なのはバレバレ。それでも仲間として向き合おうと決意するカグヤだったが、相手はアズマ以上の難敵で……!?

クセつよ異種族で行列ができる結婚相談所2
～ダークエルフ先輩の寿退社とスキャンダル～

著／五月雨きょうすけ　イラスト／猫屋敷ぷしお

ダークエルフ先輩の寿退社が迫り、相談者を引き継ぐアーニャ。ひときわクセつよな相談者の対応に追われるなか、街で流行する『写真』で結婚情報誌を作ることになる。しかし、新しい技術にはトラブルはつきもので……

命短し恋せよ男女2

著／比嘉智康　イラスト／間明田

退院した4人は、別々の屋根の下での暮らしに――ならず！（元）命短い系男女の同居＆高校生活が一筋縄でいくわけもなく、ドッキリに勘違いに大波乱。　余命宣告から始まったのに賑やかすぎるラブコメ、第二弾！

SWORD ART ONLINE
ソードアート・オンライン
川原 礫
イラスト／abec
「これは、ゲームであっても遊びではない」
《黒の剣士》キリトの活躍を描く
究極のヒロイック・サーガ！
電撃文庫

アクセル
ワールド
川原 礫
イラスト／HIMA
accel World
もっと早く……
《加速》したくはないか、少年。
第15回電撃小説大賞《大賞》受賞作！
最強のカタルシスで贈る
近未来青春エンタテイメント！
電撃文庫

絶対ナル孤独者《アイソレータ》
THE ISOLATOR
realization of absolute solitude
「絶対的な、《孤独》を求める……
だから僕のコードネームは孤独者《アイソレータ》です」
『AW』と『SAO』に続く、川原礫の描く第3の物語！
Reki Kawahara
川原 礫
illustration»Simeji
イラスト◎シメジ
電撃文庫

第23回電撃小説大賞《大賞》受賞作!!
最終選考委員・編集部一同を唸らせた
エンターテイメントノベルの
真・決定版!
86
[EIGHTY SIX]
—エイティシックス—
The dead aren't in the field.
But they died there.
[著]
安里アサト
[イラスト]
しらび
[メカニックデザイン] I-IV
The number is the land which isn't
admitted in the country.
And they're also boys and girls
from the land.
ASATO ASATO PRESENTS
電撃文庫